성균관
불량
유생뎐 傳

성균관 불량 유생뎐

ⓒ정명섭 2021

초판1쇄 인쇄	2021년 5월 6일
초판1쇄 발행	2021년 5월 11일
지은이	정명섭 · 김민성
펴낸이	박대일
편집	이문영 · 박지해 · 임유리 · 신지연 · 이지영
교정	김미영
마케팅	임유미 · 손태석
디자인	박현주
펴낸곳	파란미디어
출판등록	2004년 9월 14일 제313-2004-00214호
주소	03992 서울시 마포구 동교로23길 14 국제빌딩 6층
전화	02.3141.5589 영업부 070.4616.2012 편집부
팩스	02.6499.5589
전자우편	paranbook@gmail.com
카페	http://cafe.naver.com/paranmedia
인스타그램	@paranmedia
ISBN	978—89—6371—891—0(03810)

정명섭 추리소설

성균관 불량유생뎐

지하 미궁의 시귀들

새파란상상

1

정진섭은 마른침을 삼킨 채 칼을 쥔 상대방의 손을 지켜봤다. 칼끝에서 번쩍이는 빛을 피해 살짝 고개를 숙인 그는 두려움을 억누르기 위해 천천히 한숨을 쉬었다. 꽉 죄인 갓끈을 느슨하게 하고 싶었지만 그러다가는 눈앞에 있는 칼의 움직임을 놓칠 수 있었기 때문에 꾹 참았다.

"자꾸 그렇게 노려보면 피할 방법이 있어?"

비아냥거리는 상대방의 말에 그는 쓴웃음을 지었다.

"성균관 유생은 날아오는 칼도 피할 줄 알아야 합니다."

비장한 각오로 한마디 남겼지만 상대방은 피식 웃었다.

"자네 말고, 얘한테 한 말이야."

텁석부리 수염을 한 어부는 도마 위에서 퍼덕거리는 숭어를 내려다보면서 말했다. 그러자 머쓱해진 정진섭이 갓끈을 풀었다. 포동포동한 얼굴에 큼지막한 눈을 가진 그는 군침을 삼키면서 말했다.

"어서 잘라 주시기나 하세요. 숭어랑 눈싸움하면 뭐가 나온답니까?"

"거, 성미 급하기는."

히죽 웃은 어부가 시퍼런 칼로 숭어의 목을 서걱거리며 잘랐다. 그 소리를 들은 정진섭은 고개를 살짝 돌렸다.

배를 가르고 내장을 살살 긁어낸 어부가 포를 떴다. 그리고 베 보자기에 둘둘 감싼 뒤에 손으로 꾹꾹 눌렀다가 펼쳤다. 그러고는 도마 위에 다시 올린 다음에 얇게 저며 냈다.

"받게."

어부가 뜬 숭어의 살점을 받아 든 정진섭은 재빨리 그릇에 담겨 있던 소를 그 위에 올리고 마치 만두처럼 모양을 낸 다음에 찹쌀가루를 묻혔다. 그리고 화로 위에서 부글부글 물이 끓고 있는 항아리에 쏙 집어넣었다. 그것을 젓가락으로 살살 뒤집다가 적당히 익었다고 생각하자 꺼내서 다시 녹두가루를 묻혔다. 그다음에 다시 끓는 물 속에 집어넣었다.

그걸 본 어부가 물었다.

"아니 왜 번거롭게 두 번씩이나 물에 끓이는 거야?"

"이래야 생선살로 된 피가 뭉그러지지 않거든요."

"그 안에 든 소는 뭔가?"

"꿩고기에 표고랑 송이, 석이버섯을 잘게 썰어서 같이 찧은 겁니다."

"번거롭군."

어부의 말에 정진섭은 손사래를 쳤다.

"그게 끝이 아닙니다. 거기에 생강이랑 후추, 파를 섞은 다음에 기름간장을 넣고 달달 볶아 낸 다음에 밤톨 모양으로 둥글게 뭉쳐야 합니다."

눈빛을 반짝거리며 한 정진섭의 대답에 어부가 어처구니없다는 표정을 지었다.

"아이고, 만두 먹는다고 어선까지 올라탄 성균관 유생은 댁밖에 없을 거요."

그 말을 들은 정진섭이 발끈했다.

"이건 그냥 만두가 아니라 생선 피로 만든 어만두라고요. 어만두!"

그 모습에 어부는 손바닥으로 허벅지를 치면서 웃고 말았다.

"나 참, 알겠으니까 그 어만두나 어서 드시구려."

"왜요?"

"물때가 바뀌어서 돌아가야 합니다요."

장난스럽게 말한 어부가 생선 피를 몇 개 더 떠 주고 나서, 거적을 둘러서 만든 선실 밖으로 나갔다. 멀리 제물포가 보이는 가운데 주변에는 고기를 잡으러 나온 배들이 보였다.

어부가 배의 뒤편인 고물로 가서 노를 잡고 천천히 움직이면서 배를 돌렸다. 기우뚱하는 배에서 화로 위에 올려 둔 항아리가 넘어지지 않게 살짝 끌어안고 있던 정진섭은 어만두를 꺼내다 비명을 질렀다.

"아! 뜨거워."

항아리 안에서 철렁거리던 뜨거운 물이 얼굴에 튄 것이다. 하지만 아랑곳하지 않고 녹두가루를 묻힌 어만두를 입에 넣고 씹었다. 눈을 감은 채 맛을 음미하던 정진섭을 보던 어부가 고개를 절레절레 저었다.

🟤

"네 이놈! 또 순고旬考(성균관에서 10일마다 한 번씩 치르는 시험)를 빠져!"

수염을 파르르 떤 박사博士(성균관에 배속된 정7품의 교육 관료) 한동세의 호통에 무릎을 꿇고 있던 정진섭은 고개를 푹 숙였다. 하지만 그 순간에도 이 사이에 남은 어만두의 찌꺼기를 찾느라 신경을 곤두세우는 중이었다.

"대체 원점圓點(성균관 유생들의 출결 점수로, 삼백 점이 넘어야 시험을 볼 수 있다)을 언제 다 채우려고 이리 게으름을 피우는 것이냐!"

"참으로 면목이 없습니다. 아무리 노력해도 머리가 굳어서 따라가지 못하니, 참으로 통탄할 따름입니다."

한숨을 쉬며 고개를 떨궜는데 너무 세게 흔들었는지, 급하게 묶은 유건의 끈이 풀어지고 말았다. 푸른 명주를 덧댄 유생복의 소매를 걷고 황급히 주워서 머리에 쓰는데 박사 한동세가 혀를 찼다.

"원점만 다 채워서 과거를 보기만 하면 장원은 따 놓은 당상인데, 도대체 왜 그러는 것이냐? 남들은 원점을 채우려고 대리로 점을 찍는 짓도 마다하지 않는데 말이다."

"따 놓은 당상이라니요? 천부당만부당한 말씀이옵니다."

화들짝 놀란 정진섭의 말에 늙은 박사 한동세가 혀를 찼다.

"다른 사람 눈은 속일 수 있을지 몰라도 내 눈은 못 속이지. 겉으로는 아둔한 척하지만 작년에 유생들이 아녀자를 희롱했다는 누명을 쓰고 쫓겨날 뻔했을 때, 그리고 재작년에 반촌에서 일어난 살인사건을 해결했던 게 자네 아닌가?"

"아이고, 무슨 말씀입니까? 저는 그저 호기심이 많아서 이리저리 돌아봤을 뿐입니다."

정진섭은 손사래를 치면서 속으로 식은땀을 흘렸다. 사실 그에게 원점 삼백 개를 다 받는 건 아무 문제 없는 일이었다. 진짜 문제는 그다음이었다.

원점을 다 받으면 좋든 싫든 과거를 봐야 하고, 만약 합격이라도 해서 조정에 출사하게 되는 것이 두려웠다. 그렇게 되면 아버지처럼 새벽에 일어나서 관복을 차려입고 입궐한 다음에 밤늦게야 돌아와야만 했다.

꼭두새벽에 나가야 해서 미음을 먹고 나가고, 숙직이라도 하게 되면 집에서 공고상公故床(노비가 머리에 이고 음식을 나르는 밥상)이 나갔는데, 가는 동안 다 식거나 불어 터져서 맛이 없어지게 되었다. 어만두를 먹기 위해 제물포로 가서 어선까지 탈 정도로 식도락에 목숨을 거는 정진섭으로서는 더없이 끔찍한 일이었다.

반면, 성균관 유생이라는 신분은 식도락을 즐기기에 더없이
편했다. 고기를 쉽게 구할 수 있는 반촌이 옆에 있는 것은 물
론, 웬만한 일은 눈감고 넘어가 주었기 때문이다.

　다급해진 정진섭은 이마를 바닥에 댄 채 하소연을 했다.

　"앞으로 실력을 갈고 닦을 것이니 조금만 더 지켜봐 주십시
오."

　"내 대사성大司成(성균관의 최고 책임자로 정3품이었다)께 고해서
왕명을 받아 달라고 하겠네. 왕명만 내려온다면 원점이 부족해
도 과거를 보는 데는 아무 문제 없어."

　"밤낮으로 열심히 노력하는 유생들이 그런 일을 어찌 보겠습
니까? 재회齋會(성균관 유생들의 자치기구)에서도 지켜보고만 있지
는 않을 겁니다."

　"그건 내가 알아서 할 테니까 염려 말게."

　박사 한동세가 흐뭇하고 자랑스러운 표정으로 대답하자 정
진섭은 더 이상 피할 방법이 없다는 걸 깨달았다. 딱 한 가지만
빼고는 말이다.

　갑자기 표정을 바꾼 그가 허리를 꼿꼿하게 펴자 박사 한동세
가 어리둥절해했다.

　"이런 말씀 안 드리려고 했는데……."

　운을 띄운 정진섭이 헛기침을 하면서 뜸을 들였다. 그러자
박사 한동세가 답답하다는 표정으로 물었다.

　"무슨 얘기를 하려고 그러는가?"

　"저는 박사님께서 며칠마다 한 번씩 반촌에 들르시는 걸 알

고 있습니다."

"뭐, 뭐라고!"

박사 한동세의 눈이 커지면서 수염을 신경질적으로 쓰다듬었다. 뭔가 찔릴 때 나오는 몸짓이라는 걸 알고 있던 정진섭은 느긋한 표정으로 말했다.

"반촌의 어느 집에 들르시는지도 잘 알고 있지요."

"무, 무슨 소리를 하는 거냐!"

"군자는 색을 멀리해야 하고, 특히 성균관 박사 한동세가 모범을 보여야 하지 않겠습니까? 그런데 반촌의 여인에게 빠져서 살림까지 차리셨으니, 이 사실을 대사성께서 아시면……."

"네가 지금 스승을 겁박하는 중이냐!"

박사 한동세가 주먹으로 서안을 내리치며 호통을 쳤지만 정진섭은 태연하게 대꾸했다.

"저는 상생을 얘기하는 중입니다."

"상생이라니?"

"서로 하고 싶은 걸 하고, 간섭받지 않는 걸 말하는 것이지요. 스승님은 반촌에 계속 들르시고, 저는 지금 이대로 지내고 말입니다."

얘기를 마친 정진섭은 일어나서 절을 하고 뒤로 몇 걸음 물러났다. 꿀 먹은 벙어리가 된 박사 한동세는 수염을 쓰다듬으며 다른 곳을 바라봤다.

끝났다고 생각하고 몸을 돌려 밖으로 나가려는 정진섭에게 박사 한동세가 말했다.

"끝났다고 생각하지 마라."

또 무슨 헛소리를 하려나 싶어 바라보자 박사 한동세가 한숨을 쉬었다.

"곧 새로운 대사성이 온다는 소문이야."

정진섭은 그러면 인수인계 받고 적응하는 동안은 귀찮게 하지 않을 거라고 생각했다. 그런 생각을 알아차렸는지 박사 한동세가 한마디 했다.

"송철이 온다고 하더구나."

"정말입니까?"

하마터면 비명을 지를 뻔했던 정진섭은 겨우 정신을 차리고 밖으로 나왔다. 댓돌에 놓인 가죽신을 신는데 저절로 한숨이 나왔다. 아직 초여름인데도 불구하고 긴장감 때문에 온몸이 땀으로 흠뻑 젖었던 것이다. 기둥을 짚고 정신을 가다듬은 그가 얼굴을 일그러뜨렸다.

한 번도 만난 적은 없지만 꼬장꼬장한 원칙주의자라는 소문은 충분히 들었다. 보통 그런 사람이 대사성으로 올 경우에는 아주아주 귀찮아졌다.

"왜 하필 송철이야."

김갑생은 아버지가 부르는 소리에 퍼뜩 정신을 차렸다.

"뭔 생각을 하고 있는 거냐? 칼을 다룰 때는 집중해야 한다고 했잖아."

혀를 찬 아버지의 말에 김갑생은 뒤통수를 긁으며 미안한 척을 했다. 광대뼈가 툭 튀어나오고 우락부락한 아버지와는 달리 까무잡잡하긴 하지만 곱상한 외모를 가진 김갑생은 눈을 부릅뜨며 아버지를 바라봤다.

핏물이 뚝뚝 떨어지는 소의 갈비 덩어리를 내려다보던 아버지가 칼을 집으면서 말했다.

"소의 갈비를 처리할 때는 먼저 안쪽에 있는 막을 걸 제거해야 한다. 이렇게 끝에, 너덜너덜한 막의 끝을 잡아서 쭉 당기면 된다. 이렇게."

아버지가 능숙한 솜씨로 막을 잡아당겨서 뜯어내자 김갑생은 알겠다는 눈빛으로 고개를 끄덕거렸다. 하지만 머리로는 딴 생각을 하는 중이었다. 그걸 아는지 모르는지 아버지는 뜯어낸 막을 꼬리를 흔드는 강아지에게 던져 준 후 말을 이어 갔다.

"갈빗살은 뼈를 따라서 칼을 긁어낸다는 생각으로 쭉 갈라야 한다. 이때는 힘을 최대한 뺀 채 밀어낸다는 느낌으로 해야 한다. 힘으로 칼질을 하면 고기가 잘 안 잘리고 뼈에 갈려서 고생만 한다. 갈비뼈 바깥쪽에 붙은 고기를 뭐라고 했지?"

"안심, 아니 등심이요."

김갑생이 재빨리 바꿔서 대답하자 아버지가 씩 웃었다.

"맞다. 바깥쪽이 등심, 안쪽에 붙은 고기가 안심이다. 등심이 바깥쪽이기 때문에 안심보다 긴 편이고, 가로로 지방이 쭉 붙어 있다. 그리고 얇게 썰면 황색 인대가 보이지. 보통 인대를

떼어 달라고 하니까 그건 빼 주고, 나중에 국을 끓일 때 양지랑
같이 넣어라. 흐물흐물해지면 맛있으니까."

"알겠습니다."

아버지는 김갑생이 대답하자 흐뭇한 표정으로 칼을 쥐여 주
었다.

"소머리를 가져올 테니까 네가 한번 해 봐라."

"네."

아버지가 자리를 뜨자마자 김갑생은 재빨리 허리를 숙여 나
뭇가지로 바닥에 글씨를 썼다.

"소 우牛 자가 이거였지."

몇 개의 한문을 빠르게 쓰던 김갑생은 아버지의 발걸음 소리
에 얼른 허리를 펴고, 짚신을 신은 발로 글씨를 지웠다. 껍질을
벗긴 소머리를 들고 오던 아버지는 어정쩡하게 서 있는 김갑생
을 보고는 퉁명스럽게 말했다.

"뭔 생각을 하는지는 알겠는데, 너는 현방懸房(조선시대 성균관
노비들이 운영했던 소고기 정육점)에서 고기를 자르고 팔아야 할 운
명이다."

김갑생은 대답 대신 고개를 떨궜다. 방금 발로 지워 버린 소
우牛의 흔적이 살짝 보였다. 김갑생의 표정이 어두워지는 것을
본 아버지가 소머리를 도마 위에 올려놓으며 말했다.

"나도 젊었을 적에는 반촌이 지긋지긋해서 멀리 가 버리고
싶었다. 하지만 바깥에 비하면 반촌은 살 만한 곳이다. 그러니
너도 딴생각하지 말고 아비 따라서 열심히 칼질을 배워라."

"저는 공부가 하고 싶은데요."

주저하던 김갑생의 말에 아버지가 들고 있던 칼을 도마에 쾅 소리가 나게 찍었다.

"그런 말은 꺼내지도 마라. 우리 같은 반인들은 공부를 해 봤자 쓸모가 없어."

"하지만……."

"내가 얘기했지. 옛날에 공부를 잘했던 반인이 무슨 꼴을 당했는지 말이야."

"그건 소문 아닙니까?"

"소문이든 아니든 상관없다. 사람은 자기 자리를 잘 찾아야 하는 법이다. 네 자리는."

도마에 박힌 칼을 뽑아 든 아버지가 김갑생을 바라보며 덧붙였다.

"여기라는 걸 명심해라."

김갑생은 지그시 노려보는 아버지의 눈빛에 못 이겨 고개를 끄덕거리고 말았다. 하지만 그 순간에도 머리로는 아까 성균관에서 어깨너머로 배운 한자를 떠올렸다.

'배울 학學.'

2

예복인 푸른색 난삼에 유건을 쓴 유생들이 동무와 서무 앞에 서서 지켜보는 가운데, 제관복을 차려입은 신임 대사성 송철이 천천히 대성전 쪽으로 걸어갔다. 사성과 사예들이 뒤따랐다.

물론 대사성 위로 정2품 지사와 종2품 동지사가 있지만 모두 겸관이라, 성균관의 실질적인 최고 책임자는 대사성이라고 할 수 있겠다. 따라서 유생들에게는 누가 대사성으로 오느냐가 초미의 관심사였다.

"망했군."

송철이 대성전의 동쪽 계단인 조계로 오르는 모습을 지켜보던 정진섭이 중얼거렸다.

송철은 성균관의 전설 중 하나였다. 서른 살의 나이에 소과에 합격해서 성균관에 들어온 그는 처음에는 두각을 나타내지 못했다. 하지만 어느 날부터인지 갑자기 실력이 일취월장하면서 대과에 합격해서 조정에 출사했다.

조정에 출사한 이후에도 입바른 소리를 하면서 파직과 귀양을 반복했다. 그럴수록 올곧은 관리라는 명성이 더해지면서 결국 성균관 대사성이라는 명예로운 직책으로 복귀했다.

꼬장꼬장한 원칙주의자라는 명성답게 환갑의 나이에도 불구하고 날카로운 눈빛을 가지고 있었다. 바람이라도 불면 넘어질 것 같은 깡마른 몸은 한 줄기 대나무를 연상시켰다.

저런 원칙주의자가 대사성으로 오면 가장 피곤해지는 건 다름 아닌 유생들이었다. 정진섭이 이런저런 생각을 하면서 지켜보는 사이 대성전에서의 제례를 마치고 나온 송철이 조계를 내려왔다. 그리고 동무와 서무 앞에 모여 있는 유생들을 향해 카랑카랑한 목소리로 말했다.

"성균관의 성균은 성인재지미취成人材之未就, 균풍속지부제均風俗之不齊의 앞 글자를 딴 것이다. 그 뜻은 인재로서 미처 성취하지 못한 것을 얻고, 풍속으로서 올바르지 못한 것을 교화한다는 뜻이다. 선비는 무릇 나라의 기둥이자 보루로서, 위로는 군주, 아래로는 백성들의 모범이 되어야 할 것이다. 그러한 성균관이 최근 기강이 해이해지고 있다는 얘기를 들었다. 나 송철은 그러한 것들을 기필코 바로잡을 것이다."

송철의 쩌렁쩌렁한 목소리를 들은 정진섭은 손으로 유건을 쓴 이마를 짚은 채 한숨을 쉬었다.

송철이 그다음으로, 원점을 적는 도기에 대리로 수결하는 일이 횡행하는 것을 막기 위해 직접 도기를 관리하겠다고 얘기하자 유생들이 술렁거렸다. 그뿐만이 아니라 유생들이 치는 시험인 일고와 순고 역시 원칙대로 치르겠다고 하자 다들 겁에 질리고 말았다.

앞날을 걱정하는 정진섭의 어깨를 누군가 건드렸다.

"이제 어떡하지?"

그의 어깨를 친 유생은 이조판서 성낙훈의 외아들 성윤준이었다. 정진섭 못지않게 먹을 것과 노는 것을 좋아하는 그로서는 송철의 등장은 좋은 징조는 아니었다.

"어떡하긴, 당분간 숨죽여 지내야지."

정진섭의 말에 성윤준이 파랗게 질린 얼굴로 말했다.

"그게 문제가 아니라, 일고랑 순고를 원칙대로 한다고 하잖아. 난 지금까지……."

성윤준의 말이 이어지려고 하자 정진섭이 잽싸게 입을 틀어막았다.

"조용히 해. 동네방네 떠들 일 있어?"

"아이씨, 그럼 어떡해?"

"따라와."

정진섭이 성윤준의 어깨를 잡고 서무 뒤편의 제기고로 향했다. 대성전에서 제사를 지낼 때 쓰는 제기들을 보관하는 창고인 제기고는 문은 물론이고 바닥과 벽까지, 지붕의 기와를 제외하고는 모두 널빤지로 이루어져 있었다.

주변을 살펴본 정진섭이 성윤준에게 달래듯 말했다.

"길어 봤자 한두 달일 거야. 그러니까 그때까지만 참아."

"아이, 그게 안 된다는 거 나보다 더 잘 알잖아. 그러니까 방법을 찾아 줘."

성윤준의 하소연에 정진섭이 고개를 저었다.

"그러다가 들키면 재회에서 출재黜齋(퇴학)당할 수도 있어."

정진섭이 만류했지만 성윤준은 고개를 저었다.

"이번만 좀 도와줘. 아버지가 날 얼마나 들들 볶는지 넌 모를 거야."

"위험한데."

"대신 두 배로 줄게. 어때?"

눈이 번쩍 뜨이는 얘기였지만 정진섭은 애써 평정심을 유지했다.

"돈이 문제가 아니잖아."

"그럼 세 배."

성윤준의 맘이 변할까 봐 정진섭이 재빨리 대답했다.

"알았어."

"내일모레 순고 봐야 하니까 그때 잘 부탁한다. 성적 안 나오면 아버지가 집에서 따로 글 선생 붙여 준다고 하셨단 말이야."

그제야 왜 성윤준이 다급해졌는지 알 것 같았다. 성균관에 있으면 반촌에 슬쩍 나가서 술과 고기를 실컷 먹을 수 있고, 집에서는 엄두도 내지 못할 오락거리를 즐길 수 있었다. 성균관 유생이라는 신분은 유희를 즐기다가 문제가 생겼을 때 막아 주는 역할도 했다. 정진섭이 일부러 원점을 안 채우고 버티면서 식도락을 즐기는 것도 바로 그런 이유 때문이었다.

정진섭의 대답을 듣고 홀가분한 표정을 짓던 성윤준이 서무 너머에서 들려오는 송철의 목소리를 듣고는 지긋지긋하다는 표정을 지었다.

"저런 인간은 똥도 안 누고 살 거 같아."

"먹긴 먹으니까 싸기도 하겠지. 암튼 비밀은 꼭 지켜야 한다."

"내가 입이 얼마나 무거운지 알잖아. 그나저나 지난번 어만 두는 어땠어?"

성윤준의 물음에 정진섭은 그때의 기억을 떠올리며 씩 웃었다.

"황홀했지."

"좋은 건 좀 같이 먹자고."

"잠잠해지면."

"알겠어. 그럼 부탁한다."

성윤준의 말에 정진섭은 걱정 말라는 표정으로 대답했다.

"나만 믿으라고."

김갑생은 아버지가 지게에 짚으로 싼 고기를 차곡차곡 쌓으면서 하는 잔소리를 들었다. 닷새에 한 번씩 성균관의 진사식당으로 보낼 고기를 챙기는 중이었다.

"여기 채끝은 새로 오신 대사성 영감 밥상에 올릴 거고, 그

아래 양지는 날짜가 좀 된 거니까 빨리 요리해서 먹어야 한다고 얘기해라. 제일 아래 소꼬리는 간을 잘 해서 찜을 하면 된다고 하고."

"알겠습니다. 그런데 돈도 못 받는데 이렇게 좋은 고기를 줄 필요가 있어요?"

아버지는 김갑생의 말에 펄쩍 뛰었다.

"유생들이 먹을 건데 당연히 제일 좋은 것으로 주어야지. 그게 우리들이 해야 할 일이란다."

"우리도 사람인데요."

우물거린 김갑생의 말에 아버지는 마지막 고기를 지게에 얹으며 말했다.

"우린 성균관에 속한 반인이야. 그러니 딴생각하지 말거라."

얘기를 더 해 봤자 답도 안 나오는 상황이라는 걸 잘 알고 있던 김갑생은 아무 말 없이 지게를 짊어졌다. 끙 하는 소리와 함께 그가 일어나자 아버지가 어깨를 두드렸다.

"갔다 오면 소머리로 끓인 국이랑 막걸리 한잔하자. 너도 이제 장가가야지."

김갑생은 평생 반촌에 묶여서 살아야 하는 자식을 낳고 싶지 않았지만 꾹 참고 아무 말도 하지 않았다.

"그럼 잘 갔다 와라."

"네. 아버지."

고기가 실린 지게를 짊어진 김갑생은 성균관으로 향했다. 번거롭고 귀찮긴 했지만 글을 좋아하는 그는 성균관에 가는 걸 좋아했다. 사방에서 글공부하는 소리를 들을 수 있었고, 운이 좋으면 어깨너머로 한문을 배울 수 있었기 때문이다.

반촌 어귀에 있는 현방을 나온 김갑생은 진사식당이 있는 식당교를 넘어갔다. 그런데 담장 근처에서 이상한 광경을 봤다. 유건에 난삼 차림의 성균관 유생이 담장 아래 웅크리고 있었던 것이다. 그냥 지나가려고 했던 김갑생은 호기심에 못 이겨 발걸음을 멈췄다.

"여기서 뭘 하고 계시는 겁니까?"

그를 등지고 웅크리고 있던 성균관 유생은 갑작스러운 말소리에 놀랐는지 화들짝 놀라고 말았다. 일어나려고 하다가 꼴사납게 엉덩방아를 찧은 유생은 등 뒤로 뭔가를 감추며 애매한 표정을 지었다.

"벼, 별거 아닐세."

잘 먹은 소처럼 포동포동한 유생의 행동이 수상쩍다고 느낀 김갑생은 슬슬 옆으로 돌아갔다. 그러자 유생이 등 뒤로 감춘 손에 새끼줄을 쥐고 있는 게 보였다.

"그 새끼줄은 뭡니까?"

"아무것도 아니라니까, 어서 갈 길 가게나."

그 모습에 더 수상함을 느낀 김갑생은 슬쩍 다가가 새끼줄을 빼앗았다.

유생이 쥐고 있던 새끼줄은 땅속으로 연결되어 있었는데, 쓱 잡아당기자 흙더미를 뚫고 대나무가 툭 튀어나왔다. 대나무 한쪽 끝은 유생이 쥐고 있던 새끼줄과 연결되어 있었다.

그뿐만이 아니었다. 대나무가 튀어나온 곳도 심상치 않아서, 지게를 내려놓고 살살 흙을 걷어 낸 김갑생은 깜짝 놀라고 말았다.

"이, 이게 뭡니까?"

새끼줄과 연결된 대나무는 땅속에 묻힌 통로 같은 것에서 튀어나왔다. 통로 역시 대나무로 만든 것으로 담장 안쪽, 그러니까 명륜당 쪽으로 이어졌다.

김갑생은 유생의 만류에도 불구하고 새끼줄로 연결된 대나무를 살폈다. 비어 있는 대나무 안쪽에서 동그랗게 접힌 종이가 튀어나왔다. 지켜보던 유생이 손을 뻗었지만 김갑생이 한발 빨랐다. 그가 종이를 펼쳐 들자 유생이 짜증 나는 표정으로 말했다.

"심심해서 친구들끼리 장난을 치는 중이었네."

헛기침을 하며 변명하는 유생을 힐끔 쳐다본 김갑생은 종이를 펼쳤다. 안에는 붓으로 적은 한문들이 빼곡하게 적혀 있었다. 김갑생은 그중에서 알고 있는 한문을 띄엄띄엄 읽었다.

"수신제가치국평천하修身齊家治國平天下! 〈대학〉에 나온 구절 아닙니까?"

화들짝 놀란 유생이 그에게 물었다.

"자네, 글을 아는 건가?"

위아래로 훑어보는 눈빛 속에 반인이 어떻게 글을 읽을 줄 아느냐는 의아함이 들어 있었다. 발끈한 김갑생이 나머지 글귀를 읽다가 고개를 갸웃거렸다.

"이거 초집抄集(어떤 책에서 필요한 부분만 요약한 글. 요즘의 컨닝 페이퍼) 아닙니까?"

"말도 안 되는 소리 하지 말게! 그냥 심심해서 장난을 치는 것이라고 하지 않았나!"

"그럼 소인이 고하여도 상관없지요?"

"고하다니? 누구한테 말인가?"

다급해진 유생이 소매를 잡고 묻자 김갑생이 담장 너머 명륜당을 넌지시 바라봤다.

"전적 나리나……."

"알겠네. 솔직하게 얘기하지. 공부를 못해서 괴로워하는 동료를 돕기 위해서 초집을 몰래 보낸 것이 맞네. 하지만 자네와는 상관없는 일 아닌가?"

오히려 큰소리를 치는 유생을 어이없다는 눈으로 바라본 김갑생이 대꾸했다.

"그거야 소인이 판단할 일이 아니지요. 그러니 일단 아뢰겠습니다."

지게를 짊어진 김갑생이 발걸음을 옮기려고 하자 유생이 황급히 달려와 앞을 가로막았다.

"자, 진정하고 우리 얘기를 좀 더 나눠 보세."

"무슨 얘기를 말입니까?"

김갑생이 퉁명스럽게 대꾸하고 옆으로 비켜서 가려고 하자 유생이 두 팔을 벌린 채 앞을 막아섰다.

"자네, 글공부하고 싶지 않나?"

"글공부라니요?"

"반인 중에 자네만큼 한문을 아는 사람은 없을 걸세. 어깨너머로 배운 모양인데, 자네가 원한다면 내가 정식으로 가르쳐 줄 수 있지."

유생의 얘기를 들은 김갑생은 눈이 번쩍 뜨였다. 지금까지는 아버지 심부름으로 며칠에 한 번씩 성균관에 왔을 때 이리저리 기웃거리면서 글씨를 몇 자 배우고 익히는 게 전부였다. 그런데 제대로 배울 기회가 찾아온 것이다.

김갑생의 표정을 슬쩍 살핀 유생이 히죽 웃으며 손을 내밀었다.

"나는 성균관 유생 정진섭이라고 하네. 섭燮 자는 불꽃 섭인데 돌림자고, 진 자는 진사시의 진進 자를 쓰지. 진사가 되라고 아버지께서 붙여 주신 걸세."

"소인은 김갑생이라고 합니다. 갑오년에 태어났다고 해서 아버지가 그리 붙여 주셨지요."

서로 통성명을 하자 정진섭이 바로 나이를 따졌다.

"갑오년이면 나보다 세 살 아래군. 날 형님으로 모시게나."

"그리하지요. 글은 어떻게 가르쳐 주실 겁니까?"

"자네가 성균관으로 언제 오나?"

"보통 닷새에 한 번씩 옵니다. 매달 오일과 십일, 십오일, 이십일, 이런 식으로요."

"그럼 그때 좀 빨리 와서 일을 보고 내가 있는 곳으로 오게."

"어디 계십니까?"

"동재 약방 옆 우제일방이네."

"가면 뭘 가르쳐 주실 겁니까?"

김갑생의 물음에 정진섭이 고개를 갸우뚱거리며 대답했다.

"어디까지 배웠나?"

"어깨너머로 배운 거라 종잡을 수가 없습니다. 대략 천자문, 소학은 떼었고, 사서삼경 보다 말다 했습니다."

대답을 들은 정진섭의 눈이 커졌다.

"어깨너머로 배운 것치고는 대단하군. 대신 오늘 본 것은 영원히 비밀일세."

정진섭의 말에 김갑생이 고개를 끄덕거렸다.

"물론이지요."

"나도 성균관으로 가야 하니 같이 가세."

김갑생에게 손을 내밀어서 초집을 넘겨받은 정진섭이 그것을 품속에 넣었다. 그리고 뒷짐을 진 채 앞장서 걸었다.

김갑생도 지게를 짊어진 채 뒤따랐다. 식당교를 넘으면 바로 진사식당이 보였기 때문에 김갑생은 서둘러 물었다.

"그런데 유생님께서는 왜 초집을 안으로 보내려고 하신 겁니까?"

"친구를 도와주려고 그러는 걸세."

"정녕 그것뿐입니까?"

김갑생의 날카로운 질문에 정진섭이 씩 웃었다.

"사실은 맛있는 걸 먹을 돈을 버는 중이야. 맛있는 건 돈이 많이 들거든."

"식당에서 삼시 세끼 밥이 나오지 않습니까?"

배부른 소리 한다고 속으로 투덜거린 김갑생의 물음에 정진섭이 정색을 하고 대답했다.

"모르는 소리. 맛있는 걸 먹는다는 건 인생의 그 어떤 기쁨이나 희열과도 비교할 수 없는 것일세. 그리고."

고기가 쌓인 김갑생의 지게를 힐끔 본 그가 덧붙였다.

"식당에서 나오는 고기들은 너무 질기고 맛이 없어."

발끈한 김갑생이 침을 튀기며 말했다.

"그건 식당에서 숙수들이 잘못 다뤄서 그런 겁니다. 아버지는 항상 신선한 고기만 진사식당으로 보내시거든요."

"그럼 다음에 제비추리 좀 가져다줄 수 있겠나?"

"제비추리요?"

입맛을 다신 정진섭이 대답했다.

"그래, 목에서 갈비 앞쪽까지 길게 붙은 그 살 말이야. 담백한 맛이 일품이라는데, 식당의 숙수들은 무조건 국거리로 삶아버리더구나."

"아버지에게 말씀드려 보겠습니다."

그렇게 얘기를 나누는 동안 진사식당에 도착했다. 전각들이 장방형으로 빙 둘러싼 형태로 지어진 진사식당을 힐끔 본 정진섭이 김갑생에게 말했다.

"그럼 닷새 후에 보세나."

3

방에 누워서 다음에 먹을 음식을 떠올리고 있던 정진섭은 밖에서 들려오는 비명 소리를 들었다.

"으아아아아아!"

고요하던 성균관을 가르는 비명 소리의 주인공은 재직齋直(성균관 유생들의 시중을 드는 어린 반인) 중의 한 명인 수돌이였다. 놀기 좋아하고 호기심이 많아서 종종 재직들을 관리하는 방색장에게 매질을 당하곤 했다. 그래도 정진섭과 친하게 지내서, 종종 음식을 구할 때 도움을 받던 아이였다.

문을 열고 바깥을 내다보자 동재와 서재 중간에 선 수돌이가 머리를 감싸 쥔 채 비명을 지르고 있었다.

"벌에 쏘였나?"

고개를 갸웃거리는 정진섭을 알아본 수돌이가 한걸음에 달려왔다.

"유, 유생님! 큰일 났습니다!"

"무슨 일인데?"

심한 충격을 받았는지 수돌이는 대답 대신 정진섭의 소매를 잡아끌었다.

그가 끌려간 곳은 석전제를 치를 때 향관들이 준비하는 장소인 향관청이었다. 제사를 준비하지 않을 때에는 성균관 유생들의 숙소로 쓰이기도 했다. 석전제를 치를 때가 되면 방을 비워야 했지만 성균관 한복판에 있는 동재와 서재보다는 구석진 곳에 있는 향관청을 좋아하는 유생들도 많았다.

수돌이는 정진섭을 향관청의 전각 중 하나인 서월랑으로 끌고 갔다.

"저깁니다. 저기."

수돌이가 손가락으로 가리킨 곳을 본 정진섭의 표정은 그대로 굳어 버렸다. 활짝 열린 문 아래 피가 잔뜩 묻어 있었기 때문이다.

"유생님을 깨우려고 갔는데, 저기 피가 묻어 있어서 무슨 일인가 하고 방문을 열어 봤습니다. 그랬는데……."

부들부들 떨면서 얘기하던 수돌이는 말을 끝맺지 못하고 기절해 버리고 말았다. 뒤따라온 수복守僕(성균관에서 허드렛일을 하는 반인)들에게 수돌이를 맡긴 정진섭은 피가 흘러나오는 방으로 천천히 다가갔다. 가까이 다가갈수록 피비린내가 진하게 풍겨 왔다.

섬돌을 밟고 마루로 올라선 정진섭은 반쯤 열린 문을 바라보면서 잠시 갈등했다.

'꼭 내가 들어가 봐야 할 이유는 없잖아.'

나쁘지 않은 핑계라고 생각하면서 돌아서려는 찰나, 허겁지겁 달려온 박사 한동세가 외쳤다.

"안쪽을 살펴보아라!"

"네?"

"어서 방 안을 살펴보란 말이야!"

박사 한동세의 채근에 정진섭은 할 수 없이 마루로 올라서서 방 안을 살펴봤다.

크지도 작지도 않은 방의 한쪽에는 비단으로 두툼하게 만든 보료와 산山 자 모양의 안석이 있었다. 방의 주인인 성윤준은 그 위에 앉아 있었다. 그의 몸에서 흘러나온 피가 방 밖까지 뻗어 있었던 것이다.

"이봐, 윤준이, 괜찮은 건가?"

대답이 없었다. 이미 죽은 것 같았지만 정진섭은 이를 악물고 가까이 가 보았다. 그때 성윤준의 품에서 삐쭉 비어져 나와 있는 봉서가 보였다.

'저건 내가 준 초집 같은데?'

그게 들키면 큰일이었다. 정진섭은 덜덜 떨면서 피로 축축해진 봉서를 얼른 끄집어내 소맷자락 안에 휙 던져 넣었다. 그때, 성윤준의 목이 한번 흔들거리더니 툭 하고 앞으로 굴러 떨어졌다.

"으…… 으아악!"

머리가 데굴데굴 정진섭에게 굴러왔다. 범인은 잘린 목을 그냥 얹어 두었던 것이다. 그런데 정진섭이 봉서를 꺼낼 때의 여파로 목이 떨어지고 만 것이다.

정진섭은 펄쩍 뛰면서 마당으로 뛰어내렸다. 그리고 정신없이 도망치다가 비명 소리를 듣고 몰려온 동료 유생들과 부딪치면서 바닥에 나뒹굴고 말았다. 충격 때문에 정신을 잃어 가던 정진섭의 귀에 동료 유생들의 목소리가 메아리처럼 들려왔다.

"누구야?"

"성윤준 같아. 그 이조판서 아들."

"이게 무슨 흉변이람."

정진섭이 정신을 잃기 전에 마지막에 들었던 생각은, 초집을 건네주고 돈을 못 받았다는 아쉬움이었다.

사대부 댁에 소고기를 배달해 주고 돌아온 김갑생은 현방 앞에 사람들이 몰려 있는 것을 보고는 발걸음을 멈췄다. 명절 때가 되면 제사에 쓸 고기를 사기 위해 북적일 때가 있긴 하지만 보통 때는 볼 수 없는 풍경이었다.

빈 지게를 짊어지고 한걸음에 달려간 김갑생의 귀에 아버지의 성난 목소리가 들렸다.

"현방의 문을 닫으라니, 그게 말이 됩니까?"

삿대질을 하는 아버지는 생전 처음 보는 무서운 얼굴을 하고 있었다. 맞은편에 있는 사람은 성균관의 하급관리인 종9품 학유인 이종록이었다. 그는 난처한 얼굴로 아버지를 달래듯 말했다.

"나도 사정을 모르는 바가 아니지만, 대사성 영감의 명인데 어찌하겠나?"

"아니, 우리가 현방에서 소고기를 팔아서 성균관에 필요한 음식을 공급하는 건데, 아무 대책도 없이 문을 닫으라고 하면 어찌하란 말입니까?"

"자네도 들어서 알겠지만 성균관에서 참혹한 흉변이 벌어졌네. 대사성 영감께서 자숙하는 의미로 조치를 내리신 것이니 자네가 이해하게."

"아닌 밤중에 웬 날벼락도 유분수지, 이게 무슨⋯⋯."

아버지가 어이없다는 표정으로 말끝을 흐리자 학유 이종록이 서둘러 말했다.

"내가 대사성 영감께 고해서 최대한 빨리 열도록 할 테니까 조금만 참도록 하게."

소식을 듣고 나온 반촌 사람들이 험악한 표정을 지었다. 몇 명은 허리에 차고 있던 칼을 만지작거렸다.

성균관의 노비인 반촌 사람들은 하나같이 험하고 거칠었다. 모두에게 손가락질을 받는 노비였기 때문에 무시당하지 않고, 기가 죽지 않기 위해 거친 목소리와 험악한 표정을 짓고 살아야만 했다. 실제로 주먹다짐이나 칼부림도 주저하지 않았다. 반촌에 포졸들이 얼씬도 못 하는 것은 성균관이라는 존재와 함께 반촌 사람들의 험악함도 한몫했다.

하지만 반촌 사람들은 지엄하신 대사성의 명을 거역하지는 못했다. 결국 아버지가 일단 현방의 문을 닫고 며칠만 기다려 보기로 하면서 소동은 마무리가 되었다.

반촌 사람들은 낙담한 아버지의 어깨를 두드려 주면서 위로를 했고, 학유 이종록은 그 틈을 타서 부탁한다는 말을 남겨 놓고 자리를 떴다.

성균관으로 돌아가는 이종록이 곰방대를 꺼내 입에 무는 것을 지켜보던 김갑생이 축 늘어진 아버지에게 다가갔다.

"무슨 일이에요?"

"성균관에서 안 좋은 일이 생겼다고 현방의 문을 모두 닫으라는 대사성의 명이 있었다는구나."

"대체 무슨 일이 생긴 건데요?"

"재직들 얘기로는, 성균관 유생 중 한 명이 방에서 처참하게 죽었다는구나. 며칠 전에 말이야."

"뭐라고요? 왜 난데없이 성균관에서 유생이 죽은 겁니까?"

"나도 잘 모르겠다. 다들 쉬쉬해서 말이야. 어쨌거나 죽은 건 죽은 거고, 현방 문을 닫으라니, 이를 어쩌면 좋니?"

억울해하는 아버지를 보면서 반촌 사람 중 한 명이 말을 건넸다.

"그분을 찾아가 볼까?"

"누구?"

"누구긴, 벽장동의 그분이지. 어려운 일이 생기면 언제든 찾아오라고 하셨거든."

"명색이 성균관에서 일하는데, 어찌 무당에게 의지한단 말인가?"

"반촌에 난리가 날 거라고 했는데, 이게 딱 그 난리인 것 같아."

"난리라……."

아버지의 한숨 섞인 말을 들은 상대방이 낮은 목소리로 속삭였다.

"시귀가 다시 나타난 거 아닐까?"

듣고 있던 김갑생이 끼어들었다.

"시귀가 뭔가요?"

그 말을 들은 아버지와 반촌 사람들의 표정은 마치 못 들을 걸 들은 표정이었다. 아버지와 얘기를 나눈 상대방이 애매한 웃음을 지었다.

"그, 그런 게 있어. 갑생이가 알 필요는 없어."

잠깐이지만 얼굴에 깃든 공포감을 읽은 김갑생은 아버지를 바라봤다.

"뭔데요?"

"알 거 없다니까!"

"아버지!"

김갑생이 지지 않고 목소리를 높이자 아버지가 눈을 살짝 흘겼다.

"살아 있는 시체를 시귀라고 부른단다."

"그게 무슨 말이에요? 시체가 살아 있다니?"

"글자 그대로, 죽었는데 살아서 움직이는 귀신이란다. 살아 있는 사람을 물고 다니는데, 물린 사람도 시귀가 되어 버리고 말지."

아버지의 얘기를 들은 김갑생이 고개를 저었다.

"말도 안 돼요. 그런 귀신이 어디 있어요?"

"나도 소문만 들었다. 그러니까 더 이상 묻지 마라."

딱 잘라 얘기한 아버지가 벽장동 무당 얘기를 꺼냈던 사람을 쳐다보며 말머리를 돌렸다.

"벽장동에 가는 건 생각을 좀 해 보세."

아버지가 계속 난색을 표하자 다른 반촌 사람이 나섰다.

"아, 그럼 방법이 있어? 신임 대사성 영감이 언제 문을 열라고 할지 모르는데 말이야."

"며칠 생각해 보겠네."

아버지의 대답을 들은 반촌 사람들이 돌아서자 김갑생이 물었다.

"벽장동의 무당이 누구예요?"

"나도 잘 모르겠다. 신통력이 있어서 최근 반촌 사람들이 자주 드나들긴 한다는구나."

아버지와 잠깐 얘기를 나눈 김갑생은 상황을 파악하기 위해 정진섭을 만나 보기로 했다.

잠시 성균관에 갔다 오겠다는 말을 한 김갑생은 식당교를 지나 성균관으로 들어섰다. 때마침 저녁 식사 시간인지 식당 앞에 유생들이 북적거렸다.

지치고 피곤한 표정으로 줄지어 선 유생들 사이로 성균관 박사 한동세와 성균관의 물품을 관리하는 양현고의 관리 한 명이 출석 장부인 도기를 들고 돌아다녔다. 한 명씩 불러서 이름을 묻고 도기에 붓으로 점을 찍는 중이었다. 유생들은 지치고 신경질적인 표정으로 자기 이름을 댔다.

한 명씩 얼굴을 살펴보는데 누군가 어깨를 쳤다.

"여기서 뭐 해?"

돌아보자 정진섭이 심드렁한 표정으로 콧구멍을 후비고 있는 게 보였다. 그러면서 의심 가득한 말투로 물었다.

"약속한 날이 아닌데?"

"그게 아니라요, 대사성 영감께서 아버지가 하시는 현방의 문을 닫으라고 하셔서요. 무슨 일인지 알아보러 왔습니다."

"현방의 문을 왜?"

의아해하는 정진섭에게 김갑생이 답답하다는 말투로 대답했다.

"저도 모르겠습니다. 성균관에서 무슨 해괴한 일이 벌어졌……."

김갑생의 입에서 해괴하다는 말이 나오자마자 정진섭이 잽싸게 입을 틀어막았다. 그러고는 진사식당과 정록청 사이에 있는 서벽고 쪽으로 데리고 갔다. 주변을 살펴본 정진섭이 김갑생에게 말했다.

"안 그래도 분위기가 안 좋은데 대놓고 얘기하면 어떡해?"

"대체 무슨 일인데 아버지가 일하는 현방의 문을 닫게 할 정도랍니까?"

"그게, 며칠 전에 향관청의 서월랑에서 유생 한 명이 죽었네."

"저도 들었습니다. 그런데 대체 어떻게 죽은 겁니까? 원래 성균관에서는 누군가 죽을 때가 되면 밖으로 내보내지 않습니까?"

"그렇지. 하지만 이번에는 그럴 수가 없었어. 시신이 뒤늦게 발견되었거든."

정진섭의 얘기를 들은 김갑생이 고개를 갸웃거렸다.

"그럼 병이 들어서 죽은 게 아니란 얘기군요."

주저하던 정진섭이 두 손으로 목을 만지면서 대답했다.

"목이 떨어져 나갔어. 자기 손으로 뽑아내지 않은 이상 누군가의 소행이겠지."

"모, 목이 떨어져 나갔다고요?"

놀란 김갑생이 외치자 정진섭이 황급히 그의 입을 틀어막고는 눈을 부라렸다. 김갑생이 미안하다는 눈빛을 보내자 그제야 입을 막은 손을 내려놨다.

"들짐승의 소행입니까?"

"뭔가 강한 힘에 의해 뜯겨 나간 것 같긴 한데, 들짐승 소행이라고 보기도 애매해."

"왜요?"

"여기 성균관은 유생들 이백 명에 반인이랑 관리들까지 다 합치면 사백 명이 북적거리는 곳일세. 대낮에 짐승들이 어슬렁거릴 만한 곳이 아니야. 거기다 왜 그 방에만 들어가서 유생을 해쳤는지 의문이라 이 말이야.”

정진섭의 설명을 들은 김갑생이 답답하다는 표정으로 물었다.

“그럼 의금부 같은 곳에 알려서 조사를 해 봐야 하지 않겠습니까?”

그러자 정진섭이 혀를 찼다.

“이봐. 포졸들이 반촌에 드나드는 거 본 적 있어?”

“아뇨. 없었습니다.”

“반촌도 못 드나드는데 성균관에는 어찌 들어오겠어? 성균관이 괜히 반궁이나 학궁이라고 불리겠어? 궁궐이랑 같은 위상을 가진 곳이라 의금부나 포도청에서는 드나들 수가 없네. 거기다 대사성 송철 영감이 이 사실을 외부에 알리지 말라고 단단히 얘기한 상태야.”

“아니, 왜요?”

“대사성 영감 입장에서는 알려져 봤자 좋을 게 없으니까 그랬겠지. 어쨌든 자기가 책임지는 성균관에서 안 좋은 일이 생긴 거잖아.”

정진섭의 얘기를 들은 김갑생은 이해가 안 간다는 말투로 얘기했다.

“그럼 유생들은요? 동료가 죽었는데 왜 가만있는 겁니까?”

“동료라니? 성균관 유생들은 동료가 아니야.”

“같이 동문수학하는데 동료가 아니라고요?”

낄낄거리며 웃은 정진섭이 손가락을 까닥거리며 말했다.

“다들 여길 어떻게든 빨리 빠져나가고 싶어 해. 그러기 위해

서는 과거에 합격하는 수밖에는 없는데, 옆에 있는 유생들이
동료로 보이겠어?"

정진섭의 물음에 김갑생이 고개를 저었다. 그러자 정진섭이
덧붙였다.

"거기다 성윤준은 상재생이나 하재생이 아니라 사량생이었
어."

"그건 또 뭡니까?"

김갑생이 어리둥절해하자 정진섭이 차분하게 설명해 줬다.

"상재생은 진사생원시에 합격해서 입학한 유생들을 뜻하고,
하재생들은 사학생도 출신 중에 시험을 봐서 들어온 승보를 뜻
해. 사량생들은 시험을 보지 않고 문음으로 들어온 학생들을 뜻
하지."

"죽은 유생이 사량생이라서 다들 관심이 없다는 뜻인가요?"

"사량생이 아니라 상재생이나 하재생이어도 마찬가지였을
거야. 경쟁자가 한 명 없어진 거니까 말이야."

"맙소사. 학교가 아니라 살벌한 전쟁터 같네요."

김갑생의 말에 정진섭이 팔짱을 끼면서 피식 웃었다.

"왜? 우리가 매일 주는 밥 먹고 책만 읽으니까 세상 편해 보
였어?"

"반인들 중에 안 부러워하는 사람이 없었으니까요."

"아무튼 그 일 때문에 성균관도 분위기가 장난 아니야."

"그냥 조용히 넘어가는 것 아니었습니까?"

"다들 그랬으면 하는 바람이었지. 하지만 딱 한 사람만 아니

었어."

"누구요?"

정진섭이 마른침을 삼키며 대답했다.

"대사성 송철 영감."

"아까 그 사람이 외부에 발설하지 말라고 했다면서요?"

"대신 그런 일이 벌어진 건 성균관의 법도가 무너진 탓이라면서, 유생들이 밥을 먹을 때 하는 원점 확인부터 모든 걸 원칙적으로 하겠다고 나서는 중이야. 현방의 문을 닫으라고 한 것도 아마 그것 때문인 것 같아."

"아니, 현방이 무슨 상관이라고요?"

답답한 김갑생의 반문에 정진섭이 눈살을 찌푸리며 대답했다.

"원래 현방 같은 것은 문을 열어서는 안 되는 거였으니까. 반촌에서 도축한 소는 성균관 유생에게만 먹일 수 있게 되어 있잖아."

"그렇긴 해도, 현방을 운영하지 못하면 성균관에 공급하는 소고기를 구할 길이 없었습니다."

김갑생의 하소연에 정진섭이 안타까운 표정으로 바라봤다.

"새로 오신 대사성 영감이 깐깐하기 그지없는 원칙주의자라서 말이야. 지금도 원점을 직접 확인하러 다니고 있어. 밖에서 밥 먹는 것도 안 된다고 하고, 외출도 금지시켜서 나가지도 못하고 있는 중이야."

얘기를 들은 김갑생은 뭔가 불길한 느낌이 들었다.

"그럼 며칠만 문을 닫는 게 아니라 아예 문을 닫게 될 수도 있겠네요?"

대답을 하려던 정진섭은 진사식당 쪽에서 종소리가 들리자 황급히 말했다.

"지금 안 가면 큰일 난다. 나머지는 내일 얘기하자."

재직이 울리는 종소리를 듣고 허겁지겁 달려간 정진섭은 진사식당 섬돌 앞에 서 있던 재직들의 싸늘한 눈초리를 받으며 안으로 들어갔다. 식당 안에는 백여 명의 유생들이 두 줄로 나란히 앉아 있었다.

제일 뒤에 있는 빈자리에 앉자 재직들이 긴 베를 가져와서 유생들 사이로 쭉 펼쳐서 깔았다. 그 모습을 본 정진섭이 나지막하게 투덜거렸다.

"진짜. 밥상이라도 주지."

밥상을 대신한 베가 깔린 다음 순서는 밥과 반찬을 가져다 놓는 것이었다. 어린 반인인 재직들과 수복들이 바쁘게 다니면서 밥과 반찬들을 깔았지만 백 명에 달하는 유생들 자리에 놓느라 시간이 걸렸다.

음식이 다 깔릴 때까지는 쳐다봐서도 안 되는 것이 성균관의 규칙이었다. 하지만 곁눈질로 음식들을 살펴본 정진섭은 입을 삐죽 내밀었다.

"환장하겠네. 나물에다 생선 한 토막뿐이군."

과거를 보려면 삼백 개의 원점을 받아야 하는데, 식당에서 아침과 저녁을 먹고 도기라는 장부에 명단을 올려야만 하나의 원점을 받을 수 있었다. 따라서 삼백 일 동안 진사식당에서 아침과 저녁을 먹어야 하는데, 미식가를 자처하는 정진섭에게는 끔찍하기 그지없는 일이었다.

"이딴 걸 음식이라고 내놓다니."

당장이라도 박차고 나가고 싶었지만 외출 금지령까지 떨어진 상태라서 꼼짝하지 못했다.

속으로 투덜거리는 사이 밥과 반찬들이 다 깔렸다. 그러자 동쪽 문의 입구에 서 있던 수복이 양손을 공손히 앞으로 한 채 소리쳤다.

"밥 드십시오!"

그러자 기다리고 있던 유생들이 일제히 숟가락을 들었다. 하지만 백 명분의 음식을 차리는 동안 밥과 국은 식어 버린 지 오래였다. 거기다 좁은 식당 안에 유생들이 가득 차 있어서 후덥지근하기까지 했다.

정진섭은 국을 한 모금 먹었다가 인상을 찌푸렸다.

"너무 짜잖아."

이런 말도 안 되는 음식을 먹는다는 사실에 울컥 짜증이 난 정진섭이 숟가락을 내던졌다. 바닥에 맞고 튕겨 나간 숟가락은 누군가의 버선발 위에 살포시 떨어졌다. 버선발의 주인은 발등에 떨어진 숟가락을 조용히 집었는데, 다름 아닌 대사성 송철이었다.

가뜩이나 조용하던 식당은 이제 숨소리조차 들리지 않았다. 수염을 살짝 쓰다듬은 송철이 숟가락을 돌려주면서 말했다.

"뭔가 불만이 많은 모양이군. 이름이 뭔가?"

"저, 정진섭이라고 합니다."

"네가 성균관에서 먹고 자는 것들은 모두 나라에서 준 것이다. 그런데 불평불만을 토로하는 것은 곧 지엄하신 주상전하에 대한 불충이 아니겠느냐?"

인두로 지그시 누르는 듯한 말투에 정진섭은 눈앞이 깜깜해졌다. 하지만 이대로 물러나면 앞으로 계속 눌려 지낼 게 뻔했기 때문에 최대한 용기를 내서 반박했다.

"나라에서 성균관을 짓고 유생들에게 공부를 하게 해 준 것은 장차 조정에 출사해서 임금을 보좌할 관료를 양성하기 위함이라고 알고 있습니다. 하지만 장과 국은 짜고, 반찬이 부실하니, 이것이야말로 전하의 뜻을 어기는 것이 아니겠습니까?"

정진섭의 반박에 식당 안은 더 고요해졌다. 감히 일개 유생이 대사성에게 대든 꼴이었기 때문이다. 하지만 며칠 동안 밖에 나가지도 못하고 맛없는 밥만 먹고 있던 정진섭도 나름 불만이 가득했다. 그런 정진섭을 싸늘한 눈으로 바라보던 송철이 헛기침을 했다.

"지금 식당의 밥이 맛이 없다고 하는 건가? 우리 때는 이것보다 더 형편없는 음식을 먹고도 밤낮으로 공부를 했었네."

"옛날에 고생했다고 지금도 고생하라는 법이 경서의 어디에 있습니까? 이렇게 형편없는 식사는 유생들의 건강만 해칠 뿐입니다."

단호한 정진섭의 말에 송철은 뒷짐을 진 채 내려다봤다. 뒤
따르던 좨주와 직강들은 아무 말도 못 하고 전전긍긍했다.

"자고로 흉변이 생기면 몸가짐을 바로 하고 나쁜 것을 보지
않으면서 자신을 돌아보라고 하였다. 성균관에서 안 좋은 일이
벌어졌으니 당연히 대사성 이하 유생들이 모두 자중해야 하거
늘, 어찌 그리 불평을 한단 말이냐?"

"안 좋은 일이라면 사량생인 성윤준 유생의 죽음을 말씀하시
는 겁니까?"

누군가 발작처럼 기침을 하는 바람에 분위기가 더 술렁거렸
다. 뒤에 있던 좨주가 나서려고 하다가 송철의 만류에 뒤로 물
러났다.

"맞네. 자네는 동료의 죽음이 안타깝고 아쉽지 않은가?"

"그렇긴 합니다만 지금은 범인을 잡아야 하지 이렇게 유생들
을 괴롭힐 때가 아니지 않습니까?"

그의 말에 식당에 있던 유생들이 술렁거렸다. 다들 성윤준이
왜 죽었는지 궁금했지만 차마 입 밖에 내지 못하던 상황이었기
때문이다.

한쪽 눈을 꿈틀거린 송철이 물었다.

"범인이라니? 성윤준 유생은 들짐승에게 해를 입었네."

그 말에 정진섭은 가볍게 코웃음을 쳤다. 그리고 거추장스럽
게 흘러내리는 유건을 벗어 버리면서 말했다.

"들짐승이라면 향관청 안팎에 발자국이 찍혀 있어야 하지 않

겠습니까? 사람의 목을 뜯어낼 정도라면 최소한 호랑이라는 얘기인데, 그날 저는 주변에서 호랑이 발자국 같은 것은 보지 못했습니다. 다른 유생들도 마찬가지였을 거고요."

정진섭이 자신 있게 말하며 유생들을 바라봤다. 그러자 흥미로운 눈길로 바라보던 유생들이 제각각 딴청을 피웠다. 그런 모습을 한심한 눈으로 바라보던 정진섭이 송철을 올려다봤다.

"그리고 만약 호랑이 같은 들짐승의 소행이라면 납득이 되지 않는 부분이 있습니다."

"무엇인가?"

"문입니다. 제가 재직인 수돌이의 손에 이끌려 갔을 때는 문이 살짝 열려 있었습니다."

"그게 뭐가 이상하단 말이냐?"

"들짐승이 드나들었다면 너무 얌전하게 문을 여닫은 게 아닌가라는 생각 안 해 보셨습니까?"

비꼬는 정진섭의 말투에 송철의 표정이 흔들렸다. 그런 그에게 정진섭이 계속 따지고 들었다.

"제가 봤을 때는 문이 살짝 열려 있었고, 직접 가서 확인했을 때에도 문이 고장 나거나 부서진 흔적이 없었습니다. 만약 들짐승, 특히 호랑이 같은 큰 짐승이 드나들었다면 문이 멀쩡했을 리가 없지 않았겠습니까?"

정진섭의 논리정연한 말에 송철은 난감한 표정을 지었다.

"그렇다면 성윤준 유생은 들짐승이 아니라 누군가의 손에 목숨을 잃었다는 뜻이군. 우리들 중 누군가의 손에 말이야."

그 말에 잠시 술렁거리던 유생들은 찬물을 뒤집어쓴 것처럼 조용해졌다.

애기가 엉뚱한 곳으로 흘러가자 정진섭은 황급히 대답했다.

"범인이 사람이라는 뜻이지 성균관 사람이라고 하지는 않았습니다."

"이곳은 아무나 드나들 수 있는 곳이 아닐세. 만약 그랬다면 당장 눈에 띄었겠지. 내가 왜 성윤준 유생의 죽음을 들짐승 탓이라고 했는지 정녕 모르겠는가?"

그 말 한마디에 당장 분위기가 뒤집혔다. 혹시나 하고 바라보던 유생들의 실망하고 비웃는 눈초리를 본 정진섭은 발끈하고 말았다.

"그럼 제가 범인을 찾아서 대사성 영감 앞에 데리고 오겠습니다."

분위기에 휩쓸려 호언장담을 해 버린 정진섭에게 송철이 물었다.

"정말 범인을 찾아낼 수 있겠나?"

"물론입니다."

정진섭의 대답을 들은 송철이 고개를 끄덕거렸다.

"자네가 들짐승의 소행이 아니라고 했으니 그걸 증명해 보게. 만약 그러지 못하면 동료 유생들을 모함한 죄로 처벌을 받을 것이야."

송철의 무시무시한 협박에 정진섭은 움찔했다. 하지만 피할 수 없는 상황이라는 걸 눈치채고는 결연하게 말했다.

"보름만 시간을 주시면 범인을 찾아내겠습니다. 대신 조사를 해야 하니 외출 금지령을 풀어 주십시오."

"열흘을 주고, 자네에게만 외출 금지령을 해제하겠네. 대신 범인을 못 찾으면 아주 오랫동안 성균관 밖으로 못 나갈 걸세."

회심의 미소를 짓는 송철의 말에 정진섭은 꼭 함정에 걸린 것 같은 기분이 들었다. 하지만 지긋지긋한 성균관을 잠시나마 벗어날 수 있다면 나쁘지 않을 것 같다는 생각에 고개를 끄덕거렸다.

"알겠습니다. 제가 반드시 범인을 잡아 오도록 하겠습니다."

단호한 표정으로 말한 정진섭이 주먹을 불끈 쥐어 보였다.

4

"그렇게 된 걸세."

성균관을 나와 창경궁을 따라 느긋하게 걷던 정진섭의 말에 뒤따라오던 김갑생이 어처구니없다는 듯 고개를 절레절레 저었다.

"대사성 영감이랑 입씨름을 벌이다니, 제정신입니까?"

"며칠 동안 소금밥에 맛없는 나물을 먹는 바람에 제정신이 아니었어."

"범인을 못 잡으면 큰일이 날 게 뻔한데 어찌 이리 태연하십니까?"

김갑생의 말에 유생복 차림의 정진섭이 돌아서서 씩 웃었다.

"뭐, 어떻게든 되겠지."

"열흘 동안 무슨 수로 범인을 잡으시게요?"

"아흐레야. 어제 하루는 자느라고 날렸거든."

손가락으로 코를 긁은 정진섭은 어처구니없어하는 표정으로 바라보는 김갑생에게 말했다.

"일단 출출하니까 배부터 채워 볼까?"

길가에 서서 주변을 돌아보던 정진섭이 기와가 듬성듬성 빠진 기와집을 보고는 반색을 했다.

"저쪽일세."

갑자기 발길을 돌린 정진섭을 따라 기와집으로 향한 김갑생이 물었다.

"저기 문 옆 장대에 매달아 둔 건 뭡니까?"

"종이 다발일세. 국수를 파는 상점이라는 뜻이지."

"국수요?"

문 대신 쳐 놓은 거적을 들추면서 안으로 들어가던 정진섭이 심드렁한 표정으로 말했다.

"냉면이라고도 부르지. 어서 들어오게."

정진섭의 채근에 안으로 들어간 김갑생은 눈앞에 펼쳐진 광경을 보고 웃음을 참지 못했다.

벽 쪽에 붙은 부뚜막에 물이 펄펄 끓는 가마솥이 있는 건 흔히 볼 수 있는 풍경이었다. 하지만 가마솥 위로 긴 국수틀 같은 것이 있고, 그걸 누르기 위해 상투 차림의 사내가 올라타고 있는 건 처음 보는 모습이었다. 그것도 모자라서 대들보에 연결된 줄을 잡고 엉덩이를 들썩거리면서 국수틀을 눌렀다.

가마솥 앞에 있던 또 다른 사내는 긴 대나무 젓가락으로, 국수틀에서 뽑아낸 면을 휘휘 저었다가 건져 내서 옆에 있던 뚝배기에 집어넣고 식혔다.

부뚜막과 접해 있는 방 안에서는 가채를 쓰고 긴 곰방대를 입에 문 여인이 지켜보는 중이었다. 그러다가 기척을 듣고는 고개를 들었다.

"유생님! 어서 오십시오."

활짝 웃는 그녀에게 손을 흔들어 준 정진섭이 외쳤다.

"주인아주머니! 시원한 냉면 두 개 가져다주십시오!"

그러고는 상이 놓여 있는 마루에 냉큼 자리를 잡고 앉고서는 머뭇거리는 김갑생을 향해 말했다.

"어서 앉지 않고 뭐 해?"

"같이 앉아도 됩니까?"

쭈뼛거리는 그에게 정진섭이 짜증 난다는 말투로 얘기했다.

"난 밥 먹을 때는 그런 거 안 따져. 내가 제일 싫어하는 게 어떤 놈인지 알아?"

냉큼 맞은편에 앉은 김갑생이 고개를 저었다.

"모르겠는데요."

"밥맛없이 구는 놈. 먹는 데 예절이나 규칙 따지는 건 딱 질색이야. 음식은 웃으면서 맛있게 먹어야 하는 법이거든."

"저를 데리고 다니시려는 이유는 뭡니까?"

"그놈의 체통 때문이지. 양반이 몸종 하나 거느리지 않고 다니면 다들 손가락질을 해서 말이야."

"정말 살인이라고 믿으십니까?"

김갑생이 조심스럽게 묻자 정진섭이 어깨를 으쓱거렸다.

"믿는다는 게 뭔가?"

"그냥 믿는 거 아닙니까?"

"아니야. 믿는다는 건 의심하지 않는다는 거지. 나는 음식을 내 입에 넣기까지 끊임없이 의심해. 이 재료와 저 재료가 섞이면 과연 내가 기대하는 그 맛이 날까? 저런 식으로 재료를 배합하면 과연 맛이 제대로 섞일까 아니면 따로따로 놀까? 그런 의심이 사라지는 건 재료를 섞어서 완성된 음식을 내 입에 넣을 때야."

손으로 음식을 입에 넣는 시늉을 한 정진섭이 덧붙였다.

"그런데 가끔 예상과는 전혀 다른 맛이 날 때가 있어. 그럴 때는 내가 모르는 재료나 조리법이 있었던 거지. 이번 사건이 딱 그런 상황이야. 누가 봐도 살인인데 이유가 없어."

"전에는 유생들끼리 사이가 나쁘다고 하지 않으셨습니까?"

"그렇긴 해도, 성균관 안에서 살인을 저지를 만큼 배짱 좋은 놈은 없어. 거기다 성윤준은 사량생에 공부도 못하는 편이라 과거에 합격할 가능성도 없었지."

"그런데 왜 죽은 겁니까?"

"그게 문제야. 돈이 많다고 자랑을 하긴 했지만 죽일 만큼 미움을 받은 적은 없거든."

"유생님 말씀대로라면 살인이 아니라는 얘기지 않습니까?"

"아니지."

손가락을 까닥거린 정진섭이 대답했다.

"이번 사건에는 내가 모르는 재료나 조리법이 있다는 뜻이지. 그걸 찾으면 음식 맛의 비밀을 알아낼 수 있듯 살인의 원인을 찾아낼 수 있는 거고."

"명쾌하시네요."

김갑생의 말에 정진섭이 주인아주머니가 들고 오는 냉면 그릇을 바라보면서 얘기했다.

"사람들은 내가 맛있는 음식에 집착하는 걸 보고 미쳤다고 손가락질을 하네. 하지만 나는 미치지 않기 위해서 집착하는 것뿐이야."

"뭐에 미치지 않으려고 말입니까?"

정진섭이 대답하려는 순간 주인아주머니가 상 위에 그릇 두 개를 올려놨다. 그리고 대나무로 만든 젓가락을 그 옆에 놨다.

"잘 반죽해서 뽑은 메밀국수를 동치미에 말고, 돼지고기랑 꿩고기를 올렸어."

"고춧가루는 넣어 주신 거죠?"

"물론이지. 맛있게 먹고, 더 필요하면 얼마든지 얘기해."

봄바람 같은 말을 남긴 주인아주머니가 돌아가자 정진섭이 젓가락을 들었다.

"이 세상에 미치지 않으려고 음식에 집착하고 있네. 너무 답답해서 저절로 숨이 막힐 지경이야. 백정만도 못한 자가 양반이랍시고 거드름을 피우고, 어머니가 천하면 아무리 능력이 뛰어나도 손가락질을 받네. 성균관도 마찬가지야. 다들 수재 소리를 듣지만, 여기 들어와서 밤낮 공자 왈 맹자 왈만 하다 보면

경전만 읽는 바보 멍청이가 되어 버리지."

"나, 나리?"

성균관 유생치고는 너무나 과격한 얘기라 김갑생은 차마 입을 열지 못했다. 그러자 정진섭이 눈짓을 했다.

"어서 먹어 봐. 한성은 둘째 치고 조선 팔도에서도 여기만큼 냉면을 잘 마는 곳은 없으니까."

정진섭을 따라 젓가락을 든 김갑생은 메밀국수를 집어서 후루룩 삼켰다. 메밀은 반죽하기가 영 힘들어서 반촌에서는 보기 힘든 재료였다. 그래서 호기심 반 걱정 반이었는데, 난생처음 느끼는 쫀득쫀득한 맛에 놀라고 말았다.

김갑생의 눈이 휘둥그레지자 정진섭이 씩 웃었다.

"아직 놀라기는 일러. 국물 맛도 보라고."

그의 채근에 김갑생은 젓가락을 놓고 그릇을 들었다. 새콤하면서도 시원한 냉면의 국물 맛에 초여름의 미지근한 더위가 싹 날아가는 느낌이었다.

김갑생의 표정을 살핀 정진섭이 그럴 줄 알았다는 말투로 얘기했다.

"사람들은 맛있는 걸 찾아다니는 걸 선비답지 못하다고 손가락질을 하지만, 맛있는 것은 입맛을 즐겁게 하고 인생을 행복하게 만드네. 냉면을 먹어 보니 어떤가?"

"행복합니다, 나리."

"그럼 됐네."

흡족한 웃음을 띤 정진섭은 젓가락을 제대로 잡고 면을 삼켰다. 김갑생도 그릇에 얼굴을 박은 채 냉면을 먹고 국물을 마셨다. 그렇게 순식간에 바닥을 드러낸 냉면 그릇에서 눈을 뗀 그가 정진섭에게 물었다.

"그나저나 범인은 어떻게 찾으실 겁니까?"

"어떻게 찾는 게 좋겠어?"

정진섭의 물음에 잠시 생각에 잠겼던 김갑생이 입을 열었다.

"살인이 벌어진 현장을 살펴봐야 하지 않을까요?"

"아쉽지만 현장에서는 아무런 단서도 못 찾을 거야."

심드렁하게 대답한 정진섭에게 김갑생이 물었다.

"왜요?"

"내가 시신을 보고 잠깐 기절했다가 일어난 사이에 성균관 사람들이 몰려오는 바람에 주변이 다 엉망이 되어 버렸어. 거기다 시신은 장례를 치른다고 본가에서 모셔 갔고, 방 안은 수복들이 황급히 치우는 바람에 아무것도 안 남았어."

"그럼 어디서부터 시작하시려고요?"

김갑생의 물음에 마지막 남은 돼지고기 조각을 조심스럽게 집어서 입에 넣은 정진섭이 소매에서 편지를 하나 꺼냈다.

"뭡니까, 이게?"

"이인생이라는 선비가 성윤준 유생의 아버지 성낙훈 대감에게 보내는 편지일세."

"그걸 왜 유생님이 가지고 계십니까?"

김갑생의 물음에 창백한 얼굴로 한숨을 쉰 정진섭이 대답했다.

"내가 성윤준에게 준 초집인 줄 알고 챙겼는데, 알고 보니까 이인생 선비가 보낸 편지, 즉 봉서였다네."

"어떤 내용인데요?"

"성낙훈 대감에게, 자신과 송철 영감 집안 간의 혼사에 끼어든 것을 항의하는 내용일세."

"혼사에 끼어들었다고요?"

김갑생의 반문에 정진섭이 고개를 끄덕거렸다.

"송철 영감의 집안이 예전부터 자식들을 맺어 주기로 약조를 하였는데, 당신이 왜 끼어들었느냐는 내용이지."

"항의하는 내용의 서찰이었군요."

"맞아. 점잖게 묻기는 했지만, 자기 집안이 가난하다고 무시하는 건 선비답지 못하고 소인배나 다름없다고 적혀 있는 걸 보면 사실상 크게 비난한 셈이지."

"그런데 그게 왜 죽은 성윤준 유생에게 있었던 겁니까?"

"아마, 대사성 송철 영감에게 서찰을 보여 주고 자초지종을 물어보려고 했던 것 같아. 일단 이인생 선비를 만나 보고 성낙훈 대감을 만나 보면 밝혀지겠지."

"어디에 사는지는 아십니까?"

그릇을 들어서 국물을 들이켠 정진섭이 김갑생의 물음에 대답했다.

"이인생 선비가 서찰에 남산골에 사는 선비라고 밝혔더군. 한양의 가난한 선비들이 사는 곳이지."

"만나서 뭘 물어보실 겁니까?"

서찰을 건넨 김갑생의 물음에 정진섭이 고개를 갸웃거렸다.

"일단 만나 봐야지. 이인생 선비가 현재로서는 가장 유력한 용의자일세."

"아무리 혼담에 끼어들었다고 해도 이렇게까지 할까요?"

"뭔가 엮여 있을 수 있으니까. 그나저나 가다가 공덕 쪽에 있는 주막에 들러야겠군."

"왜요?"

"거기서 파는 삼해주가 기가 막히거든. 남산골이면 역시 술이란 말이야."

입맛을 다시는 정진섭을 본 김갑생은 고개를 절레절레 저었다.

남산골로 올라가기 위해서는 진고개를 올라가야만 했다. 이름 그대로 항상 진흙이 질퍽거리는 곳이라, 짚신이나 가죽신을 신고 올라가는 건 정말 힘들었다. 덕분에 두 사람은 중간에 몇 번이나 쉬면서 신발에 달라붙은 진흙을 나뭇가지 같은 걸로 떼어 내야만 했다.

김갑생이 투덜거리며 진저리를 쳤다.

"이래서 남산골 선비들이 맑은 날에도 나막신을 신나 봅니다."

"거의 다 왔으니까 기운 내게. 저기만 돌아가면 될 거야."

"어서 가시죠."

진흙을 털어 낸 짚신을 신고 행전을 다시 감아서 맨 김갑생이 일어나자 정진섭이 한숨을 쉬며 따라 일어났다. 다행히 조금 더 올라가자 길옆에 다 쓰러져 가는 초가집이 하나 보였다.

"저긴가 보다."

앞장선 정진섭이 야트막한 싸리문을 지나자 반쯤 열린 안방 문 안쪽에서 기침 소리가 들렸다.

"누구신가?"

마당 한가운데 선 정진섭이 조심스럽게 입을 열었다.

"성균관 유생 정진섭이라고 합니다. 여기가 이인생 선비 댁 이 맞습니까?"

잠시 후, 삐걱거리는 소리와 함께 문이 활짝 열렸다.

"내가 이인생이오만, 성균관 유생이 여긴 웬일인가?"

구멍이 숭숭 난 조끼에 올이 다 뜯어진 사방관은 이인생이 라는 선비가 가난하다는 사실을 말없이 보여 줬다. 송철과 비 슷한 육십 대 정도로 보이는 이인생의 두툼한 얼굴은 덥수룩한 수염으로 가득했다.

헛기침을 한 정진섭이 선량해 보이는 눈을 깜빡거렸다.

"혹시 이조판서 성낙훈 대감을 아십니까?"

"이름이야 알지. 개인적인 친분은 없네."

잠시 생각하던 정진섭이 다시 물었다.

"그럼 대사성 송철 영감은 아십니까?"

"겸익 말인가?"

이인생 선비의 대답을 들은 정진섭은 송철 영감의 호가 겸익 이었다는 사실을 기억해 내고는 고개를 끄덕거렸다.

"맞습니다."

"겸익과는 젊은 시절 동문수학하던 사이라네. 올라오는 길에 술을 빚는 주막 봤지?"

"네."

"거기가 원래는 나와 겸익이 같이 공부하던 서당이 있던 자리라네. 겸익과 함께 공부를 하면서 친해졌고, 나중에 자식이 태어나면 연을 맺기로 약조를 하였지."

이인생의 얘기를 들은 정진섭이 심호흡을 했다.

"연이라고요? 혼약 말씀입니까?"

정진섭의 질문에 이인생은 기침을 하면서 서안에 걸쳐 놓은 장죽을 집었다. 아까 피우다 말았는지 가는 연기가 피어올랐다. 물부리에 입을 대고 한두 모금 **빤** 이인생이 콜록거리며 대답했다.

"미안하네. 가래가 계속 나와서 담배를 피워야만 하네."

"괜찮습니다."

"어디까지 얘기했더라. 아! 서당에서 같이 공부하고, 성명방에 있는 남부학당에서도 같이 공부를 하였지. 그러다가 겸익은 초시에 합격해서 성균관에 들어갔고, 나는 집안 사정이 안좋아서 중간에 공부를 그만두고 서당 훈장 노릇을 해야만 했다네. 하지만 겸익과는 계속 우정을 나눴고, 연락도 주고받았지."

이인생은 서안의 서랍을 열고 안에 있는 서찰들을 꺼냈다. 그걸 받아 든 정진섭은 그중 하나를 열어서 내용을 살펴봤다. 그걸 본 이인생이 담배 연기를 내뿜으며 말했다.

"나머지도 읽어 보게."

내용들을 천천히 살핀 정진섭은 서찰들을 다시 원래대로 접어서 이인생에게 내밀었다.

"친구분이 대사성에 오를 정도인데, 도움을 따로 요청하신 적이 없나 봅니다."

"입에 풀칠 정도는 할 수 있으니 친구라 해도 남의 손을 빌릴 일이 있겠나? 선비가 그래선 안 되지."

"그래도 대사성께서 좀 챙겨 주시겠죠?"

정진섭이 떠보는 듯 물어보자 이인생이 고개를 저었다.

"관직에 나선 뒤에 명절이라고 선물을 보냈기에 호통을 쳐서 돌려보낸 후로는 그런 일이 없었네."

"아무리 동문수학한 사이라고 해도 우정이 이렇게 오랫동안 이어지기가 쉽지 않은데, 참으로 호연지기가 대단하십니다."

정진섭의 칭찬에 이인생이 담배 연기를 뿜으면서 희미하게 웃었다.

"나 역시 한때는 좌절하고 분노한 적이 있었지. 내가 더 열심히 공부하고 똑똑한 것 같은데 나는 수십 년간 향시에도 붙지 못했고, 다른 이들이 향시에 합격하고 과거에 합격해서 승승장구하는 걸 봤으니까 말이야. 하지만 학문을 익히고 배우는 것이 출세를 위한 것이 아니라 나를 완성시킨다는 것을 의미한다는 걸 깨달았지. 내가 스스로 익히고 깨달아서 만족하면 출세보다 더한 기쁨과 성취를 누리는 게 아니겠나?"

달관한 듯한 이인생의 말에 정진섭은 저도 모르게 고개를 끄덕거렸다. 그러다가 뭔가 생각난 듯 물었다.

"그런데 성낙훈 대감에게 보낸 편지 내용은 좀 격하셨습니다."

정진섭의 물음에 이인생이 그를 가만히 쳐다봤다.

"그걸 어찌 아는가? 혹시?"

"제가 우연찮게 성낙훈 대감에게 보내신 서찰을 봤습니다."

"그걸 어찌 자네가 봤던 말인가? 소인배인 줄은 알았지만 남에게 서찰까지 보여 줄 거라고는 생각도 못 했군."

이인생이 혀를 차며 말하자 정진섭이 고개를 저었다.

"맹세코 성낙훈 대감이 보여 준 것은 아닙니다. 어떤 사건이 벌어졌고, 그 와중에 제가 손에 넣게 된 것입니다."

미심쩍은 표정으로 정진섭을 바라보던 이인생이 장죽을 물고 담배를 한 모금 빤 후 입을 열었다.

"평생 변하지 않기로 맹세했는데 최근 들어서 아쉬운 점이 있었지. 뜻밖의 사정으로 큰애들은 혼인을 맺지 못해서 내 늦둥이 둘째 여식과 그의 차남을 혼인시키자고 했네. 그런데 둘 다 나이가 찼는데도 자꾸 미루려고 해서 알아봤더니, 성낙훈의 여식과 혼사를 맺으려 한다는 소문을 들었네."

"성낙훈 대감의 여식이라면?"

정진섭은 아무 말도 하지 않고 김갑생을 바라봤다. 김갑생 역시 마른침을 삼킨 채 입을 다물었다. 둘 다 죽은 성윤준을 떠올렸지만 이인생은 별다른 눈치를 채지 못했는지 말을 이어 갔다.

"그래서 겸익에게 준엄하게 꾸짖는 편지를 보냈지. 사주까지 서로 주고받았으면서 왜 그러느냐고 말이야. 그리고 성낙훈 대감에게도 항의하는 내용의 편지를 보냈네."

"그래서 답장은 받으셨습니까?"

"겸익에게서 말인가?"

정진섭이 고개를 끄덕거리자 이인생이 대답했다.

"없었네. 그래서 며칠 안에 답장이 없으면 직접 찾아가려고 했지. 겸익이 그대를 보낸 건가?"

"그런 건 아닙니다. 성균관에 일이 생겨서 알아보는 중이었습니다."

"아무튼 내가 해 줄 말은 이 정도일세. 겸익에게 크게 실망했지만 아직 기다리고 있다고 전해 주게."

"알겠습니다."

이인생에게 인사를 하고 밖으로 나온 정진섭이 따라 나온 김갑생에게 말했다.

"이제 성윤준의 집에 찾아가 보세."

"그 댁은 장례를 치르고 있을 텐데요?"

"그러니까 가서 물어보기 좋을 때야. 기억이라는 건 시간이 지나면 사라지는 법이니까."

북촌에 있는 성윤준의 집은 고즈넉했다. 삼우제까지 끝난 상황이었지만 외아들의 갑작스러운 죽음이라는 충격은 집안 곳곳에 남아 있었다.

두 사람이 대문을 열고 안으로 들어서자 행랑채의 툇마루에 앉아 있던 청지기가 달려왔다.

"어디서 오셨습니까?"

정진섭이 차분한 목소리로 대답했다.

"죽은 성 유생과 동문이라네. 여기는 내 몸종이고."

"아! 그러시군요. 삼우제까지 다 끝나서 문상 오셨던 분들도 다 떠나셨습니다."

"그 일로 성균관에 외출 금지령이 내려 밖으로 나오지 못했네. 아버님을 만나 뵙고 조의를 전하고 싶네만."

"대감마님께서는……."

말끝을 흐리는 청지기에게 정진섭이 재빨리 말했다.

"내가 성 유생의 죽음을 처음으로 목격한 사람일세."

청지기의 표정이 몹시 복잡해진 걸 본 정진섭이 쐐기를 박았다.

"따로 전해 드릴 말이 있네. 그런데 청지기가 이리 박대하니 돌아가야겠군."

헛기침을 한 정진섭이 유생복의 옷자락을 세게 털며 돌아섰다. 대충 돌아가는 눈치를 살핀 김갑생이 일부러 큰 목소리로 말했다.

"아니, 그냥 돌아가시려고요?"

"문전박대를 당했으니 그래야지."

채 두 걸음을 떼기도 전에 청지기의 다급한 목소리가 들렸다.

"죄송합니다! 대감마님께서는 사랑채에 계십니다. 여쭙고 올 테니 잠시만 기다려 주십시오."

"아닐세. 내가 괜한 걸음을 한 모양이야."

정진섭이 그대로 나갈 기미를 보이자 김갑생이 잽싸게 팔을 잡고 만류하는 척했다.

"아니, 문상을 오셨으면 인사라도 하고 가셔야죠. 이리 돌아 가시면 어찌합니까?"

그러면서 청지기에게 얼른 앞장서라는 눈짓을 보냈다. 그러 자 파랗게 질린 청지기가 잽싸게 사랑채로 통하는 문을 열었다.

정진섭이 못 이기고 끌려가는 척하면서 작게 말했다.

"제법이군."

"반촌에서 살려면 눈치가 빨라야 하거든요."

"앞으로도 잘 부탁하네, 동생."

씩 웃은 정진섭은 사랑채 문을 통과하면서 또 난리 법석을 피웠다.

"안 간다니까! 성균관 유생이면 뭐 해! 찬밥 취급이나 당하 고 말이야. 내가 억울해서 대사성 영감께 가서 고할 거야. 고하 고 만다고!"

이제는 거의 울 것 같은 표정이 된 청지기가 종종걸음으로 사랑채 앞에 섰다.

"대감마님. 도련님과 함께 성균관에서 공부하는 유생이 왔습 니다."

잠시 후, 대청 쪽의 긴 창살문으로 된 분합문이 열렸다. 정자 관을 쓴 채 은으로 도금된 곰방대를 물고 있던 남자가 호랑이 같은 눈으로 바라봤다.

황급히 다가간 청지기가 귓속말을 하자 남자가 고개를 끄덕 거렸다. 그러자 청지기가 정진섭에게 고개를 숙이며 말했다.

"안으로 드시지요."

그러자 정진섭이 김갑생에게 말했다.

"너도 들어와라."

그 얘기를 듣고 놀란 청지기가 황급히 만류했다.

"천한 것은 사랑채에 들어갈 수 없습니다."

"내가 몸종처럼 부리는 반인일세."

"그래도……."

"이자도 대감께 고할 것이 있네. 물러서게."

아까와는 달리 위엄에 찬 목소리로 말하자 청지기는 흠칫 놀란 눈으로 바라보며 뒤로 물러섰다.

섬돌 위에서 신발을 벗고 대청에 오른 정진섭은 분합문을 열고 안으로 들어갔다. 김갑생도 뒤따라 들어가서 문을 닫았다.

책가도가 그려진 병풍을 등진 채 보료 위에 앉아 있는 남자는 이조판서 성낙훈이었다. 부리부리한 눈에 단정한 몸가짐은, 아들을 잃었음에도 불구하고 평정심을 유지하려고 애쓰는 것 같았다.

절을 하고 무릎을 꿇은 정진섭이 공손하게 말했다.

"소생은 성균관 유생 정진섭입니다. 저쪽은."

문가에 앉은 김갑생을 돌아본 정진섭이 덧붙였다.

"제가 몸종으로 부리는 반인 김갑생입니다."

"내 아들과 동문이군."

들고 있던 곰방대를 재떨이 위에 살짝 걸쳐 놓은 성낙훈이 깊게 한숨을 쉬었다. 그걸 본 정진섭이 다시 고개를 숙였다.

"삼가 조의를 표합니다. 그 일 이후 성균관에 외출 금지령이 떨어져서 조문을 오지 못했습니다."

"그랬군. 나는 혹시 우리 아들이 사량생이라서 아무도 오지 않았나 싶었지."

성낙훈의 말을 들은 정진섭이 손사래를 쳤다.

"말도 안 됩니다. 윤준이는 도량이 넓고 학식이 깊어서 상재생과 잘 어울렸고, 하재생들도 많이 존경하고 따랐던 친구입니다."

성윤준의 평소 모습과 다른 얘기에 놀란 김갑생이 슬쩍 정진섭의 뒷모습을 바라봤다. 다행히 성낙훈은 별다른 의심 없이 그 얘기를 믿었다.

"내 아들이라서 그런 것이 아니라 정말 착하고 정이 많은 아이네."

"그래서 이번 일이 더욱 안타깝습니다. 사실 제가 처음 현장을 발견했는데, 너무도 믿기지 않아서 그만 졸도를 해 버리고 말았습니다."

"저런, 내 아들을 그리 생각해 줬다니 고맙군."

"군자가 뜻하지 않게 해를 입었으니 참으로 통탄할 노릇입니다. 제가 살펴보니 이상한 점이 몇 가지 있어서 여쭤보려고 찾아왔습니다."

"이상한 점이라니?"

"윤준이는 학식이 높고 덕망이 있어서 원한 같은 것을 살 만한 유생이 아니었습니다. 그런데 그리 참혹하게 죽은 것이 마음에 걸려서 말입니다."

"대사성 말로는 들짐승에게 해를 입었다고 하던데?"

성낙훈이 눈빛을 번뜩이며 묻자 정진섭은 차분한 표정을 지었다.

"성균관의 체면을 생각해서 그리 말씀하셨지만 여러 가지 의문점들이 있습니다."

"어떤 의문점 말인가?"

"들짐승의 발자국이 주변에 없었습니다. 그리고 향관청은 동재와 서재만큼은 아니지만 사람이 북적거리는 곳인데, 흉변이 일어난 것이 대낮인데도 불구하고 들짐승의 울음소리를 듣거나 실제로 본 사람은 아무도 없었습니다."

"그럼 누가 내 아들을 죽였다는 얘긴가?"

분위기가 무겁게 흘러가자 긴장감을 이기지 못한 정진섭이 심호흡을 하고는 입을 열었다.

"바로 그걸 알아보기 위해 뵙기를 청했던 것입니다."

성낙훈이 재떨이에 걸쳐 놓았던 곰방대를 집어 들었다. 김갑생은 곰방대를 잡은 그의 손이 미세하게 떨리는 걸 똑똑히 볼 수 있었다.

"이제 겨우 아들을 떠나보내려고 하네. 그런데 아들이 누군가의 손에 의해 죽었다는 말을 들으니 마음이 다시 괴로워지는군."

"그럼 아드님의 죽음이 들짐승의 소행으로 덮어지는 걸 원하십니까? 만약 누군가 윤준이를 죽였다면 그자는 우리를 비웃고 있을 겁니다."

정진섭의 말이 끝나기가 무섭게 성낙훈이 곰방대로 재떨이를 내리쳤다. 요란한 소리가 사랑방 안에 울려 퍼지자 조마조마하게 지켜보던 김갑생은 화들짝 놀랐다. 하지만 정진섭은 담담하게 성낙훈을 바라봤다.

곰방대를 쥔 손을 부들부들 떨고 있던 성낙훈이 입을 열었다.

"다시 말해 보게."

"만약 들짐승이 아니라 사람의 소행이라면, 그자는 분명 우리를 비웃고 있을 것이라고 했습니다."

"믿을 수가 없네. 내 아들은 들짐승에게 해를 입었어."

"저도 그렇게 믿고 싶습니다. 그래서 대사성 영감께 고해, 조사하기로 한 것입니다."

"어떤 조사 말인가?"

"만약 윤준이를 누군가 죽였다면 분명 원한을 가진 자의 소행일 겁니다."

"내 아들은 원한을 살 만한 짓을 하지 않았네."

딱 잘라 말하고 옆으로 돌아앉은 성낙훈에게 정진섭이 조용히 말했다.

"원한이라는 것은 내가 가만히 있어도 상대방이 가질 수 있는 법입니다. 예를 들어, 내가 공부를 잘하고 친구와 잘 어울리는 걸 본 누군가가 질투심에 사로잡혔다가 원한으로 바뀔 수도 있습니다. 그게 아니면 아버지에게 품은 원한을 자식에게 풀려고 하는 경우도 있고 말입니다."

"우리 집안은 대대로 과거 합격자를 배출한 명문일세. 권세에 아부하지 않고, 오직 주상에게 충성을 다했다 이 말이야."

"그게 누군가의 원한이 될 수 있다는 생각은 안 해 보셨습니까?"

정곡을 찌르는 정진섭의 말에 성낙훈의 얼굴이 일그러졌다.

"간신배들이라면 충분히 그럴 수도 있겠지."

"거기다 윤준이는 대감의 외아들입니다. 부모의 가슴에 대못을 박기에는 더없이 적당하지요."

성낙훈은 차갑고 냉정하게 얘기하는 정진섭을 무섭게 노려봤다. 그러다가 앞에 놓인 경상의 서랍을 열어서 안에 있던 편지를 그 앞에 던졌다.

"뭡니까?"

이인생을 이미 만나고 왔던 정진섭은 대충 짐작했지만 모르는 척 물었다. 그러자 성낙훈이 곰방대를 만지작거리며 대답했다.

"직접 읽어 보게."

편지들을 펼쳐서 읽은 정진섭의 표정이 복잡해졌다. 김갑생은 궁금했지만 차마 끼어들지 못했다.

다 읽은 편지를 바닥에 내려놓은 정진섭이 성낙훈을 바라봤다.

"언제 온 것들입니까?"

"보름 전쯤 왔네."

"편지 내용대로 대사성 영감 집안과 혼사를 맺으려고 하셨습니까?"

정진섭의 물음에 성낙훈은 고개를 끄덕거렸다.

"윤준이의 여동생과 송철 대사성 영감의 아들 사이에 혼사 얘기가 오갔고, 성사가 되는 분위기였네."

"그런데 남산골에 사는 이인생이라는 선비가 대사성 송철 영감의 집안과 자신이 오래전부터 혼사를 하기로 약조를 맺었다고 항의하는 내용이군요."

"맞네. 생각지도 못한 일이라 크게 당황했지. 자칫하면 남의 집 혼사를 가로챈 파렴치한 사람이 되어 버리니까 말이야. 그래서 송철 영감에게 물어봤더니, 자기가 알아서 처리하겠다고 대답하더군."

"그다음은 어찌 되었습니까?"

"처리하겠다고 해서 기다리고 있었네. 이제는 소용이 없어졌지만 말이야."

"하긴……."

정진섭은 말을 잇지 못했다. 외아들 성윤준이 갑자기 죽었으니 혼사를 치를 만한 상황이 아니게 된 것이다.

머릿속으로 생각을 정리한 정진섭이 물었다.

"혼담은 얼마나 오갔습니까?"

"매파가 중신을 섰고, 얘기가 제법 오랫동안 오갔지. 그러니 중간에 소문들이 많이 퍼졌을걸세."

"이인생 선비 말고 두 집안의 혼인을 반대하거나 싫어한 사람이 또 있었습니까?"

고개를 저은 성낙훈이 대답했다.

"나도 일이 벌어지고 나서 밤낮으로 생각해 봤는데, 떠오르는 사람이 없었네."

"이인생 선비는 어떻습니까?"

정진섭의 질문에 성낙훈이 쓴웃음을 지었다.

"별 볼 일 없는, 가난한 남산골 선비일세."

"혹시 조정에서의 일로 갈등을 빚은 사람은 없었습니까?"

조심스러운 정진섭의 물음에 성낙훈이 고개를 저었다.

"몇몇 소인배들과 사이가 나쁘기는 하지만, 그렇다고 내 아들을 해칠 자들은 없는 것 같네."

성낙훈의 대답을 들은 정진섭이 난감한 얼굴로 김갑생을 바라봤다. 그리고 다시 성낙훈을 바라보며 조심스럽게 물었다.

"흉변이 생긴 이후에 대사성 영감께서 따로 말씀이 있으셨습니까?"

"물론이지."

"뭐라고 하셨습니까?"

"갑작스러운 흉변이 일어났으니 참으로 안타깝다면서, 하늘이 양쪽 집안이 맺어지는 걸 바라지 않는 것 같다고 하더군. 나도 같은 생각이라고 대답했지."

그 후로도 몇 가지 질문을 던진 정진섭은 성낙훈의 빈틈없는 대답을 들었다.

편지를 접어서 성낙훈에게 돌려준 정진섭이 일어나자는 눈짓을 하자 김갑생이 불쑥 물었다.

"마지막으로 여쭙겠습니다. 혹시 시귀에 대해서 들어 보신 적 있으십니까?"

잠시 생각하던 성낙훈이 고개를 저었다.

"처음 듣는 말일세."

시무룩해진 청지기의 배웅을 받고 성낙훈의 집을 나온 정진섭이 물었다.

"시귀라는 게 뭔가?"

"지난번에 아버지와 반촌 사람들이 하는 얘기를 들었습니다. 죽었다가 살아난 시체라고 했습니다."

"시체가 어찌 죽었다 살아난단 말인가?"

"저도 그게 이상해서 물어봤더니, 알 필요 없다는 식으로 넘어갔습니다."

김갑생의 얘기를 들은 정진섭이 한숨을 내쉬었다.

"이상한 일이 연달아 생기는군."

"하늘의 뜻입니까?"

피식 웃은 정진섭이 고개를 저었다.

"그럴 리가, 사람 짓이야."

"사람이요?"

"하늘이 대체 무슨 심보로 성균관에서 유생의 목을 자르겠나? 인간의 욕심과 증오가 불러온 일이지."

"이럴 때는 보통 하늘의 뜻 운운하던데, 유생님은 다르시군요."

"하늘을 언급하는 놈치고 멀쩡한 놈 못 봤어. 이상한 일이 연거푸 생긴 것은 어떤 음모가 꾸며지고 있다고 봐야지."

"하지만 이인생 선비는 그냥 남산골의 가난한 선비였습니다.

성낙훈 대감조차 용의자로 보지 않았잖습니까?”

“음식을 먹다 보면 눈에 보이는 게 전부가 아니라는 걸 쉽게 알 수 있어. 껍질이 두껍고 맛이 없어 보여도 잘 깎아 내고 다듬으면 세상에서 으뜸가는 맛을 내곤 하지.”

입맛을 다시며 말하는 정진섭의 모습에 김갑생이 고개를 절레절레 저었다.

“이 와중에도 먹는 생각을 하십니까?”

“비유하는 거지. 그나저나 이상하군.”

“뭐가 말씀입니까?”

“혼사를 막으려면 성낙훈 대감의 딸이나 대사성 송철 영감의 아들을 목표로 했어야 해. 그런데 성낙훈 대감의 아들인 성윤준이 희생양이 되었잖아.”

“그럼 다른 이유가 있을 것 같습니까?”

“우리가 모르는 재료가 있는 것 같아.”

정진섭의 얘기를 듣고 골똘히 생각에 잠겨 있던 김갑생이 말했다.

“그릇을 못 봤을 수도 있지 않을까요?”

“그릇이라니?”

“아까 얘기한 시귀 말입니다.”

걸음을 멈춘 정진섭이 돌아서서 김갑생의 어깨를 꽉 움켜잡았다. 솥뚜껑 같은 손에 맞아서 몹시 아팠지만 티를 내지 못한 김갑생이 억지로 웃었다.

“시귀가 왜?”

"반촌 사람들이 이 시점에 그걸 기억해 냈다는 게 이상해서 요."

"어쨌든 시귀는 성균관이나 반촌과 관련이 있다는 얘기로군."

"맞습니다. 거기에 어떤 문제가 있어서 성윤준 유생의 살인 으로 이어진 것이 아닐까라는 생각이 들었습니다."

"역시 내 동생답군. 나도 방금 그 생각을 했는데 말이야."

"아무래도 성균관 안에서 단서를 찾아봐야겠습니다."

"그걸 도와줄 사람이 있지."

정진섭은 마치 맛있는 걸 눈앞에 둔 것처럼 회심의 미소를 지었다. 그걸 본 김갑생이 물었다.

"성격답지 않게 무척 서두르시네요?"

"열흘 말미를 받았으니까."

성균관을 향해 발걸음을 빨리하는 정진섭의 뒷모습을 보던 김갑생이 입을 열었다.

"저, 궁금한 게 있습니다."

"성낙훈 대감이 자기 외아들이 살해되었을지도 모른다는 얘 기를 듣고도 너무 덤덤한 게 궁금한 거지?"

핵심을 정확하게 찔린 김갑생이 대답 대신 뒤통수를 긁자 정 진섭이 하늘을 향해 한숨을 쉬었다.

"체통 때문이지."

"아들의 죽음과 체통이 무슨 상관입니까?"

"아들이 누군가의 손에 죽음을 당했다면 당장 아버지부터 조 사를 받을 걸세. 그러면 들쑤시는 중에 이런저런 일들이 밝혀지면서 뜻하지 않게 타격을 받을 수 있어. 거기다 흉변을 당해서 이미 장례까지 치렀는데 타살당했다고 나서면 체면이 안 선다고 생각했을 거야."

"맙소사. 그놈의 체통이 자식 목숨보다 중요하다고요?"

김갑생이 어처구니없다는 표정으로 묻자 정진섭이 어깨를 으쓱거렸다.

"그게 지금 우리가 사는 세상이야. 내가 먹을 거에 미치는 이유기도 하고 말이야."

존경각은 명륜당 뒤쪽에 있는 전각으로, 사서오경을 비롯해서 유생들이 시험을 볼 때 참고하는 책들을 보관하던 곳이었다. 하지만 몇 차례 불이 나고, 책을 빌려 간 유생들이 돌려주지 않으면서 차츰 책이 사라지고 말았다.

결국 지금은 빈 창고가 되고 말았는데, 그곳을 지키는 반인이 노인이라서 성균관에서 벌어진 일들을 잘 안다고 정진섭이 김갑생에게 설명해 줬다. 가족이 없어서 반촌과도 교류를 거의 하지 않고 존경각에서 먹고 자는 상황이라, 자신에게 다 털어놓을 거라는 호언장담도 덧붙였다.

두 손으로 그릇을 들고 따라가던 김갑생은 정진섭의 수다에 맞장구를 치면서도 그릇 안에 든 게 떨어지지 않도록 신경을 써야만 했다.

"저기 있군."

발걸음을 빨리한 정진섭이 웃통을 벗은 채 문지방에 걸터앉아 있던 덕구 할아버지에게 인사를 했다.

"안녕하셨습니까, 덕구 할아버지? 정진섭입니다."

퍼뜩 정신을 차린 덕구 할아버지가 있는 대로 인상을 찡그리며 물었다.

"누구라고?"

"접니다. 정진섭 유생. 제가 재작년 복날에 개장국 대접해 드렸잖아요."

"아! 알겠네. 요즘도 많이 먹으러 다니는 모양이군. 살이 더 찐 것 같아."

덕구 할아버지가 볼록한 정진섭의 배를 바라보면서 이가 다 빠진 입을 오물거렸다. 그러자 정진섭이 김갑생에게 손짓을 했다.

김강생이 재빨리 들고 있던 그릇을 건네주면서 저고리에 꽂아 둔 젓가락도 같이 건넸다.

"뭐야, 이게?"

덕구 할아버지의 물음에 정진섭은 속삭이듯 대답했다.

"오이무름입니다. 오이를 푹 삶아서 초간장으로 간을 하고, 생강과 후추를 넣은 것이죠."

"내가 이걸 좋아하는 걸 어떻게 알았나?"

"제가 할아버지를 얼마나 좋아하는데 이 정도도 모르겠습니까?"

둘이 박장대소를 하는 걸 보면서 김갑생은 정진섭 특유의 넉살과 능청에 감탄했다. 날씨 얘기부터 무릎 얘기까지 실컷 하면서 오이무름을 다 먹어 치운 덕구 할아버지가 물었다.

"그나저나 빌릴 책도 없는데 여긴 웬일이야?"

"옛날 일을 좀 알아보려고요."

"언제 적 일인데?"

입을 우물거리던 덕구 할아버지의 물음에 김갑생과 눈빛을 주고받던 정진섭이 물었다.

"최소 십 년 전이요. 얼마 전에 향관청에서 일어난 변괴 아시죠?"

"암, 그런 일은 시귀 소동 이후에 처음이었어."

시귀라는 단어와 마주친 정진섭과 김갑생은 서로의 얼굴을 바라봤다. 김갑생이 조심스럽게 물었다.

"반촌에서 사람들이 시귀에 대해서 얘기하는 걸 들었습니다."

"시귀는 살아 있는 것도 아니고 죽은 것도 아닌 귀신이지."

"시귀가 성균관에 나타난 적이 있었습니까?"

정진섭이 바짝 다가서 묻자 덕구 할아버지가 혀를 찼다.

"당연하지. 너무 기괴한 일이라서 다들 암묵적으로 입을 다물었어. 유생들이야 이미 예전에 과거에 합격해서 출사하거나 집으로 돌아갔고, 교관들도 늙어서 죽거나 퇴직해서, 알고 있는 건 나 하나뿐일 거야."

정진섭이 씩 웃으면서 김갑생보고 앉으라는 손짓을 했다. 그가 바닥에 앉자 덕구 할아버지가 걸터앉아 있던 문지방 옆에

끵겨 앉은 정진섭이 물었다.

"그 시귀 사건에 대해서 알고 싶습니다."

"다 지난 일을 왜?"

"그냥 궁금해서요."

정진섭의 터무니없는 대답을 들은 덕구 할아버지가 앙상한 잇몸을 드러내며 웃었다.

"엉뚱하긴. 얘기가 좀 긴데 괜찮겠어?"

"제가 먹는 거 다음으로 좋아하는 게 이야기를 듣는 겁니다."

"알겠네. 임오화변壬午禍變(영조가 아들 사도세자를 뒤주에 가둬서 죽인 사건으로 1762년에 일어났다)이 일어날 즈음이니까 한 삼십 년 전이었을 거야. 그때 성균관에는 다섯 명의 절친한 유생들이 나란히 입학했다네. 꽃이 활짝 핀 봄이었지."

5

"여기가 성균관이로군."

성현들의 넋이 드나든다는 신삼문을 지나 동쪽 담장에 있는
동문으로 들어선 조유도는 좌우에 있는 동재와 서재는 물론,
정면에 보이는 명륜당을 보고 흥분을 감추지 못했다. 담장 아
래 흐드러지게 핀 예쁜 꽃들이 바람에 살랑거렸지만 그런 것들
은 눈에 들어오지 않았다. 고향 친구이자 서원 동기 네 명과 함
께 생원진사시에 나란히 합격하고 알성謁聖(생원진사시에 합격하고
성균관의 대성전에 가서 인사를 하는 일) 겸 상읍례를 하러 성균관에
온 것이다.

그 모습을 옆에서 지켜본 노웅래가 어깨를 쳤다.

"입 찢어지겠네."

"평생 꿈이 이뤄졌는데 입이 찢어지는 게 대수인가?"

"어련하시겠어. 나도 여기서 공부를 열심히 해서 과거에 합격하고 말겠어."

"어림도 없지. 내가 먼저 홍패紅牌(붉은색으로 된 과거 합격증)를 받을 걸세."

두 사람이 앞서거니 뒤서거니 얘기를 하는 와중에 뒤에 있던 세 친구들 중 유난히 수염이 긴 김창진이 끼어들었다.

"이 친구들아! 우리들은 병풍인가?"

한참 웃고 떠드는 그들을 지켜보던 수복이 어서 오라는 듯 헛기침을 요란하게 했다. 그제야 신입생들이 인사하는 상읍례가 열린다는 사실을 떠올린 그들은 서둘러 서재 앞으로 향했다.

그곳에는 유생복을 입은 재회의 임원들이 서재 마루 위에 서 있었다. 제일 오른쪽 끝에 재회를 이끄는 장의만 앉아 있었고, 그 앞에는 다른 신입생들이 이미 나란히 서 있었다.

긴장한 표정으로 끝에 선 그들 앞을 지나간 수복이 마루 쪽으로 다가가서 장의 옆에 서 있는 재회의 서기인 조사에게 종이쪽지를 건넸다. 쪽지를 펼친 조사가 한쪽 눈을 찡그린 채 외쳤다.

"충청도 아산현에서 진사시에 합격한 조유도!"

제일 마지막에 허겁지겁 섰던 조유도는 놀라서 눈만 껌뻑거렸다. 그때 쪽지를 건넸던 수복이 다가와서 그의 팔을 살짝 잡았다.

"앞으로 가십시오."

조유도가 떨떠름한 표정으로 앞으로 끌려 나가자 노웅래와 다른 친구들이 킥킥거렸다. 마루 앞에 선 조유도 맞은편에 아까 그의 이름을 부른 재회의 조사가 섰다. 둘 사이에 선 수복이 낮은 목소리로 속삭였다.

"서로 읍을 하시고 마루 위로 인도해 주십시오."

그 얘기를 들은 조사가 헛기침을 하면서 고개를 숙였다. 놀란 조유도도 냉큼 고개를 숙였다. 두 사람이 고개를 숙인 것을 본 수복이 다시 속삭였다.

"두 분 다 고개를 더 숙이시고, 잠시만 그대로 계십시오."

조유도는 코가 땅에 닿을 정도로 고개를 숙이면서 휘청거렸다. 그걸 본 친구들이 키득거리는 소리가 뒤에서 들려왔다.

잠시 후, 수복이 고개를 들라고 하자 조유도는 한숨을 돌렸다. 고개를 든 그에게 조사가 다가와서 팔을 잡아 주고는 마루를 가리켰다.

"따라오게."

조유도가 조사를 따라 서재의 마루로 올라가자, 앉아 있던 장의가 소매를 털며 일어났다. 마루 아래 서 있던 수복이 재빨리 속삭였다.

"아까처럼 서로 읍을 하십시오."

조유도는 잔소리를 피하기 위해 고개를 푹 숙였다.

고개를 든 조유도에게 수복의 말이 들려왔다.

"옆에 계시는 분들과 차례대로 인사를 하십시오."

이번에도 시키는 대로 인사를 한 조유도는 수복의 손짓을 따라 마루 끝까지 갔다. 뒤이어 노옹래를 비롯한 친구들이 한 명씩 마루에 올라서 장의를 비롯해서 재회의 임원들과 읍을 하고는 마루 끝으로 섰다.

숨을 헐떡거린 노웅래가 조유도 옆에 와서는 한숨을 쉬었다. 그런 두 사람을 본 수복이 힘을 북돋워 줬다.

"이제 큰 건 다 끝났으니 조금만 참으십시오."

"뭐가 더 남은 건가?"

조유도의 물음에 장의 쪽을 힐끔 살핀 수복이 대답했다.

"나이 순서대로 앉은 다음에 선배 유생들과 인사를 하고 나면 끝입니다. 그래야 초방책에 이름을 올릴 수 있지요."

"초방책은 또 뭔가?"

옆에 있던 노웅래가 끼어들자 수복이 책을 넘기는 시늉을 했다.

"거기에 명단이 올라야 식당에서 식사를 할 수 있고, 재회의 임원으로 선출될 자격을 얻지요."

"그럼 다 끝난 건가?"

"신방례가 남아 있습니다만, 그건 유생님들끼리 알아서 하시는 거라서 따로 절차가 없습니다."

"그건 어떻게 하는 건가?"

"그냥 형편에 맞게 술과 음식을 준비해서 선배들에게 대접하는 것입니다."

말은 그렇게 했지만 눈은 '고생 좀 해 봐라'라는 뜻이 고스란히 담겨 있어서 조유도와 친구들은 마른침을 삼키며 바짝 긴장했다.

그러는 사이에도 새로운 유생들이 장의와 인사를 하고 마루로 올라섰다. 조유도는 노웅래를 비롯한 친구들과 눈을 마주쳤다. 이제 시작이라는 굳은 결심을 담은 눈빛을 건네자 노웅래와 친구들도 같은 생각이라는 듯 고개를 끄덕거렸다.

조유도는 시선을 돌려 하늘을 바라봤다. 서재의 처마 끝에 걸린 햇살이 유난히 따사로웠다. 앞으로 펼쳐질 멋진 앞날 같다는 느낌에 조유도는 저도 모르게 미소를 지었다.

진사식당 뒤편 우물가에 모인 조유도와 친구들은 유생복에 먹물이 잔뜩 묻은 김창진을 달랬다. 얼굴이 한없이 붉어진 김창진은 주먹을 불끈 쥔 채 화가 잔뜩 나 있었다. 다른 친구들은 얼룩덜룩한 김창진의 모습을 보고 웃을 수도, 울 수도 없었다.

김창진이 긴 한숨과 함께 입을 열었다.

"망할! 아무리 그래도 그렇지, 황감제黃柑製(조선시대 제주도에서 한양으로 감귤이 진상되면 그걸 기념하기 위해 성균관에서 치른 과거시험)에서 이렇게 대놓고 방해를 할 줄은 몰랐어."

"누군지는 기억해?"

조유도의 물음에 김창진이 고개를 돌렸다.

"몰라! 뒤에서 확 떠밀어 버리는 바람에 꼬꾸라졌으니까."

김창진의 얘기를 들은 노웅래가 고개를 끄덕거렸다.

"맞아. 설사 안다고 해도 뭐라고 하겠어? 선배 유생일 게 뻔한데."

얘기를 한 노웅래가 조유도를 바라봤다. 씁쓸한 표정을 지은 조유도가 한숨을 쉬었다.

"하긴, 순고 때 내가 쓴 답안지를 가로챈 선배 유생도 있었는데 뭐."

비슷한 일을 몇 번씩 겪은 조유도와 친구들은 한숨만 늘어 갔다. 가장 큰 문제는, 아무리 열심히 공부해도 과거에 합격할 것 같지 않다는 두려움이었다.

고향인 아산의 향교에서 공부할 때는 다섯 명을 따라올 실력을 가진 유생이 없었다. 하지만 전국에서 생원진사시를 통과한 유생들이 모인 성균관에서는 전혀 두각을 나타내지 못했다. 거기에 선배 유생들의 텃세와 훼방까지 겹치면서 그들의 자신감은 바닥을 치고 말았다.

고개를 든 조유도는 몇 개월 전과는 너무나 달라진 하늘의 풍경에 힘이 쫙 빠졌다. 친구 중 한 명이 중얼거렸다.

"얼마 뒤면 도기과到記科(성균관에서 일정 이상 원점을 찍은 유생들을 대상으로 치른 시험)인데……."

그러자 노웅래가 쓴웃음을 지었다.

"꿈 깨라. 날고 기는 선배들도 떨어지는 판국에 우리가 무슨 수로 붙어."

다시 한숨이 흘러나왔다. 다들 축 늘어져 있는 와중에 노웅래가 조심스럽게 입을 열었다.

"우리 거기 가 볼까?"

"어디?"

김창진의 물음에 노웅래가 성균관의 담장 밖을 바라보면서 대꾸했다.

"벽장동. 거기 무당이 진짜 영험하대."

"어허, 명색이 유학을 배우는 선비가 어찌 허망한 무당을 만난단 말인가?"

조유도가 헛기침을 하며 반박했지만 노웅래도 물러서지 않았다.

"지푸라기라도 잡아야 하는 게 지금 우리 신세일세. 이렇게 선배들에게 치이고, 시험에 계속 떨어지다가 나이가 차서 성균관을 나가게 되면 우리에게 뭐가 남겠어?"

노웅래의 말에 조유도는 차마 반박하지 못했다.

"속는 셈 치고 한번 가 보자고. 손해 볼 건 없잖아."

거듭된 노웅래의 말에 조유도는 솔깃했다. 다른 친구들보다 조금 더 실력이 좋다고 평가받았던 조유도가 더 초조했기 때문이다. 그런 조유도의 눈빛을 본 노웅래가 슬쩍 물었다.

"언제 갈까?"

벽장동의 화려한 불빛과 흐드러지는 웃음소리를 들은 조유도는 얼굴을 찡그리며 고개를 돌렸다. 활짝 열린 대문 앞에서는 가채를 올린 기생과 취한 선비가 얼굴을 바짝 들이댄 채 이야기를 주고받고 있었고, 그 옆에서는 기생과 몸종이 심드렁하게 지켜보는 가운데 선비들이 꼴사납게 주먹다짐을 하는 중이었다.

머리 부분인 갓모자가 떨어져 나간 갓을 한 손에 쥔 선비가 흙이 잔뜩 묻은 도포를 손으로 털면서 숨을 몰아쉬었다. 두 사람의 싸움은 붉은색 도포에 노란 초립을 쓴 별감이 나타나 쇠도리깨를 몇 번 휘두르자 그치고 말았다. 그걸 본 조유도가 요란하게 혀를 찼다.

"명색이 선비라는 자들이 한낱 기생을 두고 저 무슨 추태인가?"

다른 친구들도 같은 생각이라는 듯 고개를 끄덕거렸다. 그러다가 볼을 붉게 화장한 기생이 추파를 던지자 기겁을 하면서 걸음을 빨리했다. 그런 조유도 일행을 향해 기생이 깔깔거리며 웃어 댔다.

좀 떨어진 으슥한 골목까지 와서 한숨을 돌린 조유도가 노웅래에게 짜증 섞인 말투로 물었다.

"대체 어딘가?"

그러자 노웅래는 골목길 끝의 으슥한 곳을 가리키며 대답했다.

"저기일세."

달빛조차 미치지 못하는 골목 끝이라 조유도가 주저하는 사이, 노웅래가 앞장서 걸었다. 그리고 끝에 있는 작은 대문을 주먹으로 쾅쾅 두드렸다.

어둠 속으로 소리가 울려 퍼지자 조유도는 안절부절못했다. 당장이라도 성균관 재회의 우두머리인 장의가 나타나서 유생이 이런 곳에 어찌 왔느냐고 호통을 칠 것 같았기 때문이다. 다행히 장의는 나타나지 않았고, 삐걱거리는 소리와 함께 문이 먼저 열렸다.

　대문 안쪽으로는 잡초가 무성하게 자라고 있는 좁은 마당과 다 쓰러져 가는 초가집이 보였다. 기와 담장 너머로 분 냄새가 코를 찌르는 벽장동과는 어울리지 않는 모습이라 조유도는 잠시 어리둥절했다.

　문을 열어 준 것은 고깔모자를 쓴 붉은색 치마저고리 차림의 여인이었다. 짚신을 벗고 미닫이문을 연 그녀가 안으로 들어가자 주저하던 조유도 일행도 안으로 들어섰다. 고개를 숙이고 안으로 들어선 조유도는 저도 모르게 코를 감싸 쥐었다.

　"아우, 냄새!"

　코를 찌르는 향냄새에 머리가 어지러워진 조유도는 고개를 흔들었다. 문 안에는 온갖 종이꽃으로 장식된 작은 불상과 나무를 깎아서 만든 짐승들이 제단 같은 곳 위에 놓여 있었다. 제단 아래에는 청동으로 만든 커다란 향로가 있었는데, 그곳에서 계속 향이 먼지처럼 피어오르는 중이었다.

　이곳에 오는 것이 매우 못마땅했던 조유도는 끔찍한 냄새를 더 이상 참지 못했다. 그가 몸을 돌려 나가려는 순간, 청동 향로 앞에 앉아 있던 무당이 불쑥 입을 열었다.

　"이번 순고를 망쳤구먼. 그것도 선배 때문에."

　문밖으로 나가려던 조유도는 그대로 얼어붙고 말았다. 간신히 고개를 돌린 조유도는 바로 앞에 서 있던 김창진을 바라봤다. 김창진은 영문을 모르겠다는 듯 눈을 동그랗게 떴고, 다른 두 친구도 같은 표정을 지었다.

노웅래가 떨리는 목소리로 물었다.

"그, 그걸 어찌 아셨습니까?"

"다 아는 수가 있지. 저기 관운장 같은 수염이 난 친구는 황 감제 때 봉변을 당했고 말이야."

무당의 말을 들은 노웅래는 저도 모르게 턱수염을 쓰다듬 었다.

이제 나갈 생각을 하지 못하게 된 조유도가 무당 쪽으로 몸 을 돌렸다.

"듣던 대로 신통하군."

무당은 이십 대 초반인 조유도보다 나이가 많아 보였지만 천 박한 무당 따위에게 존댓말을 쓸 생각은 없었다.

무당은 화를 내지 않고 대꾸했다.

"내가 아니라 내가 모시는 신이 영험하신 분이라 그렇지."

"어떤 신인데 그런가?"

조유도의 물음에 무당은 천장을 올려다봤다. 귀신과 요물이 그려진 그림들이 다닥다닥 붙어 있었다.

"천지신명이지. 무릎을 꿇고 앉게. 신이 자네들의 소원을 들 어줄 테니까."

"저, 정말인가?"

조유도가 물었지만 무당은 아무런 대답을 하지 않고 제단을 향해 무릎을 꿇었다. 그러자 다른 친구들이 하나둘씩 제단 쪽을 바라보며 무릎을 꿇었다. 주저하던 조유도 역시 친구들의 눈치 를 보면서 구석에 무릎을 꿇었다.

무당이 제단을 바라본 채 말했다.

"내가 시키는 대로 따라 하면서, 고개를 숙여서 정성껏 인사를 하게. 그러면 소원을 들어줄 것이야."

잠시 뜸을 들인 무당이 우렁찬 목소리로 말했다.

"상제님이시여! 가련한 중생이 인사를 드리옵니다!"

무당이 고개를 숙이자 다른 친구들이 따라서 말하면서 고개를 숙였다. 조유도 역시 엉거주춤 고개를 숙이면서 무당이 한 얘기를 따라 했다.

같은 말을 세 번 반복하고 고개를 든 무당이 몸을 돌려서 그들을 바라봤다. 코를 찌르는 향냄새와 알 수 없는 긴장감으로 인해 방 안의 분위기는 무겁기 그지없었다.

제단 아래 있던 작은 종을 든 무당이 몸을 좌우로 흔들면서 알 수 없는 주문 같은 걸 외웠다. 말이 점점 빨라지고 종소리까지 섞이면서 방 안은 알 수 없는 소리들로 가득했다. 저도 모르게 얼굴을 찡그린 조유도는 머리가 아파 왔다. 다시 나갈까 고민하던 그에게 무당의 목소리가 들렸다.

"다음 보름이 뜨면 진사식당 뒤편의 우물로 가."

"가서 뭘 합니까?"

노웅래의 물음에 무당이 쉰 목소리로 대답했다.

"제자리에서 세 바퀴를 돌고 우물에 침을 뱉어. 그러면 소원이 이뤄질 거야."

황당하기 그지없는 무당의 얘기에 다들 서로의 얼굴을 보며 웃고 말았다.

턱수염을 쓰다듬은 김창진이 물었다.

"우리 소원이 뭔지는 아십니까?"

"도기과에서 좋은 성적을 내고 싶은 거 아닌가?"

무당의 대답에 방 안에서는 침묵이 흘렀다. 며칠 전 진사식당 뒤편 우물가에 모여서 나눈 얘기를 정확하게 알고 있었기 때문에 온몸에 소름이 돋았던 것이다.

참았던 한숨을 내쉰 조유도가 물었다.

"시키는 대로 하면 좋은 성적을 낼 수 있는 건가?"

"믿음이 없으면 모든 게 물거품이 되는 법이지. 하지만 믿으면 어둠 속에서도 빛을 볼 수 있고, 죽을 위기 속에서도 살길을 찾을 수 있는 법이지."

이제 무당의 얘기를 진지하게 듣게 된 조유도는 저도 모르게 고개를 끄덕거렸다. 다른 친구들이 그런 조유도를 돌아봤다.

"다 모였어?"

허탈한 표정의 조유도가 묻자 김창진이 머리에 쓰는 유건의 끈을 묶으면서 대답했다.

"웅래가 측간에 들렀다 온다고 그랬어."

"오면 시작하자."

조유도의 말에 다들 고개를 끄덕거리고는 입을 다물었다. 어색해진 조유도는 하늘을 올려다봤다. 구름 한 점 없는 하늘에는 쟁반 같은 보름달이 떠 있었다. 속으로 이게 뭐 하는 짓인지 모르겠다고 생각할 무렵, 뛰어오는 발걸음 소리와 함께 노웅래의 모습이 보였다.

"미안, 갑자기 배가 아파서 말이야."

"겁이 나서 미적거린 건 아니고?"

조유도의 물음에 노웅래가 펄쩍 뛰면서 손사래를 쳤다. 덕분에 잠시나마 무거웠던 분위기가 누그러졌다. 다들 모이긴 했지만 무당의 말을 따라야 할지 고민하는 눈치였다.

우물 옆에 서 있던 조유도가 먼저 말했다.

"할 거면 빨리하고 들어가자. 이러다 누가 보면 진짜 웃음거리가 되고 말 거야."

서로 눈치를 보던 친구들은 조유도의 말이 떨어지자 엉거주춤 제자리에 서서 세 바퀴를 돌았다. 살짝 어지러움을 느꼈는지 김창진이 이마에 손을 짚은 채 우물로 다가갔다. 세 바퀴를 돈 조유도가 낮은 목소리로 말했다.

"하나 둘 셋 하면 같이 우물에 침을 뱉자. 하나, 둘, 셋!"

우물에 동그랗게 모인 다섯 명이 일제히 침을 뱉었다. 달이 비친 우물이 침덩이로 얼룩진 걸 본 노웅래가 얼굴을 찌푸렸다.

"이 물로 밥을 하는 걸로 아는데, 내일 밥을 어찌 먹을꼬?"

"지금 먹는 게 문제가 아니잖아."

퉁명스럽게 대꾸한 조유도가 우물가에 모인 친구들을 한 명씩 바라보면서 덧붙였다.

"오늘 일은 무덤 속에 들어갈 때까지 비밀이야. 명색이 성균관 유생이, 무당이 시켜서 해괴한 짓을 했다는 게 알려지면 과거에 합격해도 풍문거핵風聞擧劾(소문을 듣고 관리를 조사하고 탄핵하

90

는 일)을 당할 수 있으니까."

다들 말없이 고개를 끄덕거리자 조유도는 어서 들어가자고 말하고는 다시 달을 올려다봤다. 아까와는 다르게 붉은 기운이 낀 게 보였다.

"뭐지?"

알 수 없는 기운이 존재하는 게 아닌가 하는 생각이 들었던 조유도는 곧바로 고개를 저었다.

"그럴 리가 없지. 세상은 성현의 말씀대로 예와 법으로 돌아가야 하거늘."

도기과가 끝나고 조유도와 친구들은 약속이나 한 듯 우물가로 모였다. 하나같이 상기된 얼굴로 모인 친구들을 본 조유도가 물었다.

"설마?"

다들 똑같이 고개를 끄덕거리자 조유도는 소매에서 등수를 적은 쪽지를 꺼내서 펼쳤다.

"35등까지 올라갔어."

그러자 옆에 있던 노응래도 쪽지를 펼쳐 보이면서 말했다.

"난 49등."

김창진과 다른 친구들도 모두 60등 안에 들어가는 성적을 거둔 걸 확인한 조유도가 중얼거렸다.

"진짜 효험이 있었던 건가?"

친구들의 표정을 살핀 그가 조심스럽게 물었다.

"혹시 다들 미친 듯이 공부했던 거 아니야?"

조유도가 한 명씩 쳐다보자 모두 고개를 저었다. 마지막으로 고개를 저은 노웅래가 물었다.

"너는?"

질문을 받은 조유도가 한숨을 쉬며 대꾸했다.

"포기했었지."

잠시 어색한 침묵을 지키던 그들은 약속이나 한 듯 미친 듯이 웃어 댔다. 서로의 얼굴을 보면서 박장대소를 하던 조유도는 하늘을 올려다봤다. 구름에 가려진 달이 살짝 일그러져 보였다.

그 이후, 조유도와 친구들은 벽장동 무당이 시키는 대로 했다. 처음에는 우물에 침을 뱉거나 동료 유생의 가죽신을 훔치라는 정도였다가 점점 더 이상해졌지만 대신 시험 성적은 계속 올라갔기 때문이다.

"아이고, 아무리 그래도 이걸 먹으라고?"

보름달이 뿌연 달빛을 내리쬐는 가운데, 둥그렇게 모인 친구들 사이에서 코를 감싸 쥔 김창진이 인상을 찌푸렸다. 다른 친구들의 표정도 거의 비슷했다.

"측간에서 퍼 온 똥을 어떻게 먹어?"

울상이 된 노웅래의 말에 대답을 하려던 조유도는, 입과 코를 통해 느껴지는 메스꺼운 냄새에 황급히 손으로 입과 코를 막았다.

벽장동 무당은 다음번 시험을 잘 보고 싶으면 명륜당 뒤편의 측간에 있는 똥을 퍼서 먹으라는 해괴망측한 얘기를 했다. 조유도는 말도 안 된다고 소리치고 싶었지만 다른 친구들이 잠자코 있는 것을 보고 입을 다물었다.

돌아오면서 이번에는 도저히 안 되겠다고 했지만 뜻밖의 반응이 돌아왔다. 김창진이 수염을 쓰다듬으면서 어쨌든 성적은 올라가지 않느냐고 대답한 것이다. 조유도가 그런 김창진에게 정신 차리라고 얘기했지만 다른 친구들과 함께 노응래가 조유도를 설득하려고 들었다.

"이제 원점도 다 찼고, 대과를 봐야 하잖아. 우리 눈 딱 감고 시키는 대로 하자."

"미쳤어?"

어처구니없다는 표정으로 바라본 조유도에게 노응래가 유건의 끈을 풀어서 바닥에 내동댕이쳤다.

"그럼, 미쳤지. 안 미치면 성균관에서 어떻게 버텼겠어?"

자조적이면서 착 가라앉은 노응래의 목소리가 낯설다는 걸 느낀 조유도는 저도 모르게 한 발 뒤로 물러났다. 노응래뿐만 아니라 김창진을 비롯한 다른 친구들의 얼굴이 낯설게 느껴진 조유도는 허탈한 표정을 지었다.

"우리 어쩌다 이렇게 되었을까?"

조유도의 물음에 노응래가 차갑게 대답했다.

"모든 게 쉽게 이뤄질 거라고 생각한 게 잘못이었지. 우리 모두 성균관에서 조금만 공부하면 대과는 따 놓은 당상이라고 생각했잖아. 안 그래?"

모두에게 물어본 노웅래가 차가운 눈으로 한 명씩 돌아보면서 덧붙였다.

"그러다가 무당이라는 동아줄이 내려오니까 옳다구나 붙잡았잖아. 선비나 유생이라는 탈을 벗고 말이야."

친구들을 향해 덧없는 미소를 보여 준 노웅래가 바가지에 담긴 똥을 손으로 찍어서 보란 듯이 혀로 핥았다. 김창진이 돌아서서 구역질을 하자 노웅래가 그의 멱살을 잡았다.

"나는 벽장동 무당이 시키는 대로 했으니까 이번 시험에서 높은 점수를 얻을 거야. 그리고 언젠가는 대과에도 급제하겠지. 너희들은 이제 알아서 해."

바닥에 내동댕이친 유건을 다시 챙긴 노웅래가 돌아서서 어둠 속으로 사라졌다.

한숨을 쉬며 서로를 바라보던 친구들의 표정을 읽은 조유도가 입을 열었다.

"다들 정신 차려!"

하지만 모두 그의 말을 무시한 채 서로를 바라보며 눈빛을 주고받았다. 무슨 생각들을 하는지 눈치챈 조유도가 앞으로 나서서 손짓을 했다.

"이제 그만들 하자. 이렇게 해서 대과에 급제한들 무슨 소용이겠어."

"왜 소용이 없어. 홍패를 가지고 금의환향하는 거지."

넋이 나간 듯한 김창진의 말에 다른 친구들이 고개를 끄덕거렸다. 그러면서 똥이 든 바가지 쪽으로 시선을 돌렸다. 그런 친구들을 본 조유도는 한 발 뒤로 물러섰다.

"나는 빠질게."

친구들이 아무 반응이 없자 울컥해진 조유도는 주먹을 불끈 쥔 채 돌아섰다. 발걸음을 옮기는 그의 귓가에 누가 먼저 먹을지 속삭이는 친구들의 목소리가 들렸다.

며칠 후 성균관에는 임금님께서 성균관에 행차해서 대성전에서 제사를 지내고, 유생들을 대상으로 친히 시험을 보는 알성시가 시행된다는 방이 붙었다. 비록 대과는 아니었지만 나라님이 직접 주관하는 시험이었기 때문에 다들 걸음을 멈추고 방을 들여다보면서 마음의 준비를 했다.

그날 밤 이후 친구들과 거리를 두고 있던 조유도 역시 멍한 눈으로 방을 들여다봤다. 그러다가 뒤쪽에서 익숙한 헛기침 소리를 듣고는 고개를 돌렸다. 유생복의 소매를 만지작거리던 김창진이 시선이 마주치자 딴청을 피웠다.

마음이 더없이 불편해진 조유도는 못 본 척하면서 자리를 뜨려고 했다. 그때 앞을 슬쩍 막아선 김창진이 말을 건넸다.

"오늘 밤."

"뭐라고?"

"벽장동 무녀가 오늘 밤에 찾아오라고 했어."

"난 더 이상 안 가."

딱 잘라서 말하고 돌아서려는 조유도의 팔을 김창진이 움켜잡았다.

"이번이 마지막이랬어."

"뭐라고?"

"마지막으로 아주 중요한 예언을 들려줄 거니까 한 명도 빠짐없이 오라고 했어."

무미건조한 목소리로 얘기한 김창진은 움켜쥐었던 팔을 풀고 돌아섰다.

그날 밤, 벽장동 무당의 집 앞에 도착할 무렵 조유도는 하늘을 바라봤다. 좁은 골목길에서 바라본 하늘은 한층 더 좁고 어두컴컴했다.

먼저 도착해서 기다리고 있던 친구들과 어색한 기침과 눈인사를 나눈 후에 대문을 열고 안으로 들어갔다. 초가집 안에서 비추는 불빛 때문인지 마당은 대낮처럼 환했다.

헛기침을 몇 번 한 노웅래가 살짝 문을 열었다. 안에서 들어오라는 무당의 말이 들렸다. 친구들이 한 명씩 안으로 들어가자 마지막으로 남은 조유도 역시 뒤따라 들어갔다.

조유도와 친구들을 맞이한 무당은 얼굴에 하얀 분칠을 해서 마치 귀신처럼 보였다. 머리에는 평소 쓰던 고깔 대신 붉은색 초립을 썼다.

제단 위에는 수십 개의 호롱불이 켜져 있어서 마치 횃불이 타는 것처럼 보였다. 평상시 느꼈던 진한 향냄새는 여전해서 조유도는 얼굴을 찡그리며 손으로 코와 입을 가렸다.

"지독한 냄새야."

나지막하게 중얼거린 조유도를 힐끔 본 김창진이 무당 앞에 무릎을 꿇었다.

"분부하신 대로 모두 모였습니다."

그러자 무당은 제단 아래에 있던 방울 달린 부채를 꺼내서 쫙 펼쳤다. 갑작스럽게 울려 퍼진 요란한 방울 소리에 조유도는 흠칫 놀랐다. 부채를 가늘게 흔들어서 은은한 방울 소리를 낸 무당이 한 명씩 얼굴을 뜯어봤다.

"며칠 전 천지신명께서 너희들을 떠날 것이라고 하셨다. 내가 그동안 너희들을 돌봐 줄 수 있었던 것은 천지신명께서 너희들을 살피셨기 때문이다. 하지만 천지신명께서 마지막으로 너희들의 평생을 바꿀 예언을 남기고 떠나셨단다."

평생을 바꿀 수 있는 예언이라는 말에 노웅래가 숙이고 있던 고개를 들었다.

"정말입니까?"

"그렇고말고. 시키는 대로만 하면 앞날에 좋은 일이 생길 것이다."

시키는 일이 점점 괴상해지고 고통스러워지긴 했지만 시험 성적이 좋아지거나 괴롭혔던 박사가 쫓겨나면서 마음이 한결 편해진 건 사실이었다. 거기다 마지막이라는 얘기를 들은 조유도가 중얼거렸다.

"눈 딱 감고 시키는 대로 한 번만 해 볼까?"

그 얘기를 듣기라도 한 건지 무당이 하얗게 칠한 얼굴로 빙그레 웃으며 말했다.

"천지신명께서 나에게 보여 주신 것은 등용문이었다."

그 얘기를 들은 조유도와 친구들은 술렁거렸다. 등용문은 중국 고사에 나오는 얘기로, 황하 상류에 용문이라는 계곡에 폭포가 있는데 물살이 거칠고 험해서 물고기들이 거슬러 올라가지 못하는 곳이었다. 만약 물고기가 그 폭포를 거슬러 올라가면 용이 된다는 전설이 전해졌다. 과거 급제가 그만큼 어렵다는 것과 함께, 합격만 하면 용이 되는 것만큼이나 출세를 할 수 있다는 것을 의미하기도 했다.

지금까지는 성균관에서 자체적으로 치르는 시험인 관시였다면 알성시는 임금님이 직접 주관하는 과거시험이라서 등용문이나 다름없었다.

친구들 중 한 명이 마른침을 삼켰고, 누군가는 한숨을 쉬었다. 조유도 역시 눈에 저절로 힘이 들어갔다. 제각각의 반응이 나온 후, 김창진이 조심스럽게 무당에게 물었다.

"이번에는 뭘 해야 합니까?"

무당은 대답 대신 다섯 명의 유생들을 한 명씩 천천히 바라봤다. 마치 속을 들여다보는 것 같은 무당의 깊고 차가운 눈빛에 조유도는 저도 모르게 어깨를 움츠렸다.

조유도를 마지막으로 유생들을 살펴보던 시선을 거둔 무당이 말했다.

"지하로 내려가라."

"네?"

예상 밖의 대답에 당황한 김창진의 반문에 무당이 낮은 목소리로 덧붙였다.

"성균관의 지하로 내려가야 한다. 그러면 등용문을 오를 수 있을 것이다."

잠시 흩어졌던 친구들의 숨소리가 다시 모이는 걸 느낀 조유도가 불쑥 물었다.

"정말인가?"

지금껏 무당의 얘기를 한 번도 의심해 본 적이 없던 친구들은 돌아서서 눈을 부라렸다. 하지만 조유도는 굽히지 않고 다시 물었다.

"지금까지 유생으로서 창피하고 부끄러운 일들을 해야만 했네."

"그 대가는 충분히 누리지 않았느냐? 천지신명께서 돌봐 주시지 않았다면 자네들이 과연 지금까지 성균관에 남아 있을 수 있었을지 생각해 봐."

틀리지 않은 말이라서 조유도는 고개를 끄덕거렸다. 같이 입학한 유생들 중 절반 가까이가 이런저런 이유로 성균관을 떠났다. 거의 매일 보는 시험과 선배들의 텃세, 그리고 무엇보다 성적이 제대로 나오지 않은 것에 대한 낙담이 겹친 탓이다. 어차피 고향에 내려가도 생원이나 진사로 대접받으면서 지낼 수 있기 때문이기도 했다.

출세에 대한 열망이 누구보다 강했던 조유도와 친구들은 성균관에서 버틸 생각이었다. 하지만 벽장동 무당의 도움이 아니었다면 과연 지금까지 성균관에서 버틸 수 있었을지 자신은 없었다. 결국 성적이 올라서 남을 수 있었는데, 벽장동 무당이 시키는 대로 한 다음부터 올랐다는 사실은 분명했기 때문이다.

머리가 복잡해진 조유도가 입을 다물고 있는 사이, 김창진이 은근한 목소리로 물었다.

"지하로 내려가기만 하면 됩니까?"

질문을 받은 무당은 소매에서 여러 가지 색깔의 비단으로 수를 놓은 괴불주머니를 꺼내서 하나씩 건넸다. 얼떨결에 그것을 받은 조유도는 안에 뭔가 들어 있는 것 같다는 느낌에 끈을 당겨서 주둥이를 열려고 했다. 그때, 무당이 날카로운 목소리로 외쳤다.

"아직 열지 마!"

"그럼 언제 열어 봅니까?"

노응래가 더없이 공손한 목소리로 묻자 무당이 한숨을 쉬며 대답했다.

"지하에 내려가서 열어 보게."

말이 떨어지기가 무섭게 다들 괴불주머니를 열지 않고 소매 속에 넣었다. 주저하던 조유도 역시 왼쪽 소매 안에 넣었다. 잠깐의 침묵이 이어지는 가운데 노응래가 조심스럽게 물었다.

"지하로는 어떻게 내려갑니까?"

"제기고 왼편 버려진 우물터로 가. 바닥에 깔린 널빤지를 열면 아래로 내려가는 계단이 있을 거야."

"그 안에 뭐가 있습니까?"

이어지는 노응래의 물음에 무당은 다시 방울이 달린 부채를

흔들었다. 아까와는 달리 심하게 흔드는 바람에 방울 소리가
쉴 새 없이 들렸다.

"어둠이 있겠지. 그리고 그 어둠 속에서 길이 보일 것이야.
그 길을 보고 나면 밖으로 나와도 되네."

그 길이 뭘 의미하는지 속으로 생각한 다섯 명의 유생들은
제각각 꿈을 꾸었다. 행복해진 유생들의 표정을 보고 의미를
알 수 없는 미소를 지은 무당이 말했다.

"이제는 다시 오지 말게. 나도 곧 떠날 테니까."

"어디로 가십니까?"

김창진이 안타까움이 가득한 목소리로 묻자 무당은 차분하
게 대답했다.

"신을 찾아 떠나야지."

어디론가 간다는 무당의 말에 다들 안심하는 표정을 지었다.
혹시나 과거에 합격했는데 무당과 가깝게 지냈다는 얘기가 나
오면 발목이 잡힐 수 있었기 때문이다. 그런 유생들의 속마음
을 아는지 모르는지, 떠나겠다는 말을 했던 무당이 살포시 웃
으며 잘 가라는 말을 했다.

밖으로 나온 친구들은 긴장이 풀렸는지 웃고 떠들었다. 김창
진이 그런 친구들에게 말했다.

"알성시가 닷새 후니까 내일 밤에 내려갔다 오자. 새벽에 나
오면 아무도 모를 거야."

"좋은 생각일세."

노응래가 맞장구를 치면서 덧붙였다.

"이왕 여기까지 온 김에 기방에나 한번 가 보세."

"며칠 후가 시험이지 않은가?"

조유도의 걱정스러운 대답에 주변을 슬쩍 살핀 노응래가 대꾸했다.

"뭐 어떤가? 이제 알성시에 붙으면 지긋지긋한 성균관도 끝인데."

눈빛을 주고받던 친구들이 한 명씩 고개를 끄덕거렸다. 그러고는 가장 가까운 기방으로 향했다.

청사초롱을 환하게 켜 놓은 대문 앞에 기대어 있던 떠꺼머리 아이가 공손히 인사를 하면서 옆으로 물러났다. 다들 들어가는 가운데 마지막으로 넘어가려던 조유도가 뒷걸음질을 쳤다.

"나는 먼저 가 보겠네. 자네들끼리 놀다가 들어오게."

친구들이 대답하기도 전에 기방의 대문을 닫아 버린 조유도는 헛기침을 하고는 발걸음을 돌렸다. 하지만 성균관 방향이 아니라 방금 나온 무당의 집으로 향했다.

아까 일부러 제대로 닫지 않은 대문을 열고 안으로 들어간 조유도는 곧장 초가집의 미닫이문을 열었다. 아까처럼 제단을 향해 앉아 있던 무당이 인기척을 들었는지 몸을 돌렸다. 그 앞에 무릎을 꿇고 앉은 조유도가 말했다.

"이건 약속과 다르지 않습니까?"

"어떤 약속 말인가?"

무당의 천연덕스러운 말에 조유도는 저도 모르게 화를 낼 뻔했다.

"나만 과거에 합격시켜 주겠다고 한 예언 말입니다."

"그건 다른 친구들이 똥을 먹지 않고 자네만 먹었을 때 해당되는 얘기였지. 다른 친구들도 시키는 대로 똥을 먹었잖아."

무당의 얘기를 들은 조유도는 그때의 일이 떠올라 짜증이 났다.

"내가 그렇게 먹지 말라고 했는데, 말을 듣지 않았어요."

"그들도 똑같은 생각이었을 테니까 당연하지."

약 올리는 것 같은 무당의 말에 조유도는 저절로 한숨이 나왔다.

"어쨌든 이번 일만 하면 알성시에 합격하는 겁니까?"

"지금까지 그래 왔듯이 가능하지. 다만, 지하에 내려가서 괴불주머니에 적혀 있는 대로 반드시 시행해야만 하네."

무당의 얘기를 들은 조유도는 소매 속에 넣어 둔 괴불주머니를 만지작거렸다. 그러고는 무겁게 고개를 끄덕거렸다.

"시키는 대로 하겠습니다."

"좋은 일이 있기를 바라네."

얘기를 마친 무당이 제단을 향해 돌아섰다.

무당의 뒷모습을 지켜보던 조유도는 말없이 일어났다. 미닫이 문을 밀고 밖으로 나온 그는 친구들이 머무는 기방 앞을 지날 때는 저도 모르게 한쪽 손으로 갓을 잡고 얼굴을 돌렸다. 대문 앞을 지나는데, 터져 나온 웃음소리가 담장 밖으로 살짝 넘어왔다.

다음 날 저녁, 해가 떨어지자 다섯 명은 약속이나 한 듯 제 기고 근처의 버려진 우물 앞에 모였다. 다들 움직이기 쉽게 발목에 행전行纏(움직이기 편하게 정강이 아래 발목을 감싸는 천)을 차고, 유건도 벗어 둔 상태였다. 그 우스꽝스러운 모습에 모두 고개를 절레절레 저으며 웃었다. 그러는 사이 노웅래가 널빤지를 걷어 내고는 아래쪽을 살폈다.

"진짜 내려가는 길이 보이네. 등불 가져온 사람?"

노웅래의 물음에 김창진이 대답했다.

"조족등照足燈(둥근 박처럼 생긴 등으로, 순라꾼이 순찰을 돌 때 사용)을 챙겨 왔어."

김창진이 조족등을 건네자 노웅래가 아래쪽을 한동안 비췄다.

"조심하면 큰 문제는 없을 거 같아. 어서 내려갔다 오자."

다들 알겠다고 하자 노웅래가 아래로 성큼성큼 내려갔다. 그리고 한 명씩 뒤를 따라 내려갔다. 지켜보던 조유도에게 김창진이 말했다.

"먼저 내려갈 거야?"

"아니, 먼저 가."

"그럼 내려오면서 널빤지 닫아 놔. 혹시 지나가다가 누가 보면 안 되니까."

걱정스러운 눈길로 바라보던 김창진이 내려가고, 주변을 돌아본 조유도 역시 구멍 아래로 내려갔다. 그리고 널빤지를 닫기 전에 하늘을 올려다봤다. 먹물을 뿌려 놓은 것처럼 어두운 하늘에는 별빛도 보이지 않았다.

한숨을 쉰 조유도는 널빤지를 닫고 어둠 속으로 내려갔다. 소매에 넣어 둔 칼자루가 살짝 비어져 나오자 서둘러 안 보이게 집어넣었다.

6

"그 후에는 아무도 그 다섯 명의 유생을 보지 못했지."

바닥에 앉아서 얘기를 듣던 김갑생이 눈빛을 반짝거리며 물었다.

"지하에서 다시 못 나온 겁니까?"

"맞아. 그리고 그 후에 성균관에서 무시무시한 일이 벌어졌지."

마른침을 삼킨 김갑생이 무슨 일이었냐고 눈으로 묻자 덕구 할아버지가 등에 꽂아 놓았던 곰방대를 꺼내서 탁탁 털었다. 그러고는 쌈지를 꺼내서 담뱃잎을 곰방대의 대통에 엄지손가락으로 꾹꾹 눌러 담았다. 느긋하게 불까지 붙인 다음에 물부리에 입을 대고 몇 번 뻑뻑거리며 빤 후에야 입을 열었다.

"어디까지 했더라?"

"성균관에 끔찍한 일이 벌어지기 시작했다고 하셨습니다."

김갑생의 말에 고개를 끄덕거린 덕구 할아버지가 말을 이어 갔다.

"그러니까 말이야, 다섯 명의 선비들이 지하로 사라진 이후에 성균관에서 기묘하고 끔찍한 사건이 일어났지."

"어떤 사건 말입니까?"

김갑생의 채근에 담배 연기를 길게 내뿜은 덕구 할아버지가 얘기했다.

"처음에는 개나 닭들이 당했지. 목이 뽑혀 나가거나 온몸이 갈기갈기 찢어진 채 하나둘씩 발견된 거야."

"그 다음에는요?"

"사람이었지. 맨 처음 죽은 게 아마 수복이었던 최 씨였을 거야. 밤중에 술에 취해서 비복청 근처에서 자다가 발견되었어."

"죽은 채로요?"

김갑생의 물음에 덕구 할아버지는 곰방대를 입에 문 채 두 손으로 목을 뽑는 시늉을 했다. 김갑생이 흠칫 놀란 표정을 짓자 덕구 할아버지가 곰방대를 손에 쥔 채 누런 이를 드러냈다.

"그건 시작에 불과했지. 그 후로 성균관 유생들과 재직, 심지어 교관들까지 몇 명이나 희생당했는지 몰라. 시신은 처참하게 찢어졌고, 심지어 일부가 없어지기까지 했어."

"맙소사. 끔찍했겠네요."

"끔찍했지. 매일매일 곡소리가 났으니까."

"누, 누구 소행이었습니까?"

"아까 얘기했잖아. 시귀들이라고."

덕구 할아버지의 대답에 마른침을 삼킨 김갑생이 조심스럽게 물었다.

"그 시귀가 혹시?"

"지하로 사라진 다섯 선비들일지도 모른다고 생각하는 거지?"

"네."

김갑생이 고개를 끄덕거리자 덕구 할아버지가 곰방대를 다시 물고 담배를 몇 모금 빤 다음에 연기를 내뿜으며 대답했다.

"시기적으로 워낙 잘 맞아떨어졌고, 기괴한 일이라서 다들 연관이 있을 거라고 생각하긴 했지만 쉬쉬하고 넘어갔어."

"왜요?"

의아해하는 김갑생을 답답하다는 표정으로 바라본 덕구 할아버지가 대답했다.

"성균관이 이런저런 추문에 휩싸이면 위로는 대사성부터 아래는 박사들까지, 자리 보존을 하지 못해. 대사성이야 다른 벼슬을 받으면 그만이지만, 박사들부터 그 아래는 잘해야 능참봉이나 찰방으로 가야 하거든. 거기다 흉흉한 일이 벌어지면 성균관 유생들을 대상으로 하는 과거시험이 줄어들어. 그래서 유생들도 입을 다물 수밖에 없지."

"사람이 연거푸 죽어 나가는 동안에도 말입니까?"

"어차피 성균관의 유생들은 서로 동문이기 전에 과거시험을 볼 때 경쟁자들이니까 말일세. 결국은 보다 못한 대사성이 나섰지."

"어떻게 말입니까?"

"문묘에 제례를 올린 이후부터는 그런 일이 일어나지 않았네."

"그럼 이번에도 제례를 올리기 전까지는 계속 나타날 수 있겠네요?"

"모르지. 나야 살날이 얼마 안 남았으니까 관심 없어."

심드렁하게 대꾸하는 덕구 할아버지의 표정을 살핀 김갑생이 겁에 질린 얼굴로 정진섭을 바라봤다. 하품을 참으며 겨우 얘기를 듣던 정진섭이 눈꼬리에 맺힌 눈물을 새끼손가락으로 긁어냈다. 그걸 옆에서 본 덕구 할아버지가 물었다.

"왜? 재미없어?"

"그게 아니라 너무 거짓말 같아서요."

"내가 거짓말쟁이라는 얘기야?"

덕구 할아버지가 얼굴을 찡그린 채 묻자 정진섭이 일어나서 기지개를 켜며 말했다.

"제기고 옆에는 우물이 없잖아요. 거기다가 그 옆에 널빤지 같은 게 있으면, 당장 호기심 많은 재직들이 진즉에 들춰 봤을 겁니다. 거기다 성균관에 눈이 얼마나 많은데, 다섯 명이 몰려다니면서 이상한 짓을 하는 게 눈에 안 띄었겠습니까?"

"밤중이라고 했잖습니까?"

듣고 있던 김갑생이 끼어들자 정진섭이 고개를 저었다.

"밤늦게까지 공부하는 유생이랑 불안해서 잠을 못 자는 유생, 거기다 괜히 달빛을 보고 싶어서 나오는 유생들이 적지 않아서 밤중에 몰래 뭔 짓을 하는 건 불가능해. 반촌이라면 몰라도 말이야. 거기다 말이야."

잠깐 뜸을 들인 정진섭이 손가락을 빙빙 돌렸다.

"사라진 다섯 명의 선비들이 어떤 생각을 하고 움직였는지 마치 들여다보는 것처럼 얘기했잖아. 아무도 살아서 돌아오지 못했는데 말이야. 설사 살아 돌아왔다고 해도, 선비가 무당의 말에 휘둘려서 똥을 찍어 먹었다는 얘기를 제 입으로 하겠어?"

듣고 보니까 앞뒤가 안 맞는다는 생각이 든 김갑생이 조심스럽게 물었다.

"그럼 전부 다 거짓말입니까?"

"다섯 명의 선비가 사라진 건 사실 같아."

"왜 그렇게 생각하십니까?"

"거짓말로 꾸몄을 거라면 한두 명 사라졌다고 하겠지. 다섯 명은 너무 많아."

"나머지는 다 거짓말이고요?"

"음식은 가끔 거짓말을 해. 이거랑 요거랑 넣어서 이렇게 요리를 하면 이런 맛이 나와야 하는데 엉뚱하게 저런 맛이 나올 때가 있지. 그러면 보통은 재료를 탓하지만 사실은 틀렸어."

"그럼요?"

"재료를 준비하고, 그걸 이상하게 집어넣고 제대로 요리하지 않은 사람 잘못이지. 시귀 소동은 분명히 벌어졌던 일이야. 하지만 앞의 다섯 선비 얘기는 사실이 아니거나, 혹은 부풀려졌을 가능성이 높아. 처참하게 죽은 사람들을 보면서 아마 누군가가 시귀라는, 귀신도 사람도 아닌 존재를 생각해 냈고, 또 다른 누군가는 그 시귀를 사라진 다섯 선비들과 연관시킨 거야."

"왜 그런 짓을 합니까?"

김갑생의 물음에 정진섭은 담장 너머의 명륜당을 힐끔 쳐다보고는 대답했다.

"두려우니까 원인을 찾고 싶었던 거지. 어쨌든 확실한 건, 삼십 년 만에 시귀가 다시 나타났다고 믿는 사람들이 생겨날 거라는 거야. 안 그렇습니까?"

정진섭의 갑작스러운 질문에 느긋하게 곰방대를 물고 있던 덕구 할아버지가 황급히 대답했다.

"그렇겠지. 오늘 나에게 물어본 사람만 해도 여럿이니까."

덕구 할아버지의 대답을 들은 정진섭이 김갑생을 다시 바라봤다.

"거기다 반촌에 사는 반인들 중에서도 그때 일을 기억하는 사람이 여럿일 거야."

"있다가 가서 물어보겠습니다."

"이제 성균관과 반촌에 시귀가 다시 나타났다는 소문이 파다하게 퍼질 거야. 어쩌면⋯⋯."

잠시 뜸을 들인 정진섭이 풀어진 눈으로 두 사람을 바라보며 덧붙였다.

"누군가에게 시귀가 돌아왔다는 걸 보여 주고 싶은 거 같아."

"그걸 알리기 위해서 사람을 죽였단 말씀입니까?"

김갑생이 말도 안 된다는 표정으로 대꾸하자 정진섭이 뒷짐을 진 채 대답했다.

"지켜보면 알겠지. 나머지는 확인해 보면 되고."

"삼십 년 전 일을 어찌 확인합니까?"

김갑생의 반문에 정진섭은 덕구 할아버지를 바라봤다.

"아산현의 경주인京主人(조선시대 지방의 관청에서 한양으로 파견한 지방의 향리. 조선 후기가 되면서 한양의 권세가들이 대리하기도 했다)은 누굽니까?"

"가만있어 보자. 얼마 전에 풍양 조씨 집안으로 넘어갔다고 들었네."

"풍양 조씨면 장동에 살고 있지 않습니까?"

"직접 하지는 않지. 풍양 조씨 집에 뒷돈을 대 주는 상인이 운종가에서 엽초전葉草廛(조선시대 담배를 팔던 상점)을 하고 있네. 거기가 아산현의 경저京邸(지방에서 한양에 설치한 일종의 출장소)일세."

덕구 할아버지의 얘기를 들은 정진섭이 혀를 찼다.

"어쩌다 나라의 일이 권세가의 노비에게 넘어간 겁니까?"

"돈이 되니까. 소문으로는 오천 냥을 주고 샀다고 하던데 말이야."

옆에서 두 사람의 얘기를 들은 김갑생은 깜짝 놀라고 말았다.

"그게 뭔데 오천 냥씩이나 주고 샀답니까?"

"가면서 얘기하세."

김갑생의 팔을 잡아끈 정진섭이 덕구 할아버지에게 고맙다는 인사를 하고는 발걸음을 옮겼다. 뒤따라가던 김갑생이 물었다.

"거길 가서 뭐 하시게요?"

앞장서 가던 정진섭이 걸으면서 대답했다.

"확인해 봐야지. 그나저나 큰 문제가 하나 있어."

"무슨 문제요?"

"여기서 거기까지 가는 동안 맛있는 음식을 파는 곳이 하나도 없어."

바짝 긴장하고 있던 김갑생은 정진섭이 진지한 표정으로 한 얘기를 듣고 맥이 풀려 버렸다.

사람이 구름처럼 모인다고 해서 운종가라고 불리는 거리는 임진왜란 전까지 궁궐로 쓰였던 경복궁 앞의 육조거리와 연결된 길이다.

육조거리에 관청이 모여 있다면, 운종가는 수백 채의 행랑에 온갖 물건을 파는 상점들이 있었다. 최근 들어서 이현(현재의 광장시장 자리에 생긴 시장)과 칠패(현재 남대문 시장의 전신)에 시장이 따로 들어서긴 했지만 수백 년 동안 한양의 유일한 시장으로서의 위세를 아직 잃지는 않았다.

뒷짐을 진 정진섭은 느긋하게 운종가를 걸으면서 주변을 구경했다. 뒤따르던 김갑생은 너무 정신이 없던 탓에 주변으로 눈길을 돌리기도 어려웠다.

보신각 근처에 있는 고개인 황토현을 넘어간 정진섭이 주변을 두리번거렸다.

"엽초전이 이 근처였던 거 같은데 말이야."

그러다가 사람들이 구름처럼 몰려 있는 곳을 발견하고는 반색을 했다.

"저긴 것 같군."

휘적휘적 걸어가는 정진섭을 뒤따라간 김갑생이 물었다.

"저기가 엽초전이 맞습니까?"

"맞아. 보통 엽초전 앞에 이야기를 들려주는 전기수가 자리 잡거든."

"전기수가 왜 엽초전 앞에 있는 겁니까?"

"담배를 살 정도면 먹고살 만한 사람들이니까."

느긋하게 대답한 정진섭은 모여든 사람들 사이로 끼어들었다. 김갑생 역시 뒤따라 들어갔는데, 정진섭 말대로 푸른색 도포 차림에 갓을 비스듬하게 쓴 전기수가 한 손에 부채를 든 채 임경업전의 이야기를 목청껏 들려주는 중이었다. 그 앞에 모인 사람들은 넋을 놓고 이야기에 빠져들었는데, 김갑생이 잠깐 듣기에도 푹 빠져들 정도로 목소리가 낭랑했다. 그런 김갑생의 팔을 정진섭이 잡아끌었다.

"이럴 시간 없어. 어서 들어가자."

다른 상점은 앞쪽이 벽으로 막혀 있었지만 엽초전은 담뱃잎을 말려야 하기 때문인지 넓은 대청으로 탁 트여 있었다. 처마부터 안쪽의 천장까지 대나무를 얼기설기 매달아 놓고, 거기에 부채처럼 펼쳐진 누런 담뱃잎들이 마치 약재처럼 매달려 있었다. 바닥에는 향로를 여기저기 놓고 불을 피우는 중이었다.

그 모습을 본 김갑생이 정진섭에게 물었다.

"뭐 하는 겁니까?"

"담배를 빨리 말리려는 거야. 연기로 벌레도 쫓고."

"담배도 안 피우시면서 모르는 게 없으십니다."

"먹는 거 다음으로 좋아하는 게 책 읽는 거랑 세상 물정을 듣는 거니까. 저기 주인이 오는군."

두 사람이 대청을 지나 안마당으로 들어서자 커다란 나무 궤짝에 기댄 채 안팎을 살펴보던 주인이 일어났다. 그는 비단으로 만든 파란색 조끼에 탕건을 썼는데, 손에는 기다란 장죽을 들고 있었다.

"아이고, 어서 오십시오. 담배를 사러 오신 것 같지는 않고, 뭘 도와드릴까요?"

"우리가 담배를 사러 오지 않은 건 어찌 알았는가?"

정진섭의 물음에 엽초전 주인 능청스럽게 웃었다.

"두 분 다 장죽이나 곰방대가 없어서 말입니다. 담배를 피우는 사람이라면 안 들고 다닐 리가 없으니까요."

"정말 눈치가 빠르군. 나는 성균관 유생 정진섭이고, 이쪽은 내가 부리는 반인 김갑생일세. 자네 말대로 담배를 사러 온 건 아닐세. 여기가 충청도 아산현의 경저가 맞는가?"

"그렇습니다. 그 일로 오신 겁니까?"

"부탁을 할 게 좀 있어서 왔네."

잠시 고민하던 엽초전 주인은 담뱃잎을 정리하던 점원에게 소리쳤다.

"방에 잠깐 들어가 있을 테니까 손님 잘 받아라!"

점원이 길게 예이라고 대답하자 엽초전 주인은 두 사람에게 구석진 방을 가리켰다.

"저기로 드시지요."

엽초전 주인이 안내한 방은 세 사람이 앉으면 꽉 들어차는 작은 방이었고, 담배 냄새로 가득했다. 방구석에는 담배를 걸어 두는 장죽걸이와 재떨이, 그리고 작은 요강처럼 보이는 타구가 보였다.

엽초전 주인이 겸연쩍은 표정으로 정진섭에게 말했다.

"원래는 혼자 쓰는 방이라서 말입니다."

"괜찮네. 이곳에서 아산현으로 한양의 문서들과 기별지奇別紙(조선시대 승정원에서 발행하던 관보)들을 내려보내는가?"

"그거야 제가 아산현의 경저리니까 당연하지요."

"아산현 쪽에 알아볼 일이 있는데, 내가 직접 갈 형편은 아니라서 부탁을 하러 찾아왔네. 물론 공짜는 아닐세."

정진섭은 소매를 툭 쳐서 안에 든 엽전이 쩔그렁거리는 소리가 나도록 했다. 소리를 들은 엽초전 주인이 고개를 끄덕거렸다.

"말씀해 보시지요."

"삼십 년 전에 아산현에서 성균관에 입학했던 유생들의 행방을 알아보는 중일세. 누구는 낙향했다고 하고, 누구는 출사를 해서 한양에 남아 있었다고 해서 말이야."

"그거야 아산현의 향교에 있는 향안을 살펴보거나, 유향소留鄕所(조선시대 지방의 선비들이 설치한 자문 기관)에 알아보면 되겠군요. 그런데 그걸 왜 알아보려고 하십니까?"

"이번에 성균관에 대사성이 새로 오셨네."

"소문으로 들었습니다."

"지독한 원칙주의자라서 지금 모든 걸 새로 손보는 중인데, 유생들의 명단 중에 누락된 사람들이 있는 걸 발견했지 뭔가."

정진섭이 뭔가 큰일이 난 것처럼 얘기하자 엽초전 주인은 진지하게 들었고, 그걸 본 김갑생은 웃음을 참기 힘들었다. 다행히 엽초전 주인의 대답이 이어졌다.

"며칠에 한 번씩 기별지와 공문들을 내려보내고, 한양의 동향도 간략하게 적어서 보내기는 합니다."

"그럼 그 사람 편에 알아보면 되겠구먼."

정진섭의 말에 엽초전 주인이 고개를 끄덕거렸다.

"닷새에 한 번씩 보내는데, 오늘이 나흘째긴 합니다만 하루정도 빨리 보내는 건 큰 문제가 없습니다."

"가서 알아볼 만한 사람이 있겠는가?"

"원래는 아산현의 관노가 오가지만 가끔 제가 부리는 점원을 보내기도 합니다. 똑똑한 친구고, 글을 읽고 쓸 줄 아니까 향교와 유향소에서 일을 볼 수 있을 겁니다. 다만, 그 친구가 빠지면 대신할 점원을 고용해야 하고, 그 친구에게도 따로 심부름 값을 쥐어 줘야 합니다."

"그건 염려 말게."

"알겠습니다. 그럼 행적을 찾고 싶은 분들의 성함을 적어 주십시오."

"여기 가지고 왔네."

정진섭이 소매에서 꺼낸 쪽지를 건네자 엽초전 주인이 이름들을 읽어 보고는 문밖에 대고 소리쳤다.

"윤슬이를 불러오너라!"

불려온 점원에게 자초지종을 설명한 정진섭은 엽전 열 푼을
줬다. 점원이 코가 땅에 닿도록 인사를 하고는 바로 출발하겠
다고 자리를 떴다.

점원이 자리를 뜨자 정진섭이 엽초전 주인에게 엽전 열 푼을
주면서 물었다.

"이 정도면 따로 점원을 고용할 수 있겠는가?"

"충분하지요. 고맙습니다."

"소식이 오는 데 얼마나 걸리겠나?"

"한양에서 아산현까지 백 리가 좀 넘습니다. 내려가는 데 이
틀 정도 걸리는데, 오늘은 점심이 지났으니 이틀 반은 잡아야
하고, 오는 데 이틀을 더하면 닷새는 잡아야 할 거 같습니다.
서두르면 좋겠지만, 도착해서 향교와 유향소에서 일을 봐야 하
니까 앞당길 수는 없을 거 같습니다그려."

"알겠네. 그럼 닷새 후에 오도록 하지. 혹시 내가 오지 않거
나 소식이 일찍 오면 성균관으로 사람을 좀 보내 주게."

"그리하겠습니다."

엽초전 주인과 얘기를 마친 정진섭은 홀가분한 표정으로 밖
으로 나왔다. 아까 봤던 전기수가 여전히 목청껏 임경업전의
내용을 사람들에게 들려주고 있었다. 그 광경을 물끄러미 보는
정진섭에게 김갑생이 물었다.

"고향에 알아보는 게 도움이 되겠습니까?"

"아주 많이 되지. 입에서 입으로 전달되는 이야기는 실체가 없거나 모호한 법이지. 저기 전기수가 얘기하는 임경업전의 얘기를 들어 보게. 방금 임경업 장군이 명나라로 망명해서 황제를 만나 관직을 수여받았다고 얘기하는 부분이 나왔다네."

"저도 들었습니다."

김갑생의 대답을 들은 정진섭이 부채를 쫙 펼치면서 신명나게 얘기하는 전기수를 바라봤다.

"거짓말일세. 임경업 장군이 명나라로 망명한 건 숭정 16년(서기 1643년)이야. 명나라가 망하기 한 해 전이지. 사방에서 반란군이 들불처럼 일어나고, 후금의 오랑캐들이 산해관의 문밖까지 쳐들어온 상황이었네. 그런데 어찌 다른 나라에서 온 장수를 만날 수 있겠는가?"

"그럼 전기수가 거짓말을 한 겁니까?"

"거짓말 자체만큼이나 중요한 게 의도일세. 남을 해하지 않거나 즐거움을 주기 위한 거짓말이라면 상관없지만, 증오를 불러일으키고 죽음을 가져오는 거짓말이 문제지."

정진섭의 대답을 들은 김갑생이 슬며시 웃었다.

"나리께서 하시는 거짓말은 나쁜 거짓말이 아니라는 말씀이군요."

김갑생의 물음에 정진섭은 눈알을 굴리면서 장난스럽게 대꾸했다.

"그냥 요리의 맛을 높이는 양념 같은 거라고 생각하게."

껄껄거리며 지나가는데 갑자기 목청껏 떠들던 전기수가 입을 꾹 다물었다. 놀란 김갑생이 정진섭을 바라보자 그가 슬며시 웃었다.

"요전법일세."

"그건 또 뭡니까?"

"결정적인 대목에서 입을 다무는 거지. 〈삼국지〉에서 적벽 대전을 앞두고 제갈량이 동남풍을 불러올 때 같은 곳에서 말이야."

"지금껏 신나게 얘기하다가 입을 다물면 사람들이 자리를 뜨지 않겠습니까?"

"저 표정들을 보게. 집으로 갈 거 같은가?"

정진섭의 말대로 지금껏 전기수의 얘기를 듣던 사람들은 대부분 자리를 뜨지 않고 기다렸다. 다음 이야기를 갈망하는 표정들을 본 김갑생은 정진섭의 얘기에 수긍했다.

그때 구경꾼 중 한 명이 엽전 한 푼을 던졌다. 땅에 떨어진 엽전을 부채에 올린 전기수의 표정이 바뀌자 여기저기서 엽전을 던졌다. 땅바닥에 떨어진 엽전들을 눈으로 센 전기수가 부채를 차르륵 접으면서 이야기를 이어 갔다. 사람들이 지르는 환호성을 곁눈질로 바라본 정진섭이 말했다.

"사람은 더없이 복잡한 존재야. 그러니까 열 길 물속은 알아도 한 길 사람 속은 모른다는 속담이 있지 않겠어?"

"나리처럼 성리학을 공부하면 그런 걸 깨달을 수 있습니까?"

"아니. 공부만 하는 멍청이들은 사람이랑 세상을 몰라. 오직 책 속에서만 세상을 찾지."

입을 삐죽 내민 정진섭의 말에 김갑생이 다소 놀란 표정을 지었다.

"성균관의 유생이시면서 어찌 그런 말씀을 합니까?"

"잘 알면 더 미워지는 법이지. 오늘 할 건 다 했으니까 내일 보세."

●

정진섭과 헤어진 김갑생은 반촌에 도착했다.

현방의 문을 닫게 되면서 반촌의 분위기는 몹시 흉흉해졌다. 저녁때면 으레 나무 그늘 아래에서 벌어지던 술판도 자취를 감췄다.

어둑해진 반촌의 골목을 지나 집으로 돌아온 김갑생은 마당에서 숫돌에 칼을 갈고 있는 아버지를 봤다. 수심이 가득한 아버지의 모습에 김갑생은 머뭇거렸다. 그러자 바닥에 침을 뱉은 아버지가 손등으로 입가를 훔치면서 물었다.

"똥 마려운 강아지도 아니고, 할 말 있냐?"

"여쭤보고 싶은 게 있어서요."

"옆에 앉아서 칼 갈면서 얘기하자."

고개를 끄덕거린 김갑생은 아버지 옆에 쪼그리고 앉아서 칼을 집었다. 그 앞에 숫돌을 놓은 아버지가 바가지에 든 물을 손으로 떠서 뿌렸다.

"천천히, 정성껏 갈아야 한다."

"네."

김갑생은 아버지가 시키는 대로 천천히 숫돌에 칼을 갈았다. 서걱거리면서 돌과 금속이 갈리는 소리가 들리자 김갑생은 저도 모르게 얼굴을 찡그렸다. 그걸 본 아버지가 혀를 찼다.

"칼 가는 소리가 무서우냐?"

"그게 아니라……."

김갑생이 어물쩍거리자 아버지가 파랗게 날이 선 칼을 눈앞에 들이댔다.

"너는 이 칼이랑 같이 지내야 한다. 그게 우리 운명이야."

"저는 공부가 더 좋은데요."

"반인이 공부를 좋아해 봤자 아무 소용이 없어. 그 정도면 다행이게?"

"그럼요?"

"아주 안 좋은 꼴을 겪을 거다. 그……."

뭔가 말을 하려던 아버지가 입을 다물고는 다시 칼을 숫돌에 갈았다. 그런 아버지에게 김갑생이 물었다.

"예전에 성균관에 시귀라는 게 나타난 적이 있었습니까?"

"뭐라고?"

"시귀요. 죽은 것도 아니고 산 것도 아닌 귀신 말입니다."

"그 이름을 함부로 입에 올리지 마라."

갑자기 얼굴이 굳어진 아버지의 말에 김갑생은 뭔가 사연이 감춰져 있다는 것을 짐작했다.

"감춰진 사연이라도 있나요?"

김갑생의 물음에 아버지는 들여다보던 칼을 허공에 몇 번 휘둘렀다. 마치 보이지 않는 뭔가를 쫓아내는 것 같은 모습이었다. 칼을 거둔 아버지가 한숨을 쉬었다.

"시귀인지 뭔지는 모르겠지만 삼십 년 전에 난리가 난 적은 있었지."

"사람들이 처참하게 죽었던 게 사실이었나요?"

"그렇다마다. 매일 밤 어디선가 비명 소리가 들리는 게 너무 무서웠다. 그때 진지하게 반촌을 떠나려고 했었지."

떨리는 목소리로 얘기하는 아버지의 말이 믿어지지 않은 김갑생이 물었다.

"그 정도였다고요?"

"정말 끔찍했지. 더 무서웠던 건, 사실을 감춰야만 했기 때문에, 그렇게 죽은 사람들이 병에 걸려서 죽었거나 멀리 떠났다는 식으로 거짓말을 해야만 했다는 거야. 장례도 제대로 치르지 못하고, 슬퍼할 수도 없었지."

덕구 할아버지에게서 얘기를 듣긴 했지만 긴가민가했던 김갑생은 어이가 없어졌다.

"사람이 죽었는데 그걸 숨겼단 말이에요?"

"그럼? 산 사람은 살아야지."

한숨과 함께 대답한 아버지를 본 김갑생이 뭐라고 대꾸하려는 사이, 싸리문 밖이 소란스러워졌다. 벌떡 일어난 아버지가 지나가는 옆집 아저씨에게 물었다.

"불덕이! 무슨 일인가?"

"서낭당에서 변고가 발생했나 봐."

숨을 헐떡거리며 달려가는 옆집 아저씨의 말에 아버지는 어머니에게 칼을 챙기라고 하고는 싸리문 밖으로 나갔다. 그러고는 어정쩡하게 서 있는 김갑생에게 외쳤다.

"넌 오지 말고 여기 있어!"

잠시 주저하던 김갑생은 가지 말라는 어머니의 말을 뿌리치고 밖으로 나갔다. 골목길에는 소식을 들었는지 반촌 사람들이 마을 입구에 있는 서낭당 쪽으로 뛰어가는 중이었다. 김갑생은 그들 사이에 끼어서 숨을 헐떡거리며 달렸다.

반촌을 휘감아 도는 하천인 반수 어귀에 있는 서낭당은 반촌의 대문 격이었다. 벌써 사람들이 도착했는지 등불들이 일렁거렸다. 술렁거리는 반촌 사람들을 헤치고 서낭당 쪽으로 걸어가는 아버지의 뒷모습을 본 김갑생은 곧장 아버지를 따라 사람들 사이를 파고들었다. 그리고 무심코 서낭당을 바라봤다가 저도 모르게 비명을 질렀다.

"으악!"

서낭당의 쌓인 돌 위에 뽑혀 나간 것 같은 사람의 머리가 얹혀 있었다. 목에서 흘러나온 피가 쌓인 돌을 따라 천천히 흘러내렸다.

속이 메스꺼워진 김갑생이 손으로 입을 가린 채 돌아섰다. 터져 나오는 구역질을 억지로 참는데 아버지의 떨리는 목소리가 옆집 불덕이 아저씨와 얘기를 나누는 소리가 들렸다.

"누구야?"

"봉두난발에 얼굴에 땟국물이 잔뜩 묻은 걸 보니까, 반촌의 다리 아래 사는 거지 중 한 명 같네."

"신성한 서낭당에 잘린 머리를 올려놓다니, 대체 어떤 놈의 짓이지?"

"벽장동 무녀님의 얘기가 맞았어."

"자네 거길 갔었나?"

아버지의 물음에 불덕이 아저씨가 어정쩡하게 대답했다.

"뭐, 그냥 갔다 와 봤어."

"뭐라고 했는데?"

"조치를 취하지 않으면 흉사가 이어져서 반촌이 큰 피해를 입을 거라고 했네."

"무슨 조치?"

"그게 말이야."

주저하던 불덕이 아저씨가 아버지를 끌고 구석으로 가는 소리가 들렸다. 어느 쪽으로 가는지 보기 위해 고개를 돌린 김갑생은 두 사람이 자리를 뜨는 바람에, 가려져 있던 서낭당을 다시 보고야 말았다. 마치 자신을 바라보는 것 같은 서낭당의 잘린 머리와 눈이 마주친 김갑생은 그대로 까무러치고 말았다.

다음 날, 성균관에서 김갑생을 만나 얘기를 들은 정진섭은 배꼽을 잡았다.

"아이고야. 명색이 소를 잡는 반촌 사람이 그걸 보고 기절을 했단 말이야?"

놀림을 받은 김갑생은 넘어지다가 부딪혀 생긴 이마의 멍을 쓰다듬으며 대답했다.

"사람이랑 소랑 어찌 같습니까? 그리고 소인은 어릴 때부터 피만 보면 울렁거렸습니다요."

"아무래도 반인으로 살기는 글렀군."

안타까움과 놀림이 같이 들어간 정진섭의 얘기에 김갑생이 어쩔 수 없이 고개를 끄덕거렸다.

"근데 말입니다, 기절했다가 오늘 아침에 일어나니까 어땠는지 아십니까?"

"사람들이 다 모르는 척했지? 마치 없었던 일처럼 말이야."

정진섭의 말에 김갑생이 화들짝 놀랐다.

"그걸 어찌 아셨습니까? 반촌에 내려와 보신 겁니까?"

"삼십 년 전 시귀 소동 때와 똑같겠지. 그때나 지금이나 성균 관이랑 반촌은 변하지 않았으니까."

씁쓸한 표정으로 얘기한 정진섭이 손가락으로 턱을 만지작거리며 생각에 잠겼다.

"그러니까 벽장동의 무당이 이런 사실을 미리 예견했다고?"

"네. 아버지랑 옆집 불덕이 아저씨랑 얘기하는 걸 들었습니다."

"예전 시귀 소동의 배후가 벽장동의 무녀였지, 아마?"

정진섭의 물음에 김갑생은 고개를 끄덕거렸다.

"그렇게 들었습니다."

"아무래도 벽장동에 가서 무당을 찾아봐야겠군."

"같은 무당일까요?"

"덕구 할아버지 얘기로는 종적을 감췄다고 했잖아. 다른 무당이겠지. 말 나온 김에 지금 가 볼까?"

여유롭기 그지없는 정진섭의 말에 김갑생이 화들짝 놀랐다.

"분위기도 이런데 맘대로 성균관 밖으로 나가셔도 됩니까?"

"오늘까지 쳐도 여드레밖에 안 남았잖아. 그리고 지금 성균관은 바빠."

"무슨 일로요?"

"어제 반촌에서 시신이 발견되었다는 소식을 들은 대사성 영감께서 문묘에 친히 제사를 지내겠다고 하셨거든. 그래서 다들 정신이 없어."

"그렇겠군요."

"벽장동으로 가려면 아무래도 피맛골을 지나야겠군."

"네? 관철교를 건너가면 금방인데요?"

김갑생의 반문에 정진섭이 손가락을 까닥거리면서 혀를 찼다.

"아직 멀었군. 피맛골에 가야 맛있는 걸 먹지."

정진섭의 얘기를 들은 김갑생은 어처구니가 없다는 표정으로 물었다.

"이 와중에도 뭘 드실 생각을 하십니까?"

"그럼, 이럴수록 더 잘 먹어야지. 어서 가세. 밤이 되면 술꾼들이 늘어나니 얼른 가 봐야 해."

혀로 입술을 핥으며 군침을 삼킨 정진섭이 김갑생을 바라보며 얼른 따라오라는 손짓을 했다.

뭘 먹으러 간다는 생각에 신이 났는지 정진섭은 피맛길에 대해서 이런저런 얘기를 들려줬다.

"광화문 앞 육조거리와 이어진 운종가는 곧게 뻗은 길이라서 오가기 편리했지만 결정적인 문제점이 하나 있었지."

"그게 뭡니까?"

"궁궐에 드나드는 고관대작들이 행차할 때마다 길옆으로 물러나 엎드려야만 했어. 행렬이 다 지나갈 때까지 말이야. 만약 그 앞에서 엎드리지 않고 움직이거나 고개를 들면 바로 붙잡혀서 처벌을 받았지."

"저도 지나가다가 몇 번 엎드려 봤습니다."

김갑생의 대답을 들은 정진섭이 새끼손가락으로 콧구멍을 후비면서 말했다.

"그들과 마주치지 않으려고 운종가 바로 옆의 샛길로 다니는 사람들이 늘어났지. 그래서 그곳은 말을 피한다는 뜻으로 피맛길이라고 불렸어. 그렇게 오가는 사람들이 많아지니까 자연스럽게 술을 파는 주막이랑 선술집들도 늘어났고 말이야."

침을 튀기면서 떠드는 정진섭의 모습을 본 김갑생이 짧게 대답했다.

"유생님은 모르시는 게 없습니다."

반은 비아냥이고, 나머지 반은 진심이었다. 공부와는 담을 쌓았지만 머리는 영특했고, 기억력도 탁월한 편이었다. 세상에 대한 불평불만이 가득했지만 자신에게 격의 없이 대해 주는 걸 보면 앞뒤가 꽉 막힌 사람은 아니었다.

김갑생이 이런저런 생각을 하는 사이 정진섭은 콧노래를 부르며 운종가로 접어들었다. 오가는 사람들이 구름처럼 많아서 운종가라고 불렸는데, 과연 이름처럼 사람들로 북적거렸다. 물건을 사러 온 사람이나 구경하기 위해 기웃거리는 사람들 틈으로 우스꽝스럽게 차려입어서 눈길을 끄는 여리꾼들이 오갔다.

길가의 점포는 물건들은 보이지 않고, 문 옆의 작은 방에 주인장이 곰방대를 문 채 손님을 기다렸다. 한쪽에서는 흥정을 하다가 시비가 붙었는지 서로의 초립을 움켜쥔 채 소처럼 씩씩거리는 사람들도 보였다.

느긋하게 걷던 정진섭은 점포 사이에 난 좁은 길을 통해 피맛길로 들어섰다. 주변을 두리번거리던 김갑생도 냉큼 따라갔다.

피맛길은 양옆의 점포에서 펼쳐 놓은 차양이 서로 닿을 정도로 좁았다. 하지만 오가는 사람들은 바로 옆 운종가만큼이나 많았다. 걸음이 늦춰진 정진섭이 뒤따라오는 김갑생에게 말했다.

"이런 곳에서는 소매치기를 조심해야 하네."

"소매치기요?"

"맞아. 소매를 툭 쳐서 안에 든 돈을 떨어뜨린 다음에 훔쳐 가는 놈들이지."

"그럼 쫓아가서 잡으면 되지 않습니까?"

"그렇게 쫓아가서 다 잡을 만하면 갑자기 옆에서 광주리를 든 청년이 나타나서 앞을 가로막아 버리지. 빨리 비키라고 소리치면 엄청 당황하면서 오히려 더 길을 가로막아 버리고 말이야."

"한 패거리입니까?"

"맞아. 그런 식으로 동료가 도망가는 걸 막아서는 거지. 그러니까 이런 곳에 오면 소매를 조심해야 한단 말이야."

유쾌하게 웃으며 소매를 만지작거리던 정진섭이 피맛길 중간에 '주酒'라는 글씨가 적힌 깃발을 발견하고는 걸음을 멈췄다.

"저깁니까?"

김갑생의 물음에 정진섭이 고개를 끄덕거렸다. 고개를 빼서 깃발을 내건 집을 살펴본 김갑생이 중얼거렸다.

"허름해 보이는데요."

"저런 곳이 진짜 맛있는 곳이지. 외관 따위는 꾸미지 않아도, 사람들이 알아서 몰려드니까 말이야."

싸리담장도 없는 초가집은 사람들로 가득했다. 붉은색 철릭에 노란색 초립을 쓴 별감부터 솜을 붙인 패랭이를 쓴 보부상, 녹사복을 입은 서리들까지 서로 섞여서 술잔을 기울이는 중이었다. 그들을 본 김갑생은 대번에 이상한 점을 느꼈다.

"다들 서서 마십니다."

"선술집이라서 그래. 저쪽으로 가세. 빈자리가 있구먼."

앞장선 정진섭이 넉살 좋게 사람들 사이를 파고들었다. 얼떨결에 끼껴 들어간 김갑생은 낯선 모습에 입을 다물지 못했다.

트레머리를 올린 중년의 주모가 대청에 앉아서, 한쪽 구석에 자리한 아궁이 위에 놓인 작은 솥을 국자로 휘젓는 중이었다. 물이 펄펄 끓고 있는 솥 안에는 작은 놋쇠 그릇이 떠 있었는데 중년의 여인이 노래를 부르면서 그것을 국자로 이리저리 툭툭 쳤다. 그러다가 손을 뻗어서 그릇을 솥에서 꺼냈다. 그리고 별 감에게 두 손으로 공손하게 바쳤다.

그사이, 심부름꾼으로 보이는 비쩍 마른 아이가 솥 옆에 있는 선반에서 같은 모양의 그릇을 꺼내서 솥에 올렸다.

그 광경을 본 김갑생이 물었다.

"뭐 하는 겁니까?"

"청주를 데우는 중이야. 노래 한 자락을 부르면 딱 알맞게 데 워지거든."

정진섭을 말대로 주모가 다시 국자를 들고 청주가 담긴 그릇 을 툭툭 쳐서 빙빙 돌리면서 노래를 불렀다. 그러다가 히죽 웃 으며 서 있는 정진섭과 눈이 마주치자 반색을 했다.

"아이고, 유생 나리. 오랜만입니다."

"노래 솜씨가 더 좋아졌네그려."

정진섭이 넉살 좋게 받아치자 주모가 잇몸을 드러낸 채 웃 었다.

"감사합니다요. 술을 먼저 한 잔 드릴까요? 이번에 담근 죽 엽주 맛이 기가 막힙니다요."

주모의 물음에 옆으로 살짝 물러난 정진섭이 뒤에 서 있는 김갑생을 가리키며 대답했다.

"두 잔 주게. 나랑 이 친구 거."

잠시 고개를 갸웃거린 주모가 심부름꾼에게 눈짓을 했다. 그 러자 심부름꾼이 선반에 있는 그릇 하나를 더 꺼내서 솥에 올려났다. 그사이 정진섭은 선반에 놓인 음식들을 하나씩 들여다 봤다.

"오늘은 문어가 좋아 보이는군."

"닷새 전에 들어온 걸 햇빛에 잘 말렸지요."

"문어 다리 두 개랑 참새 두 마리 구워 주게."

"요즘 참새가 맛이 없는데, 어린 메추라기 어떠십니까?"

주모의 물음에 정진섭이 고개를 끄덕거렸다.

"그것도 좋겠군."

눈치 빠른 심부름꾼이 정진섭이 얘기한 음식들을 선반에서 꺼내서 대나무 꼬치로 꿰었다. 그리고 옆에 있는 작은 화로 위에 걸쳐 놨다.

문어와 메추라기가 노릇하게 익어 가는 사이, 주모는 아까 끊겼던 노래를 불러 가면서 술을 데웠다.

문어와 메추라기가 어느 정도 구워지자 심부름꾼이 그것들을 나무 쟁반에 올린 후 김갑생에게 공손하게 바쳤다. 주모가 데워진 술을 아궁이 모서리에 올려놓으며 간드러진 목소리로 말했다.

"술이 맛있게 데워졌습니다. 한 잔 쭉 들이켜십시오."

술잔을 든 정진섭이 눈짓을 하자 김갑생이 술잔을 들면서 말했다.

"감사합니다."

"맛있게 먹고 마시게. 음식을 먹을 때 지위를 따지는 것만큼 바보짓은 없으니까."

술을 반 잔쯤 비운 정진섭이 평소보다 큰 목소리로 말하면서 껄껄 웃었다. 그러자 선술집에 있던 다른 술꾼들이 얘기를 멈추고 그를 바라봤다. 그들의 묘한 시선이 불편해진 김갑생이 슬쩍 말했다.

"목소리를 좀 낮추시지요. 괜히 시비라도 붙으면 어쩌시려고요."

"명색이 성균관 유생인 나를 건드릴 사람이 누가 있다고? 안 그런가?"

점점 커지는 목소리에 술꾼들의 표정이 굳어졌다. 그 후로도 정진섭이 마치 제집인 것처럼 웃고 떠들자 노란 초립을 비스듬하게 쓴 별감이 나섰다.

"거, 조용히 좀 마십시다. 유생 나리."

선술집의 분위기가 순식간에 굳었고, 낭랑한 주모의 노랫소리도 그치고 말았다. 정진섭이 기다렸다는 듯 눈을 부라렸다.

"감히 별감 주제에 유생에게 목청을 높이다니, 세상이 말세로구나 말세야!"

점잖고 느긋하던 평소의 모습과는 달리 마치 기다렸다는 듯 시비를 거는 정진섭을 본 김갑생은 크게 놀라고 말았다. 만류하기 위해 다가가는데 정진섭이 갑자기 별감에게 달려들어서 멱살을 잡았다. 놀란 별감이 뿌리치자 정진섭은 두 팔을 허우적거리면서 평상 위에 나뒹굴었다.

"어이쿠!"

평상 위에 쓰러진 정진섭이 오른쪽 팔꿈치를 움켜잡은 채 소리를 쳤다.

"팔! 팔이 부러진 것 같아!"

놀란 김갑생이 다가가서 팔을 살펴봤다.

"괘, 괜찮으십니까?"

그러자 방금까지 비명을 지르던 정진섭이 슬쩍 한쪽 눈을 찡긋했다. 무슨 뜻인지 눈치챈 김갑생이 한술 더 떴다.

"아이고, 며칠 후에 대과를 보실 분이 이 무슨 날벼락이랍니까?"

김갑생까지 난리를 치자 기세등등하던 별감은 대번에 낯빛이 어두워졌다.

방 안으로 자리를 옮긴 정진섭은 여전히 한쪽 팔을 감싸 쥐고 있었고, 별감은 아예 무릎까지 꿇고 있었다. 안절부절못하는 별감에게 정진섭이 아픈 척을 하며 물었다.

"내가 묻는 말에 잘 대답해 주면 넘어가 주지."

"뭐, 뭐든 여쭤만 주십시오."

과거를 앞둔 성균관 유생을 다치게 했다는 사실이 알려지면 쫓겨나는 것은 물론 처벌까지 받을 수 있기 때문인지 별감은 안절부절못했다.

"과거를 앞두고 점을 보려고 하는데 벽장동의 무당이 용하다는 소문을 들었네. 그게 사실인가?"

잔뜩 긴장하고 있던 별감은 별거 아닌 질문이 나오자 눈에 띄게 안심했다.

"개화 말씀입니까?"

"그 무당의 이름이 개화인가?"

"그렇습지요. 용하다는 소문이 나서 그런지 사람들이 제법 찾아오고 있습니다요."

"나이는 얼마나 되었는가?"

"등이 굽었고, 머리가 백발인 걸로 봐서는 환갑 즈음으로 보입니다."

정진섭은 여전히 팔이 아픈 척했지만 눈빛은 이미 호기심으로 가득했다. 김갑생 역시 그 무당이 삼십 년 전 성균관의 시귀 소동과 연관이 있었던 그 무당인지 궁금했다.

"그 무당은 언제부터 벽장동에 있었는가?"

"한 십 년 되었습니다."

별감의 대답을 듣고 실망한 정진섭이 작게 한숨을 쉬었다.

"십 년? 그 전에는 아무도 없었는가?"

"예전에 무당이 한 명 있었는데 어느 날 소리 소문 없이 사라지고, 한동안 벽장동에 무당이 없었답니다. 그러다가 개화가 자리를 잡은 것이지요."

정진섭은 몇 가지를 더 물어본 후에 팔이 나아졌다면서 별감을 내보냈다. 그러고는 김갑생을 바라봤다.

"혹시나 옛날의 그 무당일지 모른다고 기대를 걸었는데 아쉽군."

"그것 때문에 일부러 시비를 걸었던 겁니까?"

팔을 몇 번 흔든 정진섭이 대수롭지 않다는 표정으로 대꾸했다.

"그냥 대답해 주지는 않을 테니까."

김갑생은 고개를 절레절레 흔들었다.

"나리는 정말 예측 불가입니다."

"평온한 삶은 재미없거든."

씩 웃은 정진섭이 일어나면서 덧붙였다.

"그래도 혹시 모르니까 한번 가 보세."

기방이 모여 있는 벽장동은 처음인 김갑생은 사방에서 들려오는 요염한 웃음소리와 화려하게 차려입은 기생들을 보고는 입을 다물지 못했다. 그걸 본 정진섭이 혀를 찼다.

"아니, 현방에서 일을 하면 이런 곳으로 고기를 배달하러 오지 않는가?"

"아버지가 하시는 현방은 배달을 할 필요가 없었습니다. 워낙 단골들이 많아서요."

"그런 현방을 물려받아야 했으니 부담이 컸겠군."

정진섭의 물음에 김갑생은 한숨을 쉬었다.

"다들 부러워하긴 했습니다만 저는 현방을 물려받기 싫습니다."

"그럼 반인으로 살아야겠군. 그것도 별로 하고 싶어 하는 것 같지 않던데 말이야."

얄밉도록 예리한 정진섭의 물음에 김갑생은 쓰디쓴 입맛을 다셨다.

"아버지는 포졸들도 못 들어오고, 귀찮게 하는 사람들이 없다며 반촌에 사는 걸 좋아하지만 저에게는 감옥이나 다름없습니다."

"나에게도 성균관은 지옥일세. 그나마 먹는 것으로 위안을 삼고 있지."

같은 상처와 아픔을 가지고 있는 두 사람은 서로를 바라보며 위안의 눈길을 던졌다. 그때 두 사람 앞에서 부스럭거리는 소리가 들렸다. 잠시 후, 두 사람 앞에 나타난 것은 아까 봉변을 당한 별감과 무뢰배들이었다.

예상치 못한 상황에, 항상 느긋하던 정진섭 역시 눈에 띄게 당황했다.

"쟤들이 왜 다시 온 거야?"

두 사람을 발견한 별감이 옆에 있던 무뢰배에게 귓속말을 했다. 그러자 덩치 큰 무뢰배가 앞으로 나섰다. 까무잡잡한 얼굴은 크고 작은 상처로 뒤덮여 있어서 꽤 위협적으로 보였다.

"대체 뭐 하는 놈들인데 무녀님에 대해서 이리저리 캐고 다니는 것이냐?"

말문이 막힌 김갑생이 정진섭을 바라봤다. 항상 능글능글하던 정진섭도 이때만큼은 버벅거렸다.

"어, 그러니까, 이번에 과거시험을 보는데 합격할 수 있을지 없을지 궁금해서……."

"그런데 왜 뒷조사를 하고 다녀? 보아하니 유생도 아닌 것 같은데 말이야."

상대방의 기세를 본 정진섭이 김갑생의 소매를 슬쩍 당겼다.

"너 싸움 잘하냐?"

"아뇨."

"칼 같은 것도 없고?"

"안 가지고 다녀요."

"야! 반인이면 힘도 세고 칼도 잘 다룬다고 하던데, 넌 어째 할 수 있는 게 아무것도 없어?"

정진섭의 때아닌 짜증을 들으며 김갑생이 뒤쪽을 힐끔 바라봤다.

"우리 아버지가 그러셨는데, 다구리 앞에는 천하장사도 못 버틴다고 했어요."

"뭘까?"

"늦었어요. 뒤쪽도 막혔습니다."

"뭐?"

놀란 정진섭이 뒤를 바라봤다가 몽둥이를 든 무뢰배들이 길을 막은 걸 발견했다. 하필이면 양옆에 높은 담장이 있어 피할 수도 없었다. 분위기가 더없이 흉흉해지자 정진섭이 나섰다.

"자, 다들 진정하고 말로 합시다. 난 성균관 유생이고, 이쪽은 내가 부리는 반인이라 우릴 건드리면 좋을 게 없소이다."

하지만 얼굴이 까만 무뢰배가 코웃음을 쳤다.

"가짜라는 거 다 알고 있어. 다시는 무녀님 곁을 얼쩡거리지 못하게 해 주마."

"거, 사람 말을 좀 믿어야지. 무작정 거짓말이라고 하면

어······."

정진섭은 채 말을 잇지 못했다. 아까 협박당한 별감이 달려와서 몽둥이로 머리를 내리쳤기 때문이다.

머리를 감싼 정진섭이 그대로 주저앉자 그걸 신호 삼아서 무뢰배들이 달려들었다. 김갑생은 주저앉은 정진섭을 그대로 감싸 안았다.

무수히 떨어지는 몽둥이와 발길질을 견디던 김갑생의 귀에 낯선 목소리가 들렸다.

"그만 멈춰요!"

그러자 쏟아지던 매질이 뚝 끊겼다. 조심스럽게 고개를 든 김갑생의 눈에 사방등을 든 젊은 여인이 보였다. 이십 대 초반에 갸름한 얼굴의 그녀는 화려한 가채와 금실로 수놓은 치마저고리 차림으로 봐서는 기생인 것 같았다. 하지만 차가운 얼굴에서는 알 수 없는 위압감이 풍겨 나왔다.

그녀가 다가오자 기세등등하던 무뢰배들은 고개를 숙인 채 옆으로 물러났다. 쪼그리고 앉아 있는 두 사람을 내려다본 그녀는 얼굴이 까만 무뢰배를 바라봤다.

"내가 함부로 사람들 해치지 말라고 했잖아."

그러자 방금까지 두 사람을 죽일 것같이 흉흉하던 무뢰배가 고개를 조아렸다.

"죄송합니다, 아씨. 저 두 놈이 무녀님에 대해서 조사한다는 얘기를 듣고 흥분을 했습니다."

"이상한 점이 있으면 잡아다가 물어보든지, 아니면 겁만 주고 쫓아내야지. 이러다가 죽거나 심하게 다치기라도 하면 어쩌려고."

그녀의 서릿발 같은 추궁에 거의 아버지뻘 되는 검은 얼굴의 무뢰배가 쩔쩔맸다.

"잘못했습니다, 아씨."

"여긴 내가 수습할 테니까 어서 가 보세요."

그녀의 말이 떨어지기가 무섭게 별감과 무뢰배가 어둠 속으로 사라졌다. 한심한 눈으로 그들을 바라보던 그녀가 어리둥절해하는 두 사람에게 다가왔다.

"따라와요."

사방등을 든 그녀가 두 사람을 데리고 간 곳은 벽장동의 기방 중 한 곳이었다.

작은 쪽문을 열고 들어가자 본채와는 담장으로 가려진 별채가 보였다. 작기는 해도 앞에 연못이 있고, 대청과 누각까지 딸려 있어서 조용히 풍류를 즐기기 더없이 좋아 보였다.

계단을 올라 대청으로 올라간 그녀가 누각으로 통하는 문을 열었다. 김갑생의 부축을 받던 정진섭이 그걸 보고는 눈을 동그랗게 떴다.

"이런 별천지가 있었군."

두 사람이 누각에 들어서자 그녀가 호롱불을 켰다. 반쯤 열어 놓은 창문 밖으로 초승달이 보였다.

창을 등진 채 앉은 그녀가 자리를 권하자 정진섭이 냉큼 앉고는 김갑생에게 옆자리에 앉으라는 손짓을 했다.

두 사람이 앉는 걸 본 그녀가 물었다.

"심하게 다치지는 않으셨습니까?"

그 얘기를 듣고 뒤늦게 머리를 만진 정진섭이 얼굴을 찡그렸다.

"좀 아프긴 하지만 괜찮소이다."

"편하게 말씀하십시오. 아까 뒷마당에서 가야금을 타는데, 저자들이 모여서 작당하는 소리를 듣고 밖으로 나가 봤습니다."

"성균관 유생이라고 밝혔는데도 꼼짝도 안 하던 놈들이 어떻게 당신 얘기는 어린아이처럼 잘 듣는 거요?"

아픈 와중에도 궁금증을 풀기 위해 질문을 던지는 정진섭의 모습에 김갑생은 혀를 내둘렀다.

질문을 받은 그녀가 살포시 웃으며 대답했다.

"제가 그 무녀의 딸이기 때문이죠. 은화라고 합니다."

예상 밖의 대답에 놀란 정진섭이 살짝 눈을 찡그렸다.

"어머님이 대체 어떻게 구워삶았기에 별감이나 무뢰배가 저렇게 나오는 거요?"

"어머니에게 신통력이 있다고 믿고 있어요. 그래서 목숨 걸고 지켜 준다고 저러는 거예요."

"그런 게 별로 마음에 들지 않나 보군요."

"아무리 그래 봤자 무당이니까요. 거기다 진짜로 성균관 유생이면 어머니에게까지 화가 미치지 않겠어요?"

"사려 깊은 따님이군. 구해 줘서 고맙네."

일어나자며 김갑생에게 눈짓을 하는 정진섭에게 은화가 물었다.

"정말 고마우시면 왜 어머니에 대해서 이리저리 알아보셨는지 말씀해 주시지요."

"어허, 구해 준 이유가 다 있었구먼. 혹시 어머니랑 짜고 친 거요?"

정진섭의 비아냥에도 은화는 미소를 잃지 않았다.

"저랑 어머니는 생각이 많이 다릅니다. 혹시나 저에게 불똥이 튈까 봐 걱정하는 겁니다."

"보통은 부모를 감싸던데, 보기보다는 효녀가 아니었군."

"부모 자식 간이라고는 하지만 생각이 다를 수는 있지 않겠습니까?"

은화의 대답을 들은 정진섭이 잠시 생각하더니 입을 열었다.

"최근 성균관과 반촌에서 괴상한 일이 벌어졌네. 벽장동의 무당이 그 일을 미리 예견했다고 해서 어찌 된 일인지 알아보려고 한 거였지."

"그런데 왜 직접 물어보지 않고 딴 사람을 통해서 알아보려고 하셨습니까?"

"비밀이 많은 사람이라면 감출 것이고, 그걸 알아내려면 미리 알아봐야 하니까."

김갑생은 또박또박 묻는 은화와 그걸 받아치는 정진섭의 대화 사이에 끼어들었다.

"확실한 건 반촌 사람들 중 상당수가 그 무당의 말을 믿는다는 겁니다."

그 말에 은화가 고개를 끄덕거렸다.

"반촌 사람들이 드나든다는 건 알고 있었어요."

대답을 한 은화에게 정진섭이 물었다.

"자네 어머니가 어떻게 성균관과 반촌의 흉한 일을 알게 되었는지 궁금하네."

"제 어머니 개화는 신통력이 좋으신 분입니다. 반촌뿐만 아니라 많은 곳에서 점을 치러 찾아오죠."

"나에게는 신통력이라는 게 뜬구름 같아서 말이야. 앞날을 예측한다는 건 불가능하고, 믿지도 않아."

"성리학을 배우셔서 그런 것일지도 모르죠. 책에서 눈을 떼서 세상을 보시면 다른 게 보일 겁니다."

은은한 미소를 띤 은화의 대답에 정진섭이 손가락을 까닥거렸다.

"성리학을 배워서 그런 게 아닐세. 만약 앞날을 예측할 수 있다면 굳이 남에게 돈을 받을 필요가 없지. 그냥 자기가 뭔가 일을 도모하는 게 훨씬 빠르고 편하잖아. 거기다 하나같이 다 쓰러져 가는 작은 곳에서 점을 치는 것도 이상하고 말이야. 앞날을 바라볼 수 있다면 그야말로 돈방석에 앉는 건 시간문제이지 않겠나?"

정진섭의 얘기를 들은 은화가 작게 한숨을 쉬었다.

"다른 유생들과는 많이 다르시군요. 성균관에서 적응하기 정말 힘드시겠습니다."

"나보다 성균관이 더 힘들 거요. 나 같은 유생은 처음이었을 테니까."

농담인지 진담인지 알 수 없는 정진섭의 말에 은화의 표정이
어두워졌다.

"어머니가 최근 반촌과 성균관 일에 관심이 많아지셨습니다."

"그게 이상한 일인가?"

"어머니는 신을 모시는 일 이외에는 관심을 가진 적이 없었
으니까요."

은화의 얘기를 들은 정진섭은 마른침을 삼켰다. 그리고 잠시
주저하다가 입을 열었다.

"사실, 삼십 년 전에도 성균관에서 비슷한 일이 벌어졌었네.
그때에도 벽장동의 무당이 관련되어 있었지."

"어머니는 벽장동에 자리 잡으신 지 십 년 정도 되셨습니다."

"혹시 성균관에 관한 얘기를 한 적이 있었나?"

정진섭의 물음에 잠시 생각에 잠겨 있던 은화가 대답했다.

"어머니도 전해 들었다면서 비슷한 얘기를 하신 적이 있습
니다."

"무슨 얘기를 말인가?"

"삼십 년 전에 그 사건이 벌어질 무렵, 성균관 수복 출신의
서당 훈장 한 명이 사라졌다고 말이죠."

정진섭은 은화의 얘기를 듣고는 눈을 껌뻑거렸다.

"수복 출신의 훈장이라니, 반인이 글을 가르쳤단 말인가?"

"그렇다고 들었습니다. 제가 태어나기 전 얘기니까요."

정진섭이 바라보자 김갑생은 고개를 저었다.

"저도 모르겠습니다. 한 번도 들은 적이 없어요."

김갑생의 대답을 들은 정진섭이 바라보자 은화가 입을 열었다.

"조세준이라고 하더군요."

"수복 출신의 서당 훈장이 말인가?"

"송동에서 서당을 크게 열었답니다."

고개를 끄덕거린 은화를 본 정진섭이 갑자기 피식 웃었다. 생각에 잠겨 있던 김갑생이 그런 정진섭에게 물었다.

"왜 웃으십니까?"

"원래 스승과 제자는 평생 같이 가는 관계일세. 그래서 글을 배우는 사람들은 스승을 고를 때 굉장히 신중하지."

"그런데 어떻게 반인 출신의 스승에게서 글을 배웠다는 겁니까?"

영문을 모르겠다는 표정의 김갑생이 묻자 정진섭이 한숨을 쉬었다.

"그만큼 실력이 좋았다는 뜻이겠지. 공부만 잘 시키면 출신 따위는 따지지 않겠다는 마음이 스승의 출신을 따지는 것보다 더 컸던 모양이야. 그런데 자네 어머니가 왜 그 얘기를 한 거지?"

정진섭의 날카로운 질문에 은화는 잠시 일렁거리는 호롱불을 바라보다가 대답했다.

"비슷한 일이 벌어지고 있다는 걸 어쩐지 반기셨어요."

은화의 얘기를 들은 정진섭이 반문했다.

"반가워했다고?"

"네. 벽장동 밖의 일은 그다지 관심을 두시지 않는 분인데 유독 그쪽 일에는 관심을 기울이셨어요. 반촌에서 사람들이 찾아왔을 때는 문을 닫고 한참 동안 얘기하셨고요."

은화의 얘기를 들은 두 사람은 서로의 얼굴을 바라봤다. 먼저 입을 연 것은 정진섭이었다.

"이거, 일이 묘하게 돌아가는군."

"그러게요."

김갑생의 대답을 들은 정진섭이 은화를 다시 바라봤다.

"자네 어머니는 이번 일을 기다리고 있거나 알고 있다는 뜻이로군."

"맞습니다. 수양딸이 된 이후 이십 년 가까이 곁에서 지켜봤지만 이런 모습은 처음입니다."

"그런데 그런 걸 왜 오늘 처음 본 나에게 말하는 건가?"

정진섭의 물음에 은화는 대답 대신 방석에서 일어났다. 그리고 아까 들어온 별채의 쪽문을 가리켰다.

"밤이 깊었습니다. 저는 손님이 기다리고 계셔서 이만 가 봐야겠습니다."

가볍게 고개를 숙여 인사를 한 은화가 밖으로 나가서 본채와 이어진 문으로 나갔다. 창밖으로 그 모습을 지켜보던 정진섭이 한숨을 쉬었다.

"일이 복잡하게 돌아가는군."

"저는 어떻게 돌아가는지 아예 모르겠습니다."

고개를 절레절레 흔든 김갑생의 어깨를 친 정진섭이 일어났다.

"조세준에 대해서 알아봐야겠군. 정녕 들은 적이 없는가?"

정진섭이 넌지시 묻자 김갑생은 고개를 저었다.

"없었습니다. 다만……."

잠시 주저하던 김갑생이 덧붙였다.

"아버지가 제가 글을 좋아하는 걸 보고 만류하시면서, 뭔가 말하려다가 입을 다무셨던 적은 있습니다."

"아예 언급조차 못 할 정도로 잊고 싶었던 존재라는 뜻이군."

"오늘 가서 물어보겠습니다."

"아마 대답 안 해 줄 거야."

딱 잘라 말한 정진섭이 초승달을 올려다보며 덧붙였다.

"내일 송동으로 가 보세."

"거기서 뭘 찾으시게요?"

"수복 출신이 서당을 열었다면 분명 인근의 노인들 중에 기억하는 자가 있을 거야. 꽤 흥미롭군."

"노비가 서당을 연 게 말씀입니까?"

김갑생의 물음에 정진섭이 호기심 어린 눈빛으로 대답했다.

"그것도 그렇고, 서당을 연 곳이 송동이라서 말이야. 거기가 바로 송자宋子(송시열을 높여 부르던 명칭)의 생가일세. 다른 곳보다 자존심이 높았던 곳인데, 그런 곳에서 어떻게 수복 출신의 노비가 서당을 열 수 있었는지 궁금하구먼."

"내일이면 이레밖에 안 남습니다. 너무 여유를 부리시는 거 아닙니까?"

"송동 가는 길에 뭘 먹을까?"

김갑생은 시간이 지나간다는 걱정 따위는 안중에도 두지 않는 정진섭의 모습에 어처구니가 없어진 나머지 헛웃음을 지었다.

7

"어딜 그렇게 싸돌아다니는 거냐!"

정진섭과 헤어져서 반촌의 집으로 돌아온 김갑생에게 아버지의 불호령이 떨어졌다. 죄송하다고 말씀드리려던 김갑생은 대청에 앉은 아버지의 모습이 흐트러져 있는 걸 보고는 조심스럽게 물었다.

"술 드셨어요?"

"옆집 불덕이랑 몇 잔 했다."

가끔 술을 마시기는 하지만 취할 정도로 마신 걸 본 적은 한 번도 없었던 김갑생은 적잖게 놀랐다.

"어디 갔다 온 거냐?"

아버지가 재차 묻자 김갑생은 대청 끝자락에 앉으면서 대답했다.

"성균관 유생 나리가 같이 가자고 해서 어딜 갔다 왔습니다."

"알았다. 얼른 씻고 들어가서 자라. 밤늦게 돌아다니지 말고."

엉거주춤 일어나려던 김갑생은 트림을 하는 아버지에게 물었다.

"아버지, 혹시 조세준이라는 사람 아세요?"

느슨해졌던 아버지의 눈빛이 다시 차가워지는 걸 본 김갑생은 속으로 아차 싶었다. 몸을 꼿꼿이 세운 아버지가 물었다.

"지금 누구라고 했느냐?"

"조, 조세준이요."

"그 이름은 어디서 들었는데?"

아버지의 얼굴이 굳어지자 김갑생은 마른침을 삼켰다.

"정진섭이라는 성균관 유생이 그분에 대해서 알아보는 중이라서요. 반촌 출신이라고 해서, 혹시나 해서 여쭤봤습니다."

"너, 다시는 그 이름을 입에 올리지 마라. 알겠어?"

"자, 잘못했습니다."

얼른 일어나 도망가려고 하던 김갑생은 다리가 꼬이는 바람에 넘어지고 말았다. 일어나려고 하는데 아버지가 멱살을 잡아챘다.

"내 말 명심해라! 안 그러면 가만 놔두지 않을 거야!"

한 번 얘기하면 두 번 반복하지 않는 아버지의 평소 모습과는 너무 다른 탓에 김갑생은 대답도 하지 못하고 우물쭈물했다. 그런 김갑생에게 아버지는 멱살을 흔들면서 계속 대답하라고 채근했다. 부엌에서 소리를 듣고 나온 어머니가 아버지의 등짝을 철썩 때리면서 소동은 막을 내렸다.

"아니, 하나밖에 없는 외아들한테 왜 이래요?"

어머니가 끼어든 덕분에 겨우 한숨을 돌린 김갑생은 허겁지 겁 일어나서 대청 끝에 있는 방으로 도망쳤다.

⊕

다음 날, 송동으로 가던 길에 김갑생의 얘기를 들은 정진섭 은 지난번과는 달리 굉장히 신중한 표정을 지었다.

"이름 자체를 언급하지 말라고 한 거야?"

"네. 아버지가 그렇게 화를 낸 건 안 좋은 고기가 들어왔을 때 빼고는 처음이었습니다."

"반촌과 조세준, 그리고 벽장동의 무당이 복잡하게 얽혀 있 는 것 같군. 그 결과물이 성균관과 반촌에서 벌어지는 살인이 고 말이야."

"도무지 영문을 모르겠습니다."

한숨을 쉰 김갑생의 말에 정진섭이 느긋한 표정을 지었다.

"잘 살펴보면 보이는 법이지."

잘난 척하는 말투에 살짝 빈정이 상한 김갑생이 물었다.

"그래서 나리께서는 뭐가 보이십니까?"

질문을 받은 정진섭은 걸음을 멈추고 이리저리 돌아보다가 활짝 웃었다.

"엿을 파는 아이가 보이는군. 저 아이가 맞을 거야."

갑자기 걸음을 서두르는 정진섭을 김갑생이 따라갔다.

"뭐가 맞다는 말씀입니까?"

"저 아이가 파는 엿이 좀 특별해서 말이야."

나무 그늘 아래 바위에 앉아서 살짝 졸고 있던 엿 파는 아이는 자신을 향해 다가오는 발걸음 소리에 놀라 눈을 떴다. 입가에 흘린 침을 닦는 아이를 본 정진섭이 활짝 웃었다.

"쌀엿 있느냐?"

"물론입죠. 얼마나 드릴까요?"

엿 파는 아이의 질문에 회심의 미소를 지은 정진섭이 소매를 흔들어서 안에 든 엽전 소리를 들려줬다.

"전부 다 다오. 몇 개는 그냥 주고, 나머지는 종이에 포장해라."

"아이고, 알겠습니다요."

신이 난 아이가 콧물을 훌쩍거리며 서둘러 엿을 쪼개는 사이, 정진섭이 김갑생을 돌아봤다.

"자네, 엿이 원래 무슨 색인지 알아?"

또 잘난 척이 시작되었다고 속으로 투덜거렸지만 명절 때나 맛볼 수 있는 엿을 먹을 수 있다는 생각에 김갑생은 꾹 참고 대답했다. 어차피 무슨 색인지 알지도 못해서 궁금증이 살짝 들었다.

"모르겠습니다."

"호박색."

"근데 어떻게 하얀색이 된 겁니까?"

김갑생의 물음에 정진섭은 손으로 빨래를 쥐어짜는 것 같은 시늉을 했다.

"호박색 엿을 두 사람이 이렇게 당겨서 새끼줄을 꼬는 것처럼 돌리면 하얀색으로 변하지. 이때 엿이 굳지 말라고 뜨거운 물이 든 가마솥 위에서 당기기도 해. 뜨거운 김이 올라와서 엿을 굳지 않게 만들거든."

그때 엿 파는 아이가 엿을 하나씩 건넸다. 그것을 어금니로 살짝 깨물어 본 정진섭이 흡족한 표정을 지으며 입안에 넣고 오물거렸다.

김갑생도 입에 엿을 넣고 이리저리 굴렸다. 황홀할 정도의 달짝지근한 맛이 입안에 퍼졌다. 기분이 좋아진 김갑생은 정진섭이 떠드는 소리를 잠자코 들었다.

"다른 엿들은 오래 묵은 쌀을 쓰는데 이 아이가 파는 엿은 중미中米(쌀의 속겨를 반쯤 벗겨 낸 쌀)를 쓰지. 잘 씻어서 오랫동안 불을 때서 푹 익힌 다음에 식히지 않고 바로 항아리에 넣는다네. 그리고 밥을 지은 솥에 물을 끓여서 항아리에 붓지."

"밥을 넣고 그 위에 또 물을 넣는 겁니까?"

"그래야 나중에 엿기름이 잘 스며드니까. 그다음은 엿기름을 만들 차례. 겉보리를 물에 불려서 씻은 다음에 시루에 얹어서 물을 주기를 반복하면 싹을 틔운다네. 그 싹에서 나오는 게 바로 엿기름일세."

김갑생이 입안의 엿을 이리저리 굴리며 물었다.

"물을 넣은 쌀에 엿기름을 넣으면 엿이 나오는 겁니까?"

"아니야. 그다음에도 손이 많이 가네. 그렇게 얻은 엿기름을 가루를 곱게 내서 냉수랑 섞은 다음에 항아리에 붓고 주걱으로 휘휘 저어 줘야 해. 그리고 군불을 땐 온돌방에 이불로 푹 감싸서 넣어 둔다네. 그리고 반나절 정도 기다려줘야 하네."

"그걸 아까 항아리에 물이랑 같이 넣은 밥에 섞는 겁니까?"

"맞아. 엿기름과 밥, 그리고 미지근하게 끓인 물을 항아리에 넣고 섞은 다음에 온돌방에 넣고 불을 때야 하지. 항아리를 이불로 덮어 두는 걸 잊으면 안 되네. 그렇게 삭힌 다음에 베로 만든 보자기에 쏟고 즙을 짜야 하지. 그렇게 나온 즙을 가마솥에 부은 다음에 센 불로 익히다가 은근하게 익히면 즙이 졸아드네. 그게 아까 얘기한 호박색 엿이야."

"그걸 당겨서 지금처럼 하얀색 엿으로 만드는 거군요."

"맞아. 단맛을 내는 건 참으로 고단한 일이지. 그래서 맛있는 엿을 만나면 기분이 좋다네."

흐뭇하게 웃으며 말한 정진섭은 종이에 싼 엿을 받아 들고는 엽전을 건넸다. 그러고는 엿 파는 아이에게 잔돈은 필요 없다면서 선심을 썼다. 그리고 입안에 남은 엿을 찾아 혀를 이리저리 굴리면서 물었다.

"송동에서 가장 오래 산 노인이 누군지 아니?"

"이 동네에서요? 수성동 계곡 기린교 쪽에 있는 집주릅(조선 시대 집을 사고파는 흥정을 도와주던 직업, 가쾌라고도 불렀다) 할아버지가 수십 년째 여기서 지내고 있다고 들었어요."

"오늘도 나왔을까?"

정진섭의 물음에 엿 파는 아이가 고개를 끄덕거렸다.

"아까 돗자리 둘러메고 올라가시는 거 봤어요."

"고맙다, 꼬마야."

엿 파는 아이의 머리를 쓰다듬은 정진섭이 뒷짐을 진 채 수성동 계곡이 있는 오르막길을 걸었다. 그 뒤를 김갑생이 따라가며 엿 파는 아이를 힐끔 보고는 슬쩍 물었다.

"엿 파는 아이가 그런 걸 안다는 걸 어찌 아셨습니까?"

"나는 음식을 파는 사람한테도 관심이 많아서 말이야. 엿 파는 아이야말로 동네 사정을 손바닥 들여다보듯 알 수 있지."

한쪽으로 개울이 흐르는 송동의 오르막길 양쪽으로 고래등 같은 기와집들이 어깨를 나란히 했다. 김갑생이 우뚝 솟은 솟을대문들을 정신없이 바라보자 정진섭이 끼어들었다.

"이곳에는 두 종류의 사람들이 산다네."

"누구누굽니까?"

"하나는 발을 땅에 댈 필요가 없이 가마나 말을 타고 다니는 사람들이지."

"하긴, 경사가 제법 심해서 매일 올라가라고 하면 못 할 거 같습니다. 또 다른 사람은 누굽니까?"

"궁궐이나 관청에서 일하는 사람들이지. 한시라도 빨리 출근하려면 조금이라도 가까운 곳에 살아야 하니까 말이야."

"양쪽이 다 서로 안 어울리겠습니다."

"한쪽이 다른 한쪽을 없는 존재로 취급하지. 하지만 최근에는 여항시인들의 시회가 이곳에서 자주 열리면서 분위기가 묘해졌다네."

"여항이라면 민가를 얘기하는 말 아닙니까?"

"맞아. 얼마 전부터 중인들과 부유한 상민들이 모여서 시회를 여는 경우가 늘었지."

"양반들이 좋게 보지는 않겠군요."

"그렇다고 해도 방법이 없지. 특히 이곳의 송석원시사는 굉장히 유명하지. 자넨 백전이라는 얘기 들어 봤나?"

"아뇨."

고개를 저은 김갑생에게 정진섭이 친절하게 설명해 줬다.

"하얀 종이의 전쟁이라는 뜻이지. 송석원시사가 시회를 열면 모이는 시들이 굉장히 많기 때문에 그런 얘기가 돈다는군. 심지어는 순라꾼에게 잡혀도 송석원시사에 참여한다고 하면 군말 없이 보내 준다고 하네."

"세상이 변한 겁니까?"

김갑생의 물음에 정진섭이 미묘한 표정을 지었다.

"어떤 사람은 망조가 든다고 생각할 거고, 어떤 사람은 새로운 세상이 열리는 징조로 받아들이겠지."

대답을 한 정진섭이 김갑생에게 물었다.

"자넨 어떻게 생각하나?"

"잘 모르겠습니다. 확실한 건, 그때도 성균관이 있고, 저는 반인이겠죠."

김갑생의 얘기에 정진섭은 씁쓸한 표정을 지었다.

이런저런 얘기를 하면서 걷는 사이, 두 사람은 수성동 계곡에 도착했다.

인왕산에서부터 이어진 수성동은 계곡 사이로 바위가 쭉 이어져 내려온 독특한 모습이었다. 길옆으로 흐르는 개울물은 수성동 계곡 돌 틈에 있는 작은 폭포에서부터 시작되었다. 그리고 그 폭포가 쏟아지는 틈에는 넓적한 돌을 깔아서 다리처럼 놨다.

정진섭이 새끼손가락으로 콧구멍을 후비면서 그곳을 바라봤다.

"저게 기린교야. 근처라고 했는데?"

이리저리 두리번거리던 그가 갑자기 외쳤다.

"저기 위쪽 팔각정 아래에 있군!"

정진섭이 가리킨 팔각정 아래 병풍처럼 생긴 바위가 보였다. 그 앞에 돗자리를 깔고 앉아 있는 집주릅 노인이 보였다. 솜을 넣은 조끼를 입고, 구멍이 숭숭 난 망건에, 대나무로 만든 장죽을 문 채 꾸벅꾸벅 졸고 있는 모습을 본 정진섭이 김갑생에게 따라오라는 손짓을 했다.

발걸음 소리를 죽이고 다가간 정진섭이 작게 헛기침을 하자 집주릅 노인이 퍼뜩 정신을 차렸다. 그리고 눈앞의 정진섭을 보면서 눈을 껌뻑거렸다.

"성균관 유생이신가?"

"그렇습니다. 어르신께서 이곳에서 오랫동안 집을 사고파셨다고 들었는데요."

"그렇다마다. 여기 송동의 집 절반은 내가 사고팔았지."

집주릅 노인의 말에 정진섭이 눈을 동그랗게 떴다.

"우와, 대단하시네요."

정진섭의 칭찬에 으쓱해진 집주릅 노인이 어깨를 들썩거리며 자랑을 이어 갔다. 저 아래가 누구네 집인데 예전에 어떤 사람이 얼마에 사들였다가 중간에 변고를 겪었고, 그래서 아무도 안 사려고 하는 걸 자기가 팔아 줬다는 얘기가 계속 이어졌다.

집을 사고팔 일이 없었던 김갑생은 지루하기 그지없었던 반면, 정진섭은 눈을 크게 뜨고 중간중간 추임새를 넣으면서 맞장구를 쳤다. 먹는 것 외에는 관심이 없는 걸 알고 있던 김갑생은 정진섭이 듣고 싶은 얘기를 위해 참고 있다는 걸 눈치챘다.

신나게 떠들던 집주릅 노인이 할 얘기가 떨어졌는지 정진섭에게 물었다.

"그런데 집 사시게?"

"아뇨. 뭐 좀 알아보려고 찾아왔습니다. 엿 좋아하세요?"

정진섭이 한 손에 든 종이를 펼쳐서 엿을 보여 주자 집주릅 노인의 표정이 밝아졌다.

"아이고, 없어서 못 먹지."

손가락으로 엿을 집어 든 집주릅 노인이 입안에 넣고 이리저리 굴렸다. 역시 엿을 하나 입에 넣은 정진섭이 한쪽 볼을 불룩하게 만든 채 물었다.

"여기에서 언제부터 일하셨습니까?"

"가만있어 보자. 내가 관례를 치르고 오 년인가 지나서 외삼촌을 도와서 집주릅 일을 했지. 대략 사십오 년 정도 됐구먼."

사십오 년이라는 얘기를 들은 정진섭의 표정이 밝아졌다. 아예 근처 나무등치에 엉덩이를 걸친 정진섭이 옷자락이 바닥에 쓸리지 않도록 무릎 위로 올리면서 물었다.

"대충 삼십 년 전쯤에 여기에 서당이 있었습니까?"

"서당이야 지금도 많지. 아예 집으로 훈장을 불러서 가르치는 집안도 많고 말이야."

"성균관 수복 출신이 훈장으로 있던 서당은요?"

정진섭의 얘기를 들은 집주릅 노인의 표정이 굳어졌다.

"그걸 알아서 뭐 하게?"

분위기가 갑자기 싸늘해지자 정진섭은 옆에 멍하게 서 있던 김갑생을 가리켰다.

"제가 부리는 반인인데, 아버지가 오늘내일하십니다."

"저런. 딱하구먼."

아까 아침에도 고기를 다듬는 아버지의 모습을 보고 온 김갑생이 놀라서 입을 열려는 찰나, 정진섭이 선수를 쳤다.

"그분에게 어린 시절 헤어진 동생이 있는데, 돌아가시기 전에 만나고 싶다고 해서 제가 도와주고 있는 중입니다. 이름은 조세준이고, 공부를 잘해서 이곳에서 서당을 열었다는 얘기를 들었습니다. 부디 도와주십시오."

너무나 간절한 말투에 김갑생은 자기가 모르는 삼촌이 있었는지 생각해 볼 정도였다. 한숨을 쉰 집주릅 할아버지도 마찬가지였다.

"그런 사연이 있었구먼. 조세준이라는 수복 출신의 훈장이 서당을 운영했던 적이 있었지."

"여기 송동에서 말입니까?"

정진섭의 물음에 고개를 끄덕거린 집주릅 노인이 장죽으로 수성동 아래쪽을 가리켰다.

"올라오다가 중간에 커다란 느티나무 봤지?"

"네."

"거기에서 왼쪽으로 올라가면 바위가 하나 나오지. 그 바위를 끼고 돌아서 오른쪽으로 좀 더 올라가면 하얀 바위가 나오지. 송동 사람들은 백암 바위라고 부르는데, 그 앞 평지에 서당을 열었네."

"성균관 수복 출신이 여기 송동에 어찌 자리를 잡은 겁니까?"

"나도 그게 이상해서 서당에 가 본 적이 있었지."

"어떠셨습니까?"

"낭랑했다네."

"뭐가요?"

"글을 읽는 목소리가 말이야. 마치 청아한 물줄기가 흘러가는 소리 같았지. 눈빛이랑 몸가짐은 또 어떻고? 바르기 그지없어서, 수복이라고 해서 얕잡아 보고 쫓아내려던 송동 주민들도 오히려 자기 자식을 데려왔다네."

"그 정도였습니까?"

정진섭의 물음에 집주릅 노인이 고개를 끄덕거렸다.

"나도 살면서 수많은 사람을 봤지만 그렇게 몸가짐이 바르고 예의범절을 잘 지키는 사람은 처음이었네. 눈빛도 맑고 선한 사람이었는데 말이야."

"그래서 이곳에서 서당을 열 수 있었던 거군요."

정진섭의 말에 집주릅 노인이 대답했다.

"그냥 서당이 아니었네. 나중에는 송동 주민들이 돈을 모아서 전각을 크게 지어 주었지. 자기 자식들을 잘 가르쳐 달라고 하면서 말이야."

"정말이요?"

"그렇다마다. 배우는 학동들도 늘어서 아침부터 저녁까지 글 읽는 소리가 끊이지 않았지. 수업이 시작되고 끝날 때는 처마에 달린 경쇠라는 작은 종을 쳤는데, 낭랑하게 울려 퍼지는 소리가 참 좋았단 말이야."

김갑생은 칭찬을 늘어놓기 바쁜 집주릅 할아버지의 얼굴에 쓸쓸함이 깃든 것을 놓치지 않았다. 정진섭 역시 눈치채고, 몸을 앞으로 기울인 채 물었다.

"그런데 무슨 일이 있었습니까?"

"어떤 놈들이 밤중에 서당에 불을 질렀네."

"뭐라고요?"

놀란 정진섭이 묻자 집주릅 할아버지가 쓸쓸한 표정을 지었다.

"하루아침에 잿더미가 되었고, 훈장도 사라졌지. 죽었다는 사람도 있고, 종적을 감췄다는 사람도 있지만 내 눈으로 못 봤으니 뭐라 할 말이 없군."

"죽거나 사라졌다고요?"

"그래. 불타는 서당에서 나오지 못하고 죽었다는 얘기도 있고, 크게 다친 채 송동을 떠났다는 소문도 돌았지."

듣고 있던 김갑생이 끼어들었다.

"누가 서당에 불을 지른 겁니까?"

그러자 정진섭을 물끄러미 바라본 집주릅 할아버지가 입을 열었다.

"성균관 유생들이라는 소문이 돌았네."

"네?"

놀란 정진섭의 반문에 헛기침을 크게 한 집주릅 할아버지가 대답했다.

"지방에서 막 올라온 성균관 유생들이 불을 냈다고 하더군."

"아니 왜, 성균관 유생이 송동의 서당에 불을 지릅니까?"

"성균관 수복 주제에 양반 아이들을 가르친다는 게 마음에 안 들었겠지."

"아무리 그래도 그렇지, 불을 지른답니까?"

듣고 있던 김갑생이 격한 반응을 보이자 정진섭이 놀란 표정으로 돌아봤다. 다행히 집주릅 노인은 김갑생을 조세준의 조카로 믿은 탓인지 이해하는 눈치였다.

"앞뒤가 꽉 막힌 유생들이었던 모양이야. 그래서 처벌도 없었고 말이지."

"불을 질러서 사람을 상하게 했는데 말입니까? 원래 한양에서 불을 지르면 사형이잖아요."

김갑생이 목소리를 높이자 집주릅 노인은 유생복 차림의 정진섭을 물끄러미 바라봤다.

"성균관 유생이었지 않은가. 처음에는 포도청에서 조사를 하다가 곧 흐지부지되었지."

"성균관 유생 중에 누가 불을 질렀는지는 밝혀졌습니까?"

"몰라. 나도 나중에 지방에서 올라온 다섯 명의 유생들이 불을 났다고 들은 게 전부야."

집주릅 노인의 얘기를 들은 김갑생은 정진섭을 바라봤다. 그리고 거의 동시에 입을 열었다.

"다섯 명!"

얘기를 마친 집주릅 노인이 엿을 하나 입에 넣고 우물거렸다. 그 모습을 물끄러미 바라보던 정진섭이 몸을 일으켰다.

"서당 자리는 지금 어떻습니까?"

"비어 있네."

"한양 한복판에 비어 있는 땅이 있다니 놀랍네요."

"저주받은 땅이라서 말이야. 간혹 땅을 사려는 사람이 있긴 하지만 내가 사연을 들려주면 포기한다네. 지금도 밤중에 서당 훈장이 울면서 글을 읽는 소리가 들린다고 하니까 말이야."

"말씀 고맙습니다, 어르신."

정진섭이 인사를 하고 떠나려고 하자 집주릅 노인이 불러 세웠다. 그러고는 김갑생을 바라봤다.

"좋은 사람이었네. 비록 신분이 미천했지만 그게 전부가 아니라는 걸 몸소 보여 줬으니까. 늦게라도 찾아와 줘서 고맙네."

김갑생이 고개를 숙여 인사하자 집주릅 노인은 흡족한 표정으로 낮잠을 자기 위해 눈을 감았다.

수성동 계곡에서 걸어 내려온 정진섭이 김갑생에게 말했다.

"불탔던 서당으로 가 보세."

"서당에 불을 지른 게 삼십 년 전 지방에서 올라온 다섯 명의 유생이라면, 시귀 소동의 그 다섯 유생들과 겹칩니다."

김갑생의 말에 정진섭이 심각한 표정으로 고개를 끄덕거렸다.

"우연의 일치라고 하기에는 너무 잘 들어맞아. 일단 거기로 가서 단서를 찾아보세."

"삼십 년 전입니다. 뭐가 나오겠습니까?"

"그 이후에 아무도 건드리지 않았다고 했잖아. 비밀을 밝혀 내려면 사소한 거라도 그냥 지나가서는 안 되네."

"먹는 것 말고도 관심을 가지는 게 있으셨습니까?"

"괘씸해서."

"네?"

김갑생의 반문에 앞장서 걷던 정진섭이 몸을 돌렸다.

"괘씸하다고."

"누가 말입니까?"

"누구긴 누구야. 불을 지른 유생들이지."

"선배님들이잖아요."

성균관에서의 위계가 얼마나 서릿발 같은지 잘 알고 있던 김갑생의 물음에 정진섭이 짜증 가득한 얼굴로 대답했다.

"내가 가장 싫어하는 사람이 누군지 알아? 나잇값 못 하면서 선배라고 으스대는 부류야. 나이 먹었으면 진중해지고 사려가 깊어져야 하는데, 바보같이 구는 놈들이 한둘이 아니라서 말이야."

"먹는 거 말고도 화를 내실 때가 있군요."

김갑생의 말에 정진섭이 더 짜증 나는 표정을 지었다.

"그런 놈들이, 유생들이 맛있는 걸 먹으면 공부를 못한다고 풀뿌리만 주거든."

"뭐든 다 먹는 걸로 연결되는군요."

얘기를 주고받으면서 걷던 두 사람은 마침내 백암 바위 아래에 도착했다. 집주릅 노인의 말대로 하얀색 바위가 우뚝 솟은 곳 아래 평지가 보였다. 허리 높이까지 풀이 자란 그곳에서, 산에서 내려온 고라니 한 마리가 풀을 뜯어 먹다가 발걸음 소리를 듣고 허겁지겁 도망쳤다.

손으로 풀을 한번 쓸어 본 김갑생이 정진섭을 돌아봤다.

"집주릅 노인의 말대로 그냥 버려진 모양입니다."

"더 잘됐군. 뭔가 흔적이 남았는지 찾아보세."

허리를 굽힌 정진섭이 마치 산삼을 찾는 심마니처럼 신중하게 풀을 헤치면서 바닥을 살펴봤다. 그걸 본 김갑생 역시 바닥을 발로 밟거나 차면서 뭔가를 찾았다.

먼저 흔적을 찾은 것은 정진섭이었다.

"여기 주춧돌 같은 게 보여."

소리를 듣고 그쪽으로 간 김갑생은 위쪽을 평평하게 다듬은 주춧돌을 봤다.

"돌이 불에 그슬린 흔적이 있습니다."

"이게 주춧돌이라면 일정한 간격으로 세워 놨을 거야. 나는 저쪽으로 갈 테니까 자넨 그쪽을 살펴보게."

정진섭이 가리킨 방향으로 간 김갑생은 풀을 뒤적거리다가 아까와 비슷하게 생긴 주춧돌을 발견했다. 허리를 펴고 발견했다고 소리치자 정진섭 역시 주춧돌을 봤다고 손짓을 했다. 그렇게 하나씩 주춧돌을 찾아가면서 서당의 크기를 확인했다.

옷자락에 묻은 풀잎을 손으로 떼어 낸 정진섭이 눈으로 주춧돌들을 세었다.

"옆으로 꺾어져서 열네 칸이군."

"생각보다 크네요."

"중간에 기와 조각을 봤어. 방이 아니라 탁 트인 대청이라면, 배우는 아이들이 정말 많았을 것 같아."

"그런데 한순간에 불에 타서 사라져 버렸군요."

"사람들은 자기가 이루지 못하는 걸 남이 이루면 못 견뎌 할 때가 있어."

"그렇다고 불을 지른답니까?"

저도 모르게 울컥한 김갑생의 말에 정진섭이 한숨을 쉬었다.

"새로운 세상이 오는 걸 망조가 들었다고 오해하면 그럴 수 있지. 성균관에 들어오려면 정말로 공부를 잘해야만 하네. 지방의 향교에서 월등한 실력을 보여서 향시에 합격하고 이곳에 들어온 유생들 중에는 제대로 적응을 못 하는 경우가 있어."

"왜 그런 겁니까?"

"사람은 자신의 위치가 바뀔 때, 그리고 자기보다 뛰어난 사람을 만났을 때 좌절하곤 해. 그러면 깨끗이 포기하거나 열심히 해서 이겨 내야 하지만, 어떤 사람들은 그런 사실을 부정해. 그리고 그걸 지워 버리기 위해 사고를 치지. 여길 불 질러 버리는 것처럼 말이야."

"성리학에서는 남을 질투하지 말라고 가르치지 않나요?"

"가르침일 뿐이지. 그걸 받아들이는 건 각자의 몫이고 말이야. 그게 삼십 년 전의 비극을 불러왔고."

"그리고 성균관 지하로 내려가서 시귀가 된 것으로 천벌을 받았군요."

"하늘은 인간의 죄를 반드시 묻는 법이니까."

정진섭의 얘기를 들은 김갑생은 풀밭으로 변한 옛 서당 터를 돌아봤다. 삼십 년이라는 시간과 다섯 명의 유생들이 겹친 것이 마음에 걸린 탓이다.

"우연의 일치라고 하기에는 너무 겹칩니다."

"내 생각도 그래. 그러니까 연결고리를 찾으면, 최근 성균관과 반촌에서 벌어진 사건들의 실마리를 찾을 수 있을 거야."

"이제 어떡합니까?"

"갑작스럽게 불에 타 버렸으니까 안에 있던 물건들은 그대로 남아 있을 걸세. 주춧돌 안쪽을 살펴보자고."

김갑생은 정진섭이 시키는 대로 주춧돌 안쪽을 찾아봤다. 불에 탄 채 숯덩이가 되어 버린 나무들과 깨진 기와 조각들이 나왔다. 깨진 벼루 조각도 찾았지만 불에 그을린 흔적만 있었다. 그러다가 정진섭이 뭔가를 찾았다며 소리를 질렀다.

"뭘 찾으신 겁니까?"

"작은 종. 아까 집주릅 노인이 경쇠를 흔들어서 공부의 시작과 끝을 알렸다는 애기 들었지?"

"네."

"이거 같아."

정진섭이 내민 것은 손바닥만 한 종이었다. 끝에는 손잡이 같은 것이 달려 있던 흔적이 있었다.

건네받은 종을 흔들어 봤지만 둔탁한 소리만 날 뿐이었다.

"다른 건 없었나?"

정진섭의 물음에 김갑생은 아까 찾아낸 깨진 벼루를 보여 줬다.

"저쪽에서 이게 나왔습니다."

"조세준이 쓰던 벼루인 모양이군. 경쇠랑 같이 가지고 있게. 나중에 한번 자세히 살펴봐야지."

"알겠습니다."

경쇠와 벼루를 챙긴 김갑생은 정진섭을 도와서 이리저리 살펴봤다. 하지만 별다른 흔적들은 나오지 않았다. 정진섭이 허리를 펴면서 투덜거렸다.

"하긴, 삼십 년 전인데 큰 흔적이 남아 있을 리 없지."

짜증을 낸 정진섭이 한숨을 쉬며 말했다.

"해도 저물어 가니까 그만 끝내세."

"알겠습니다. 찾은 건 어찌합니까?"

"일단 개울에 가서 씻어 보세나."

경쇠와 벼루를 챙긴 두 사람은 큰길로 내려와서 개울가로 향했다. 빨래를 하던 아낙네들이 웃고 떠들다가 두 사람을 보고는 입을 다물었다.

적당한 곳에 자리를 잡은 두 사람은 검댕이 묻은 경쇠와 벼루를 물에 씻었다. 하지만 오랫동안 버려졌던 탓인지 쉽사리 지워지지 않았다. 두 사람이 낑낑대는 걸 본 아낙네 중 한 명이 다가와서 뭔가를 건넸다.

"이게 뭡니까?"

김갑생의 물음에 아낙네가 손짓을 하면서 설명해 줬다.

"수세미 껍데기예요. 설거지할 때 쓰는 건데, 그걸로 닦아 봐요."

"고맙습니다."

겉이 꺼끌꺼끌한 수세미로 닦아 내자 묵은 검댕이 씻겨 나갔다. 그러면서 벼루 뒤에 새겨진 글씨가 어렴풋하게 자취를 드러냈다. 경쇠의 테두리에도 글씨가 새겨진 게 보였는데, 세월 탓인지 제대로 보이지 않았다. 그래도 수세미로 열심히 벗겨 내자 차츰 모습을 드러내기는 했다.

땀을 뻘뻘 흘리며 수세미로 경쇠를 닦던 김갑생이 흐르는 물에 한번 휘저은 다음 정진섭에게 보여 줬다.

"글자가 보이십니까?"

"이 정도로는 어림도 없겠네. 덕구 할아버지에게 가져가서 묵은 때를 벗겨 달라고 해야겠어."

"그런 것도 할 줄 아십니까?"

"책과 글씨에 관한 거라면 못 하는 게 없는 분이니까. 오늘 고생 많았네."

벌써 끝이냐고 물으려던 김갑생은 문득 해가 저물어 가는 걸 봤다. 점심나절에 만나서 송동을 돌아다닌 탓에 시간이 꽤 많이 흘렀던 것이다.

"이렇게 하루가 저물어 가는군요. 오늘 빼면 엿새밖에 안 남았네요."

"엿새나 남은 거지."

심드렁하게 대꾸한 정진섭이 기지개를 켜면서 하품을 했다.

"내일은 성균관으로 올라오게. 덕구 할아버지에게 경쇠랑 벼루를 맡기면서 얘기를 좀 나눠 보세."

"알겠습니다."

8

반촌 초입에서 김갑생과 헤어진 정진섭은 성균관으로 향했다.

안 좋은 일이 연이어 벌어지자 성균관의 분위기는 더없이 가라앉았다. 수업도 제대로 진행되지 않았다. 그냥 착 가라앉은 분위기였는데, 이 년 넘게 성균관에서 지냈던 정진섭도 한 번도 겪어 보지 못한 상황이었다.

김갑생에게 큰소리를 치긴 했지만 드러난 단서들은 아직 명확하게 어떤 방향을 가리킨 것은 아니었다. 혀를 찬 정진섭이 중얼거렸다.

"입맛 떨어지네."

애꿎은 돌멩이를 툭 걷어찬 정진섭은 굴러간 쪽을 무심코 바라보다가 걸음을 멈췄다. 해가 저문 상태라 얼굴이 보이지는 않았지만 땅딸막한 키에 사방관을 쓴 송철의 모습이 보였기 때문이다. 놀란 정진섭은 한걸음에 달려가 고개를 조아렸다.

"밤중에 어쩐 일이십니까?"

"성균관 안팎에 흉한 일이 벌어져서 살펴보는 중일세. 어딜 갔다 오는 건가?"

질책과 호기심이 모두 담긴 송철의 물음에 정진섭은 태연하게 대꾸했다.

"대사성 영감과의 약속을 지키기 위해 조사 중이었습니다."

"사건은 성균관과 반촌에서 벌어졌는데 어찌 바깥을 살펴보는가?"

"일이 이곳에서 벌어졌다고 원인이 여기에만 있으라는 법은 없지 않겠습니까?"

고개를 든 정진섭의 뻣뻣한 대꾸에 송철이 가만히 고개를 끄덕거렸다.

"성균관이 이곳에 문을 연 이래 대사성에게 이렇게 꼿꼿하게 말대꾸한 유생은 자네가 처음일 것이야. 그래, 얼마나 알아냈는가?"

고개를 살짝 옆으로 기울인 송철의 물음에 정진섭이 입을 열었다.

"예전에도 비슷한 일이 있었다고 들었습니다. 성균관에서 말입니다."

"그런 적이 있었던가?"

대답을 들으며 생각지도 못했던 송철의 과거가 떠오른 정진섭이 미소 띤 얼굴로 물었다.

"시귀 말입니다. 영감께서도 젊은 시절에 성균관 유생이었던 걸로 아는데요? 그때 아니었습니까?"

잠시 움찔한 표정을 지은 송철이 수염을 쓰다듬으며 대답했다.

"오래전 일이어서 말일세."

"아무리 오래된 일이라고 해도 성균관이 발칵 뒤집힐 정도였고, 죽은 사람이 한둘이 아닌데 이제야 생각난 것처럼 말씀하시는군요."

"잊고 싶었던 과거라서 말이야. 고작 시귀 소동이 일어났다는 걸 아느라고 나흘이나 써먹은 건가? 비록 게으르고 식탐이 있다고 해도 똑똑하다고 들었는데, 실망이군."

"시귀가 된 다섯 유생들에 대해서 알아냈습니다. 그리고 그들이 송동에서 무슨 짓을 저질렀는지도 말이죠."

얘기를 들은 송철이 혀를 찼다.

"다 헛소문일세. 다섯 유생들은 뜻하는 대로 학업을 이루지 못하자 실망하고 낙향했다네."

"잊고 싶었던 과거라면서 다섯 유생의 행적에 대해서는 정확하게 알고 계시는군요?"

희미하게 웃으며 정진섭이 바라보자 송철이 여전히 무표정한 얼굴로 바라봤다.

"하도 헛소문이 심하게 돌아서 기억하는 것뿐일세. 그런데 그 유생들이 송동에서 무슨 짓을 저질렀다는 건가?"

"좀 더 조사해 봐야겠지만, 성균관 수복 출신의 훈장 조세준의 서당에 불을 지른 것 같습니다."

"뭐라고? 그들이 왜?"

"감히 수복 출신이 양반의 자제들을 가르친다는 것에 분개해서 그런 거 아닐까요?"

정진섭의 물음에 강하게 고개를 저은 송철이 대답했다.

"금시초문일세."

"이상한 일이군요."

"뭐가 말인가?"

"보통, 사람이 어떤 일을 기억할 때는 모두 다 기억합니다. 그런데 대사성 영감께서는 그들에 대해서 기억하는 것과 기억하지 못하는 게 명백하시군요."

"지금 날 의심하는 건가?"

수염을 파르르 떤 송철의 말에 정진섭이 그의 어깨너머로 보이는 성균관을 바라보며 대답했다.

"저 안에 있는 모두 다 의심스럽습니다. 성균관에서 한 명, 반촌에서 한 명, 도합 둘이나 처참하게 죽었는데 마치 아무런 일도 없는 것처럼 굴지 않습니까?"

"그거야 성균관의 체통 때문이지, 다들 마음이 무거울 걸세."

"음식을 맛없게 만드는 건 실력이 부족해서일 수도 있고, 먹는 사람이 미워서 그랬을 수도 있습니다. 하지만 살인의 이유는 딱 하나라고 생각합니다."

"그게 뭔가?"

"명백한 증오입니다. 사람이 사람을 죽일 수 있을 만큼의 심연의 증오 말입니다."

"성리학을 익힌 유생이라면 가지고 있지 않을 법한 감정이로군."

"아니요. 세상을 모르고 학문만 익힌 유생들이 가장 빠져들기 쉬운 감정이죠. 바깥세상에서는 남이 나보다 낫다고 해서 죽이거나, 죽일 만큼 증오하지는 않습니다. 하지만 성균관에서는 과거에 합격하기 위해서라면, 혹은 이름을 드높이기 위해서라면 죽음 따위는 밟고 일어설 사람들이 많이 있습니다."

"자네도 명색이 성균관 유생이면서 너무 박하게 구는군."

"삼십 년 만에 같은 사건이 반복되고, 그때와 똑같은 반응을 보면 딱히 그런 것 같지는 않습니다."

팽팽한 말싸움은 송철이 헛기침과 함께 한 걸음 물러나면서 막을 내렸다.

"아무튼 엿새 남았으니까 그때까지는 참고 기다리지. 하지만 범인을 찾아내지 못하면 오늘의 무례한 언사까지 더해서 처벌을 받을 것이야."

"그럴 일은 없으니까 염려 마시지요."

단호하게 얘기한 정진섭의 말에 송철은 한숨을 쉬며 말했다.

"그리고 희생자는 둘이 아니라 셋일세."

"오늘 무슨 일이 벌어졌습니까?"

"아까 비천당 뒤편에서 시신이 발견되었네."

"누가 죽은 겁니까?"

"너무 처참하게 죽어 있어서 확인할 수 없었네. 다만 성균관과 반촌 사람은 아닐세."

"다 확인을 하신 겁니까? 시신을 살펴봐도 되겠습니까?"

"시신은 이미 좌포도청에서 실어 갔네. 비천당 역시 벌써 깨끗하게 정리했으니 가 볼 건 없네. 행방이 확인되지 않은 게 바로 자네였네. 그래서 나와서 기다리고 있었던 것이고 말이야."

"심려를 끼쳐 드려서 죄송합니다."

"아닐세. 살아 있으면 된 거지. 혹시 모르니까 방에 들어가서 문단속 잘하게."

"그러겠습니다."

방으로 들어간 정진섭은 유건과 유생복을 벗어서 횃대에 걸어 놓고 바닥에 앉았다. 소매에 넣어 온 경쇠와 벼루 조각을 구석에 던져 놓은 그는 생각에 잠겼다.

일단 단서들은 예상보다 많이 나왔고, 그걸 연결시킬 만한 것도 밝혀낸 상태였다. 하지만 왜 시귀들이 삼십 년 만에 다시 나타났는지는 의문이었다. 시귀 소동을 둘러싼 성균관과 반촌의 다양한 반응들도 정진섭을 헷갈리게 만들기에는 충분했다.

다섯 유생들의 고향인 아산에서 소식이 오면 확실하게 알 수 있겠지만 제시간에 맞춰서 올지, 가져온 소식이 도움이 될지는 아무도 모르는 일이었다.

이런저런 생각에 집중하고 있던 정진섭은 갑자기 배에서 꼬르륵 소리가 나자 분통을 터뜨렸다.

'내가 맛있는 걸 먹겠다고 대사성 영감에게까지 대들었는데,

조사를 한답시고 제대로 먹지도 못하는구나.'

보통 때라면 수복이나 재직에게 부탁해서 술과 간단한 안주를 가져오라고 하겠지만, 벌써 사람이 셋이나 죽었는데 차마 그런 부탁을 할 수는 없는 노릇이었다. 입맛을 다신 정진섭은 내일 아침을 좀 일찍 먹기로 하고, 눈을 붙이기로 했다.

한참 단잠을 자던 정진섭은 바깥에서 들려오는 시끄러운 소리에 눈을 떴다.

"아침부터 무슨 소리야? 딴 데도 아니고 성균관에서."

성균관은 원래 쥐 죽은 듯이 조용한 게 특징 중의 특징이었다. 과거에 합격하는 걸 목표로 하는 유생들 수백 명이 있다 보니까 사소한 소리에도 예민해졌기 때문이다. 그래서 다들 소리 높이는 걸 의식적으로 피했기 때문에 기껏해야 명륜당에서 책 읽는 소리 정도밖에는 들리지 않았다. 그런데 수십 명이 악다구니를 쓰는 소리가 들린 것이다.

심상치 않은 일이 벌어지고 있다는 느낌이 든 정진섭은 서둘러 유생복을 걸치고 밖으로 나왔다. 소리가 들린 곳은 진사식당 쪽이었는데, 다른 유생들도 소리를 듣고 그쪽으로 몰려가는 중이었다.

가죽신을 대충 구겨 신고 그쪽으로 향한 정진섭은 눈앞에 펼쳐진 광경을 보고 입을 다물지 못했다.

"이게 무슨 일이야?"

진사식당 앞에는 반촌의 반인들이 잔뜩 몰려온 상태였다. 보통 식당에 고기를 가져다주러 한두 명이 오는 게 대부분이었고, 전각을 수리할 때나 수십 명씩 오는 게 전부였다. 그 외에 반인들이 무리를 지어서 성균관에 온 적은 한 번도 없었다. 그들에게 있어서 성균관은 밥줄이자 경외의 대상이었기 때문이다.

반인들 앞을 성균관의 박사와 서리들이 막아섰다. 소리를 듣고 몰려온 성균관 유생들은 진사식당의 처마 밑에 옹기종기 모여서 구경하는 중이었다.

반인들이 몰려와서 소리를 지르고 화를 내는 모습을 본 정진섭은 고개를 갸웃거렸다.

"왜 저러는 거야?"

그때 소식을 들었는지 대사성 송철이 모습을 드러냈다. 그러자 박사와 서리들이 좌우로 물러섰고, 반인들도 목소리를 낮췄다.

반인 앞에 선 송철이 헛기침을 했다.

"이곳이 성인들을 모시는 사당이라는 것은 너희들이 누구보다 잘 알고 있을 터, 어찌하여 아침부터 소란을 피우느냐?"

주저하던 반인들 사이에서 한 명이 나섰다. 그 옆에 김갑생이 난처한 얼굴로 서 있는 걸 본 정진섭이 혀를 찼다.

"아버지인 모양이군."

두건을 옆으로 맨 김갑생의 아버지는 송철 앞에 서서 고개를 조아린 채 말했다.

"그거야 대대로 반촌에서 살고 있는 저희들이 누구보다 잘 압니다. 그럼에도 불구하고 이렇게 몰려온 것은 사정을 봐주십사 하는 마음 때문입니다.”

“무슨 사정을 봐 달란 말인가?”

“흉사가 이어진다고 현방의 문을 닫으라고 하신 게 벌써 닷새째입니다요. 저희가 성균관에 고기와 음식을 공급해 주고 자식들을 먹여 살릴 수 있었던 건 현방에서 소고기를 판 덕분이라는 걸 잘 아시지 않습니까?”

김갑생 아버지의 하소연에 성균관의 박사들과 서리들 몇 명이 고개를 끄덕거렸다. 하지만 얘기를 들은 송철은 꿈쩍도 하지 않았다.

“사정은 잘 알겠네만, 어제도 성균관의 비천당에서 시신이 발견되었네.”

“저도 얘기는 들었습니다만 성균관 유생이나 반인은 아니지 않습니까?”

“성균관을 책임지는 대사성으로서 이런 흉사가 연이어 벌어지는 것에 깊은 책임을 통감하네. 이것은 아마도 하늘의 노여움이 깊어진 탓일 터이니, 우리들은 자중하는 것이 도리일세.”

송철의 말을 들은 반인들이 술렁거렸다. 김갑생의 아버지 역시 얼굴이 벌게진 채 소리쳤다.

“아무리 그렇다고 해도, 이렇게 오랫동안 현방의 문을 닫으라고 하시면 저희는 뭘 먹고 살아갑니까? 도축해 놓은 고기들도 다 썩어서 버리고 있는 판국입니다요.”

“아무튼 내 뜻은 변함이 없네. 지금 돌아가면 이렇게 몰려와서 행패 부린 것을 눈감아 주지.”

"행패라니요. 먹고 살자고 찾아왔는데 지금 행패라고 하셨습니까?"

점점 목소리가 높아지는 아버지를 본 김갑생이 소매를 잡고 뜯어말렸다. 하지만 아들의 손길을 뿌리친 김갑생의 아버지는 한 발 앞으로 나서서 송철을 노려봤다.

"말씀해 보십시오. 성균관이 누구 덕분에 유지되고 있고, 누구의 피땀으로 지탱되고 있는지 말입니다."

"무엄하다! 감히 미천한 반인 주제에 대사성에게 따지는 것이냐!"

"우리가 미천하면, 미천한 것들에게 얻어먹는 성균관 사람들은 더 미천하겠습니다그려!"

김갑생 아버지가 목청껏 소리치자 반인들이 일제히 웃었다. 그걸 들은 정진섭이 중얼거렸다.

"틀린 얘기는 아닌데, 지금 얘기하면 싸우자는 소리잖아."

실제로 흥미롭게 지켜보기만 하던 유생들도 그 얘기를 듣고 격분했다. 성미가 급한 몇 명은 소매를 걷어붙이고 반인들에게 다가가 손가락질을 했다. 격앙되어 있던 반인들도 삿대질을 하면서 응수했다.

말다툼은 반인과 유생들 사이의 주먹다짐으로 이어졌다. 예상 밖의 상황에 당황한 박사와 서리들이 뜯어말리는 사이 식당 교 쪽에서 포졸들이 몰려왔다.

갑작스러운 그들의 등장에 놀란 정진섭이 난투극 현장으로 뛰어갔다. 정신없이 아버지를 뜯어말리던 김갑생을 끌어낸 정진섭이 진정시켰다.

"포졸들이 몰려오고 있어. 어서 나와."

"아버지가 있어요. 아버지가."

"여기 있으면 너까지 잡혀간다고!"

몰려온 포졸들을 본 송철이 외쳤다.

"감히 반인들이 성균관의 대사성을 겁박하고 유생들을 구타하고 있다. 한 명도 남김없이 추포하라!"

대사성의 명령에 포졸들이 오랏줄과 육모방망이를 들고 반인들에게 다가갔다. 순식간에 몰린 반인들은 격렬하게 저항했지만 한 명씩 포졸들에게 제압당했다. 모욕을 당했다고 느낀 유생들과 서리들까지 합세해서 반인들을 두들겨 패고, 제압했다.

다행히 김갑생은 정진섭이 무리 밖으로 끌고 나오는 바람에 벗어날 수 있었다. 정진섭은 김갑생을 명륜당 뒤편의 육일각으로 끌고 갔다. 군자가 갖춰야 할 육예 중 하나인 활쏘기에 필요한 활과 화살을 보관하는 장소로, 평상시에는 사람들이 오고 갈 일이 없는 곳이었다.

그곳까지 김갑생을 끌고 온 정진섭이 물었다.

"대체 일이 어떻게 돌아가는 거야?"

"어제 반촌에 도착했는데, 분위기가 심상치 않았습니다."

"왜?"

"아버지랑 불덕이 아저씨랑 몇 명이 벽장동의 무당을 찾아갔나 봐요."

"그 무당이 뭐라고 했는데 이러는 거야? 살다 살다 반인들이 무리를 지어서 성균관으로 쳐들어오는 건 처음 봤어."

"자세하게 듣지는 못했는데, 벽장동의 무당이 가만있으면 더 큰 고통을 받을 거라고 했답니다. 그래서 아버지가 반촌 사람들을 모아서 여기로 온 겁니다. 이제 어떡합니까?"

당장이라도 울 것 같은 김갑생의 물음에 정진섭은 고개를 저었다.

"포졸들까지 동원된 걸 보면 쉽게 끝날 것 같지는 않아."

"반인들은 아무도 건드리지 않잖아요."

"그거야 성균관 때문이었지. 그런데 성균관 대사성이 직접 포졸을 동원하라고 요청했잖아. 명심해. 조선은 신분이 명확한 나라야. 아랫것이 주인을 배신하면 처벌받지만 주인은 아랫것을 고문하거나 죽여도 처벌받지 않아."

"우리가 죽어도 되는 그런 존재입니까?"

울컥한 김갑생의 물음에 정진섭이 정색을 했다.

"세상에 당연한 건 없어. 그리고 현상에 집중하라고. 성균관과 반촌 문제는 조선이 건국하면서부터 시작되었어. 불만을 가진 사람보다 순응하는 사람들이 많았으니까 삼백 년 동안 이어져 왔겠지."

정진섭이 버럭 고함을 지르며 말하자 김갑생이 쓴웃음을 지었다.

"참 이상한 일이죠. 저한테는 반인으로 살아가야 한다고 그렇게 목소리를 높이던 아버지가, 정작 이번 일을 주도하셨어요."

"벽장동 무당 때문일까?"

"그런 거 같아요. 며칠 동안 계속 벽장동에 드나드셨거든요."

"자네 아버지같이 꼬장꼬장한 사람을 며칠 만에 저렇게 만들었다니, 그 무녀의 정체가 몹시 궁금하군."

"아침에 사람들이 모일 때만 해도 긴가민가했습니다. 그런데 정말 사람들을 끌고 이곳으로 향하시더라고요. 이제 어쩌죠?"

"전례가 없던 일이긴 하지만, 그냥 넘어가지는 않을 거 같아."

"아버지가 이런 일에 나서실 줄은 몰랐습니다."

"그러게. 일이 생각보다 복잡하게 돌아가는군."

"이제 어쩌죠?"

"일단 상황을 지켜봐야지. 어쩐지 시귀 소동과 연관이 있는 것 같아. 그러니까 그 문제만 풀리면 성균관과 반촌의 갈등도 해결될 거야."

"당장이라도 무당을 찾아가서 혼쭐을 내고 싶습니다."

김갑생의 말에 정진섭이 고개를 저었다.

"자네도 봤잖아. 벽장동에는 성균관 유생쯤은 눈에 들어오지도 않는 추종자들이 잔뜩 있어. 그냥 쳐들어가 봤자 몰매만 맞고 쫓겨날 거야. 움직일 수 없는 증거를 찾아야 해."

잠시 고민하던 정진섭이 김갑생의 어깨를 토닥거렸다.

"일단 덕구 할아버지가 있는 존경각에 가 있게."

"어디 가시게요?"

"방에 있는 경쇠랑 벼루 조각을 가져와야 해서 말이야."

김갑생과 헤어진 정진섭은 방으로 돌아와서 어제 구석에 던져 둔 경쇠와 벼루 조각을 챙겨서 존경각으로 향했다.

먼저 와 있던 김갑생이 덕구 할아버지와 얘기를 나누다가 발걸음 소리를 듣고는 고개를 돌렸다. 가볍게 인사를 한 정진섭이 덕구 할아버지에게 경쇠와 벼루 조각을 내밀었다.

"뭐야?"

덕구 할아버지의 물음에 김갑생 옆에 앉은 정진섭이 대답했다.

"조세준이 훈장으로 있던 송동의 서당 터에서 찾은 겁니다."

"어찌 그 얘기를 알았누?"

"제가 모르는 게 어딨습니까? 뒤져 보고 만나 보면 다 나옵니다."

"자네는 성균관에서 썩기 아까운 인재야. 인재."

"그런 칭찬은 됐으니까 이것 좀 닦아 주십시오."

"내일모레 팔십이 되는 노인한테 이런 일을 시키나?"

말은 그렇게 했지만 활짝 웃는 덕구 할아버지에게 정진섭이 웃음을 날렸다.

"오이무름 가져다드릴게요."

"그나저나 이건 닦아서 뭐 하게? 경쇠는 모르겠지만 깨진 벼루 조각이야 쓸 데도 없잖아."

"삼십 년 전에 성균관 유생이 불을 질렀다면서요?"

정진섭의 물음에 덕구 할아버지가 혀를 찼다.

"공부를 제대로 배우지 못한 놈들이지."

"불을 지른 유생이 시귀가 되었을지도 모릅니다."

"시귀 얘기는 믿지 않는다며?"

"제가 잘못 생각했을 수도 있죠. 그 유생들의 고향에 사람을 보냈습니다. 며칠 안에 진상이 밝혀질 겁니다."

"시귀가 된 다섯 유생들과 조세준의 서당에 불을 지른 유생들이 동일 인물들이라면 해결의 실마리가 나오는 건가?"

"시귀 소동이 삼십 년 만에 반복된 게 우연이 아니라면, 어떤 연결고리가 있을 겁니다."

"그러기에는 너무 오랜 시간이 지난 것 같은데 말이야?"

"군자가 도를 이루는 데는 십 년의 시간도 부족한 법이죠. 특히 그것이 원한이나 증오라면 삼십 년쯤은 아무 문제도 아닐 겁니다."

"그러니까 이게 그 연결고리일지 모른다 이 말이로군."

"경쇠의 테두리와 벼루 바닥에 글씨가 적혀 있는데, 판독이 안 됩니다."

정진섭의 얘기를 들은 덕구 할아버지가 이리저리 들여다보더니 침을 묻혀서 닦아 봤다.

"검댕이 눌어붙어서 그런 것 같아. 잿물에 반나절쯤 담가 두고 수세미로 박박 닦으면 보일지도 모르겠군."

"서둘러 주십시오. 아까 반촌 사람들이 성균관으로 무리 지어 올라와서 소동이 벌어졌습니다."

"얘기는 들었네. 평생을 이곳에서 지냈지만 듣도 보도 못한 일이 벌어졌어."

혀를 차는 덕구 할아버지에게, 가만히 듣고만 있던 김갑생이 물었다.

"포졸들이 온 적은요?"

"당연히 없었지. 반촌에도 발을 못 디디는데 어찌 성균관에 들어서나?"

"그런데 이번에는 왜 나선 겁니까?"

"대사성 영감이 따로 요청을 한 모양이야. 말로 좀 설득을 했어야지, 다짜고짜 포졸들을 부르면 어쩌자는 건지 모르겠네그려."

덕구 할아버지의 얘기를 들은 김갑생이 정진섭을 바라봤다.

"성균관은 어느 포도청에서 옵니까?"

"좌포도청일세. 그쪽이 한양의 동쪽과 북쪽을 담당하니까."

"거기서 여기로 출동하려면 얼마나 걸릴까요?"

"그건 왜?"

"소동이 벌어지자마자 포졸들이 성균관에 도착했으니까요. 마치 일이 벌어질 것을 알고 있었다는 것처럼 말입니다."

김갑생의 얘기를 들은 정진섭의 표정이 심상치 않아졌다.

"생각지도 못했군. 좌포도청은 운종가의 정산방 파자교 근처에 있어. 성균관까지는 못해도 칠팔 리는 될 거야."

"포졸들이 나타난 건 아버지랑 반촌 사람들이 성균관에 들이닥친 직후였습니다."

"나도 봤네. 대사성이 사람을 보내서 도움을 요청하고, 포졸들을 모아서 이곳으로 오려면 금방은 어려웠을 거야. 오고 가는 거리만 해도 족히 십오 리는 됐을 테니까."

잠시 생각하던 정진섭이 중얼거렸다.

"대사성 영감이 미리 알고 있었군. 안 그러면 딱 맞춰서 부르지 못했을 거야."

정진섭의 얘기에 듣고 있던 덕구 할아버지가 끼어들었다.

"이번 일로 대사성 영감은 자리에서 물러나야 할 거야. 미리 알았다면 어젯밤이나 오늘 새벽에 미리 손을 쓰지 않았을까?"

"저도 같은 생각입니다. 일이 터지는 걸 막을 여유가 있었는데 오히려 크게 벌렸습니다. 거기다 반인들을 달랠 생각은 하지 않고 자극적인 말을 해서 흥분시켰고요."

"그럴 사람이 아닌데 말이야."

"잘 아십니까?"

정진섭의 반문에 덕구 할아버지가 쓴웃음을 지었다.

"삼십 년 전이긴 하지만, 성균관에 있을 때는 더없이 조용한 사람이었네."

"눈에 띄지 않았다고요?"

고개를 끄덕거린 덕구 할아버지가 대답했다.

"늦은 나이에 입학해서 동문들과 어울리지 못하기도 했고, 처음에는 공부를 잘하는 편은 아니었거든."

"의외군요. 송철 영감은 귀신도 울고 갈 글 솜씨를 가지고 있다고 들었는데요."

"처음에는 아니었어. 연달아 낙제점을 받아서 놀림을 받았지. 그래서 나한테 하소연을 한 적도 있고 말이야. 하지만 열심히 갈고 닦아서 과거에 합격하고, 조정에 출사했지."

"다섯 명의 유생들과 같은 시기에 공부했다는 걸 감추려고 했습니다."

"좋은 기억은 아닐 테니까. 자네도 맛없는 음식을 먹으면 기억하고 싶지 않잖아."

"아뇨. 저는 오히려 더 기억하려고 노력합니다. 그래야 같은 실수를 안 하니까요."

음식 얘기가 나오자 표정이 싹 달라진 정진섭의 말에 김갑생과 덕구 할아버지는 서로의 얼굴을 바라보며 웃었다.

"아무튼 최대한 빨리 알려 주십시오."

몸을 일으키려는 정진섭에게 덕구 할아버지가 물었다.

"이젠 뭐 하게?"

"어제 비천당에서 죽은 사람에 대해서 알아보게요."

"성균관이나 반촌 사람이 아니라던데?"

"그래서 살펴보려고요. 그게 삼십 년 전과 지금 유일하게 다른 점이잖아요."

"그때는 내부인이었고, 지금은 외부인이라는 게 말인가?"

덕구 할아버지의 물음에 고개를 끄덕거린 정진섭이 성균관을 눈으로 살폈다.

"내부사람 중에 죽은 건 딱 한 명, 성윤준 유생뿐입니다. 마치……."

주저하던 정진섭이 덧붙였다.

"그의 죽음을 가리려는 것처럼 보입니다."

"살인자가 말인가?"

"네. 살인의 흔적은 시신에서 찾는 게 가장 빠르니까요. 좌포도청에서 시신을 실어 갔다고 들었는데, 맞습니까?"

"맞네. 나도 밤늦게 좌포도청에서 가져갔다고 들었네. 다행히 현장에 흔적이 어느 정도 남아 있을 거야."

"처음 본 사람은 누구랍니까?"

정진섭의 질문에 덕구 할아버지가 대답했다.

"재직으로 일하는 꼬맹이일세. 박감동이네 둘째 아들이지."

"어디 가면 만날 수 있습니까?"

잠시 생각하던 덕구 할아버지가 입을 열었다.

"지금쯤 비천당에서 마당을 쓸고 있을 거야. 아까 가고 싶지 않다고 해서, 볼기 맞기 싫으면 얼른 가라고 했지."

"잘됐군요. 비천당을 둘러보고 아이와 얘기를 좀 나눠 보겠습니다."

"조심하게."

"뭘 말입니까?"

"살인자는 현장에 다시 나타나는 법이거든."

"정말입니까?"

정진섭의 반문에 덕구 할아버지가 경쇠를 만지작거리며 대꾸했다.

"그동안 난 이걸 좀 닦아 보겠네."

살짝 겁을 먹은 정진섭이 일어나자 김갑생도 따라서 일어났다. 하지만 비천당 쪽으로 가려는 정진섭을 향해, 주저하다가 입을 열었다.

"죄송합니다만 저는 아무래도 아버지에게 가 봐야 할 거 같습니다."

"알겠네. 일 마치고 존경각으로 돌아오게."

"고맙습니다."

꾸벅 인사를 한 김갑생이 떠나자 정진섭은 비천당으로 향했다.

작은 쪽문을 지나자 다섯 칸의 기와지붕으로 된 비천당이 보였다. 공부를 하는 강당이나 과거 시험장으로 종종 쓰이는 비천당은 명륜당 북쪽에 있어서 상대적으로 발길이 뜸한 곳이었다. 그 앞에 함께 지은 벽입재와 일양재에 가려지기도 했고, 명륜당까지 가는 것도 귀찮아했던 유생들이 더 멀리 있는 비천당으로 가는 걸 싫어했기 때문이다. 따라서 가끔 과거가 열리는 장소로만 이용되면서 오가는 발걸음이 줄었다.

비천당 마당에는 고개를 푹 숙인 어린 재직이 싸리 빗자루를 들고 힘없이 쓸고 있는 중이었다. 열다섯 살쯤 되어 보였는데, 덕구 할아버지가 얘기한 목격자인 것 같았다. 비질을 멈춘 아이가 고개 숙여 인사하자 가볍게 손짓을 한 정진섭이 중얼거렸다.

"뒤편이라고 했지?"

어제 대사성 송철에게서 들은 얘기를 떠올리며 비천당 뒤편으로 돌아간 정진섭은 바로 훅 끼쳐 오는 피 냄새에 얼굴을 찌푸렸다.

"하룻밤이 지났는데도 피 냄새가 나는군."

시신이 있던 장소는 어렵지 않게 찾을 수 있었다. 이제 막 마른 웅덩이 같은 곳에서 피비린내가 잔뜩 풍겨 왔다. 그곳으로 다가가자 근처에 있던 벌레들이 요란한 날갯짓과 함께 사방으로 흩어졌다.

별 기대는 안 했지만 시신이 있던 자리에 남은 흔적은 별로 없었다. 사방에 시신을 치우기 위해 오간 수많은 발자국들뿐이었다.

바로 앞에 서서 주변을 돌아봤다. 뒤쪽으로는 야트막한 언덕이 있었고, 외곽을 두르는 담장이 가로질렀다. 하지만 뒤쪽 담장이라 높이도 낮았고, 군데군데 허물어진 곳이 있어서 누군가 넘어오는 건 어렵지 않아 보였다.

고개를 빼고 담장 밖을 살펴봤는데 야트막한 언덕이 성균관을 휘감아 도는 하천인 반수까지 이어졌다. 반수도 깊지 않고, 언덕도 경사가 급하지 않아서 올라오는 건 별문제 없어 보였지만 시신을 넘기는 건 다른 문제였다.

담장 쪽을 살펴보던 정진섭은 유독 많이 허물어진 부분을 발견하고 그곳으로 다가갔다. 많이 무너졌다고 해도 허리 높이 정도인데다가 폭도 좁아서, 시신을 업고 넘어오거나 떠밀어서 넘길 수 있는 정도는 아니었다. 고개를 빼고 안팎을 살펴봤지만 핏자국이나 옷이 찢어진 흔적은 보이지 않았다.

덕구 할아버지가 있는 존경각 쪽으로 넘어왔을지도 모른다는 생각을 해 봤지만 그쪽은 담장도 높고 사람들이 많아서 들킬 염려가 높았다.

"결국 여기라는 얘긴데, 시신이 한밤중이 아니라 저녁때 발견되었다는 게 애매하네."

예상 밖의 문제들이 앞을 가로막자 정진섭은 머리가 복잡해지면서 저도 모르게 얼굴을 찡그렸다.

"일단 목격자의 얘기를 들어 봐야겠군."

담장에서 돌아선 정진섭은 비천당 마당으로 향했다. 아까 비질을 하던 재직이 비천당의 주춧돌에 웅크리고 앉아 있다가 그를 보고는 벌떡 일어났다. 괜찮다는 손짓을 한 정진섭이 다가갔다.

"네가 박감동의 둘째 아들이냐?"

"어? 그걸 어찌 아셨습니까?"

"아는 수가 있지. 그래, 이름이 무어냐?"

"설이라고 합니다, 유생 나리."

"네가 어제저녁에 여기서 시신을 발견했다고 들었다."

질문을 받은 설이가 당장이라도 울 것 같은 표정으로 고개를 끄덕거렸다.

"마, 맞습니다. 제가 뭘 잘못한 겁니까?"

"그걸 따지려고 온 게 아니니까 염려 마라."

"저, 정말이십니까?"

안심하는 표정을 짓는 설이를 본 정진섭은 가슴이 아팠다. 어린 나이에 일을 하다가 시신을 보고도, 자기가 뭘 잘못했는지부터 생각해야만 하는 처지였기 때문이다. 거기다 시신을 발견한 비천당에서 일을 해야만 하는 것도 안타까웠다.

허리를 굽힌 정진섭은 설이의 머리를 쓰다듬으면서 말했다.

"그냥 시신을 처음 발견했을 때 얘기를 듣고 싶구나."

"아, 처음에는 정말 시신인지 몰랐어요."

"그게 언제쯤이었니?"

"저녁 먹고 해가 떨어질 무렵이었으니까 유시(오후 5시부터 7시)에서 술시(오후 7시에서 9시)로 막 넘어갈 때였을 겁니다. 방색장房色掌(재직들을 관리하던 직책)이 비천당 주변을 쓸라는 얘기를 해서 빗자루를 들고 이곳으로 왔어요."

"원래 여길 쓰는 게 네 일이니?"

"아뇨. 원래는 서재의 유생님들 심부름하는 게 제 일이었습니다. 그런데 청소를 맡은 수복인 대청지기가 아프다고 해서 저보고 대신 하라고 한 겁니다."

"너에게 따로 일을 시킨 이유가 있느냐?"

"그, 그게 며칠 전에 장난을 치다가 걸렸던 적이 있어서요."

갑자기 고개를 숙인 설이의 얘기에 정진섭은 포근한 미소를 지었다.

"그랬구나. 시신은 오자마자 발견했느냐?"

"아뇨. 마당부터 쓰느라고 시간이 지체되었습니다. 보시다시피 이 마당이 진짜 넓잖아요."

"그렇지. 여길 쓸고 뒤로 갔다가 바로 시신을 본 거냐?"

정진섭의 물음에 설이가 고개를 저었다.

"처음부터 본 건 아니었습니다. 해도 저물어 갔고, 비천당의 그림자가 드리워져서 잘 안 보였거든요. 그런데 냄새가 심하게 났어요."

"피 냄새 말이지? 나도 맡았단다."

"반촌에서 늘 맡던 냄새였지만 뭔가 달랐어요. 무섭고 으스스해서 우두커니 서 있는데 어둠에 눈이 익으면서 그게 보였어요."

"아까 보니까 마른 웅덩이 같은 게 있던데, 거기였니?"

고개를 끄덕거린 설이가 코를 훌쩍거렸다.

"네. 처음에는 사람이 죽은 건지도 몰랐어요."

"왜?"

정진섭의 질문에 설이는 대답 대신 손으로 뭔가를 펼치는 시늉을 했다.

"이렇게 사방으로 쫙쫙 찢어 놨거든요."

"사람이라는 건 어떻게 알아차렸니?"

"손가락이 보였거든요. 그러다가 머리가 비천당 쪽으로 굴러가 있는 걸 봤어요."

"그다음에는?"

"자, 잘 기억이 나지 않아요. 소리를 막 지르면서 대성전 쪽으로 뛰어가니까 방색장이 시끄럽다면서 제 귀를 잡아당기고 뺨을 쳤는데 하나도 아프지 않았어요. 제가 시체가 있다고 소리를 지르고 방방 뛰니까 방색장이 가 보더니, 파랗게 질린 채 와서는 수노首奴(수복들의 우두머리)한테 달려가더라고요. 거기까지 기억나요."

"시신 주변에 뭔가 눈에 띄는 건 없었니?"

"저는 본 기억이 없는데, 수노가 현장에 검은색 두건이 있었다고 했어요."

"성균관에서는 검은색 두건을 쓰는 사람이 없지?"

194

정진섭의 질문에 설이가 고개를 끄덕거렸다.

"네."

"그리고 시체를 발견하기 전에 비천당 주변에서 이상한 소리나 흔적은 없었니?"

가장 중요한 질문이라 정진섭은 저도 모르게 침을 삼켰다. 그 모습을 본 설이는 눈을 감았다. 당시의 모습을 떠올리기 위해 안간힘을 쓰는 것 같다는 생각에 정진섭은 안쓰러움을 느꼈다. 잠시 후, 설이가 눈을 떴다.

"소리요. 소리가 들렸어요."

"어떤 소리?"

정진섭의 물음에 설이는 얼굴을 잔뜩 찡그렸다.

"뭐라고 딱 꼬집어서 얘기할 수는 없지만 아무튼 소리가 들렸어요. 아!"

갑자기 눈을 부릅뜬 설이가 온몸을 부르르 떨었다.

"뭔가를 찢는 소리 같았어요."

"종이나 천 같은 거니?"

"아뇨. 마치……."

대답을 하려던 설이는 갑자기 헛구역질을 했다. 황급히 등을 두드려 준 정진섭이 미안한 말투로 얘기했다.

"미안하다. 존경각에 가서 잠시 쉬다 오겠니? 그동안 내가 여길 지키고 있으마."

"가, 감사합니다. 가, 가까이 갔을 때 뜨거웠어요."

"뜨거웠다니?"

비틀거리며 존경각 쪽으로 걸어가던 설이가 돌아서서 대답했다.

"반촌에서 소를 잡고 배를 막 가르면 김이 펄펄 났거든요. 아버지는 피가 뜨거워서 그런 거라고 했어요."

"그러니까 비천당 뒤쪽의 시신도 뜨거웠다는 얘기냐? 막 잡은 소처럼?"

고개를 끄덕거린 설이는 존경각 쪽으로 뛰어갔다.

혼자 남은 정진섭은 다시 비천당 뒤편으로 향했다. 살인 현장으로 보이는 마른 웅덩이를 물끄러미 바라보던 그는 아까 설이에게서 들었던 소리의 정체를 깨달았다.

"사람을 찢는 소리였어!"

보통 사람이라면 분간을 못 했겠지만 하루건너 소를 잡는 반촌에서 자란 아이라서 소리의 정체를 깨달은 것이다.

정진섭은 담장 쪽으로 향했다. 그러면서 살인이 벌어졌던 당시의 상황을 떠올려 보려고 애썼다.

"바깥쪽에서 안쪽으로 핏자국이 없었다는 것은 피살자가 이곳까지 제 발로 들어왔든지, 아니면 협박을 받은 상태에서 산 채로 들어왔다는 뜻이지. 그리고 이곳까지 데려온 다음에 여기서 칼로 찔러 죽이고 시신을 잔혹하게 훼손했어. 왜 그런 거지?"

정진섭은 담장 바깥을 바라보면서 계속 중얼거렸다.

"성균관과 반촌 사람이 아니라면 외부 사람이고, 이곳에서 죽이는 건 오히려 피해야 할 일인데 말이야."

적어도 성균관 근처에 사는 사람이라면 이곳이 어떤 곳인지 잘 알고 있었을 테고, 괜히 시신을 남겨 놔서 주목을 끄는 짓을 할 이유는 없었다.

성균관이 어떤 곳인지 모르는 사람이라고 해도, 굳이 언덕과 담장을 넘어 안으로 들어와서 사람을 죽일 필요가 없었다. 무엇보다 해가 떨어지기 직전이라는 애매하고도 위험한 시간대에 말이다.

이런저런 생각에 잠겨 있던 정진섭의 귀에 부스럭거리는 소리가 들렸다. 놀란 그가 고개를 숙였다.

"뭐, 뭐야! 살인자가 현장에 다시 나타난다고 하더니만, 진짜인가 봐."

어떻게 할까 고민하고 있는데 나뭇가지가 뭔가에 밟혀서 딱 부러지는 소리가 들렸다. 고개를 살짝 내밀고 바깥을 살펴보는데, 의심스러워 보이는 그림자가 황급히 바위 뒤에 숨는 게 보였다. 급하게 움직여서 얼굴은 못 봤지만 머리에 검은색 두건을 쓴 것은 보였다.

"죽은 사람과 같은 두건을 썼네?"

그제야 비로소 비천당 주변에 아무도 없고 혼자라는 사실을 깨달았다. 그러자 갑자기 두려움이 엄습해 왔다. 다행스럽게도 한낮이긴 했지만 도망치거나 도와 달라고 소리를 질렀다가는 바깥에 숨어 있는 수상한 자가 먼저 덤벼들 것만 같았다. 일단 몸을 바짝 낮춘 채 도망치기로 하고 뒷걸음질을 쳤지만 몇 걸음 못 가고 멈췄다.

"만약 밖에 있는 자가 살인과 연관된 자라면 가장 중요한 단서잖아."

직접 살인을 목격한 사람도 없고, 피살자가 누구인지도 밝혀지지 않은 상황이라는 점이 호기심 많은 그의 발목을 잡았다. 존경각으로 가서 누구를 데려올까 생각해 봤지만 그랬다가는 담장 밖의 수상한 자가 도망칠 것만 같았다. 정진섭은 담장 아래 굴러다니는 주먹만 한 돌 두 개를 집었다.

"그러니까 하나를 던져서 기선을 제압한 다음에 내려가서 남은 돌 하나로 위협하는 거야. 그럼 꼼짝 못 하겠지."

나름대로 계획을 철저하게 짠 정진섭은 벌떡 일어나면서 오른손에 쥔 돌을 힘껏 던졌다. 힘없이 날아간 돌은 수상한 자가 숨어 있는 바위 앞에 떨어졌다. 기선 제압에 성공했다고 믿은 정진섭은 남은 돌을 쥐고 서둘러 담장을 넘어가려고 했다.

"어어어!"

하지만 뚱뚱한 몸이 생각처럼 날렵하게 넘어가지 못하면서 다리가 담장에 걸리고 말았다. 담장 밖으로 떨어진 그는 그대로 아래로 굴러 내려갔다.

"어이쿠!"

빙글빙글 굴러가던 정진섭은 아까 돌을 던진 바위에 머리를 부딪혔다. 쿵 하는 충격과 함께 하늘이 노랗게 변했다.

그 와중에 검은 두건을 쓴 수상한 자가 내려다봤다. 화들짝 놀란 정진섭은 몸을 일으키려고 했지만 꼼짝도 할 수 없었다. 수상한 자가 손을 뻗어서 목을 눌렀다. 이대로 끝이라고 생각한 순간, 수상한 자가 말했다.

"움직이지 말고 가만있어요."

"어? 여자 목소리네."

놀란 정진섭이 중얼거리자 수상한 자가 피식 웃었다.

"왜요? 성균관 유생이시라 여자 구경도 못 하고 그런 거예요?"

"다, 당신 누구요?"

"청계천의 가산假山(영조 때 청계천을 준설하고 나온 흙을 모아서 쌓은 산. 조산이라고도 불렸으며, 가난한 사람들이 땅굴을 파고 살면서 뱀이나 두더지를 잡아서 팔았다)에 사는 깍쟁이예요."

얘기를 듣고 정신을 차린 정진섭은 상대방이 남자처럼 검은 두건에 바지를 입었지만 이십 대 중반 정도 되는 여성이라는 걸 깨달았다.

"아! 거기서 여기 성균관까지는 무슨 일로 온 겁니까?"

"가산 근처에 뱀이랑 두더지가 씨가 말라서요. 성균관 뒤편에 가면 뱀이 많다고 해서 온 거예요. 그리고……."

말끝을 흐리던 깍쟁이 여성이 한숨을 쉬며 말했다.

"남편이 어제 여기로 간다고 했는데 돌아오지 않아서 겸사겸사 찾으러 왔어요."

"뭐라고요!"

놀란 정진섭이 몸을 일으키려고 하다가 머리에 통증이 엄습해 오자 도로 누워 버렸다.

"아이고……."

"혹시 우리 남편 봤어요? 며칠 전에 여기 왔다가 뱀이랑 잔뜩 잡았다고 좋아하면서 어제 다시 간다고 나갔답니다."

"남편분도 검은색 두건을 썼습니까?"

정진섭의 물음에 그녀가 고개를 끄덕거렸다.

"가산에 사는 사람들은 모두 검은색 두건을 써요. 그래야 객사를 해도 알 수 있으니까요."

얘기를 들은 정진섭이 주저하다가 입을 열었다.

"좌포도청이 어딘지 알아요?"

"그럼요. 파자교 앞쪽에 있죠. 남편이 거기 잡혀갔어요?"

"남편인지 아닌지 모르지만 어제 성균관 비천당 뒤편에서 검은색 두건을 쓴 시신이 발견되었습니다. 가서 확인해 달라고 하십시오."

"아이고, 이게 무슨 변고랍니까."

놀란 그녀가 휘청거리며 언덕을 내려갔다. 반쯤 몸을 일으킨 정진섭이 멀어져 가는 그녀의 뒷모습을 안타까운 눈으로 바라봤다.

잠시 후, 기운을 낸 정진섭은 몸을 일으켜서 비천당 쪽으로 올라갔다. 아까 떨어진 담장을 낑낑대며 넘어간 그는 존경각 쪽으로 걸어갔다.

양잿물에 경쇠와 벼루 조각을 씻던 덕구 할아버지가 정진섭을 보더니 옆에서 졸고 있던 설이를 깨웠다. 눈을 비빈 설이가 정진섭에게 인사를 하고 다시 비천당으로 향했다. 설이와 엇갈려서 다가오는 정진섭을 보고 덕구 할아버지가 혀를 찼다.

"아니, 옷이 왜 그 모양이야?"

"일이 좀 있었습니다. 갑생이는 안 왔습니까?"

얼굴을 찡그린 덕구 할아버지가 육일각 쪽을 바라보며 대답했다.

"호랑이도 제 말 하면 온다고 하더니, 저기 오는구먼."

고개를 숙인 채 터덜터덜 걸어오는 김갑생을 본 정진섭이 물었다.

"어찌 되었나?"

"하마터면 잡혀가실 뻔했습니다."

"그런데?"

"반촌 사람들이, 한 명이라도 잡아가면 성균관 일에서 손을 놓겠다고 하는 바람에 유야무야 넘어갔죠. 대신 아버지랑 주동자 몇 명은 당분간 반촌에서만 지내야 합니다."

"천만다행이군."

"그나저나 옷은 왜 그렇습니까?"

흙이 잔뜩 묻은 유생복을 손으로 턴 정진섭이 대꾸했다.

"수상한 자를 쫓느라 몸을 좀 썼네."

"그런 거 안 하실 줄 알았는데요."

뜨끔해진 정진섭이 딴청을 피웠다.

"나도 급하면 몸을 쓸 수 있어. 일 마무리되었으면 나랑 같이 좌포도청에 좀 가세."

"거긴 왜요?"

"비천당 뒤에서 죽은 사람의 신원을 확인할 수 있을 것 같아."

정진섭의 말에 김갑생의 얼굴이 굳어졌다.

파자교를 건너자 좌포도청이 보였다. 그리고 대문 앞에는 뭔가를 덮은 거적이 있었고, 아까 봤던 여인이 목놓아 우는 중이었다. 짐작은 했지만 그게 맞아떨어지자 정진섭은 착잡한 마음이 들었다.

"저 여인이랑 아는 사람이 죽은 겁니까?"

"저 여인의 남편인 것 같아."

"어디 사는 누굽니까?"

"가산에 싸는 깍쟁이라네. 비천당 뒤편의 언덕에서 뱀을 잡다가 피살된 것 같아."

"누구 손에 죽은 겁니까?"

"밖에서 죽이지 않고 산 채로 안으로 유인해서 죽였어. 성균관에서 계속 살인사건이 나기를 바라는 쪽일 거야."

"그렇다고 애꿎은 사람을 죽이다니……."

이를 악문 김갑생의 어깨를 토닥거리며 여인에게 다가간 정진섭은 한쪽 무릎을 꿇고 조심스럽게 물었다.

"남편이 맞습니까?"

눈물을 그친 그녀가 고개를 끄덕거렸다.

"맞아요. 사람을 이렇게 처참하게 죽이다니, 우리 남편이 무슨 잘못을 저질렀다고……."

"좌포도청에서는 뭐랍니까?"

때마침 포교가 좌포청 대문 밖으로 나왔다. 구군복에 공작의 꽁지깃이 달린 전립을 쓴 포교가 울고 있는 여인 옆에 있는 정진섭을 보고는 고개를 갸웃거렸다.

"성균관 유생이 여긴 웬일인가?"

"비천당에서 발견된 시신에 대해서 알아보라는 대사성 영감의 지시가 있었습니다."

정진섭의 얘기를 들은 포교가 턱으로 여인 앞에 놓인 거적을 가리켰다.

"가산에 사는 깍쟁이 중 한 명일세. 이름은 김도치, 나이는 스물여섯 살에 부인과 아들이 둘 있다고 하더군."

"시신은 어제저녁에 발견되었습니다. 혹시 검시를 하셨습니까?"

"오늘 아침에 오작인을 데려다가 했네. 처음 온 오작인이 시신을 보더니 못 하겠다고 도망쳤고, 다음에 온 오작인은 술을 잔뜩 먹고 나서야 검시를 했다네."

"조사는 어떻게 진행됩니까?"

질문을 받은 포교가 얼굴을 찡그렸다.

"성균관 경내에서 벌어진 일이라서 우리가 관여할 수 없네. 자네가 목격했나?"

"목격자에게서 얘기를 들었습니다. 이상한 소리를 듣고 가봤더니 시신이 있었다고 했습니다."

"저 정도로 난도질을 했으니까 시신을 옮겼다면 분명 피가 떨어졌을 것이다."

"제가 담장 안팎을 살펴봤는데 핏자국 같은 건 없었습니다."

"그럼, 성균관 안으로 유인을 해서 죽였다는 얘기군."

포교의 얘기를 들은 정진섭이 울고 있는 여인을 돌아봤다.

"부인의 얘기로는 뱀을 잡으러 갔다고 했으니까, 아마 안에 뱀이 있다고 했든지, 아니면 성균관을 침입했다고 거짓말을 해서 안으로 유인해서 죽인 모양입니다."

"가산에 사는 깍쟁이라 돈도 없었을 것이고, 부인 얘기로는 원한을 살 만한 사람도 없다고 하더군."

한숨을 쉰 포교가 덧붙였다.

"그저 그곳에 있었던 죄로 죽은 것 같아."

"최근 성균관에서 이상한 일들이 벌어지고 있습니다."

"풍문으로 들었네."

포교의 대답을 들은 정진섭이 조심스럽게 물었다.

"포도청에서 조사에 나설 계획은 없습니까?"

그러자 포교는 씁쓸한 표정으로 입을 열었다.

"왕명이 떨어진다면 의금부에서 진행하겠지."

눈짓으로 옆으로 비키라고 한 포교가 울고 있는 여인에게 다가가서 작은 주머니 하나를 내밀었다.

"종사관과 포교들이 십시일반으로 모은 돈이라네. 이걸로 장례를 치르도록 하게."

주머니를 받은 여인이 고맙다는 말과 함께 눈물을 쏟았다. 포교가 관노들을 시켜 수레에 시신을 실어서 옮겨 주겠다는 말을 하고 돌아섰다. 대문으로 들어가려는 그에게 정진섭이 말을 걸었다.

"부탁이 하나 있습니다."

"뭔가?"

"검시장식檢屍狀式(조선시대 변사체의 사인을 그림과 글씨로 남긴 기록)을 하나 얻을 수 있겠습니까?"

"그걸 왜?"

"대사성 송철 영감이 어떤 성격인지 잘 아시지 않습니까? 그냥 말로 했다가는 어떤 불호령이 떨어질지 몰라서 말입니다."

정진섭의 얘기를 들은 포교가 잠시 생각하다가 고개를 끄덕거렸다.

"서리를 시켜서 한 부 베껴서 주라고 하겠네. 여기서 기다리게."

"감사합니다."

고개를 숙인 정진섭을 본 포교가 의미심장한 눈길을 건넸다.

"나는 좌포도청 종사관 이종원이라고 하네. 혹시 도움이 필요하면 언제든 찾아오게."

"알겠습니다."

대문으로 들어가는 포교에게 연신 고개를 숙여 인사를 한 정진섭에게 김갑생이 물었다.

"아침에 포졸들이 빨리 출동했던 연유는 안 물어보십니까?"

"대사성 영감이 직접 요청했다면 좌포도대장에게 직접 했을 거야. 종사관이 알 리 없고, 설사 안다고 해도 외부에 발설할 리가 없지."

"대사성 영감이 의심스럽기는 하군요."

"주변 인물 중에 의심스럽지 않은 인물이 없어. 검시장식을 보면 단서가 나올지 모르니 차분하게 생각해 보세."

"날짜가 이제 닷새밖에 안 남았습니다."

김갑생의 걱정 어린 말투에 정진섭이 씩 웃었다.

"그 전에 해결될 거 같으니 걱정 말게."

얘기를 주고받는 사이, 좌포도청의 관노들이 수레를 끌고 나타났다. 그리고 거적에 싸인 시신을 들어서 수레에 올려놓고는 청계천 방향으로 향했다. 주저앉아 울고 있던 여인이 비틀거리면서 따라갔다. 그 광경을 지켜보던 정진섭이 중얼거렸다.

"누군지는 모르겠지만 목적을 이루기 위해 죄 없는 사람을 죽였어. 범인이 누구든 용서하지 않겠어."

"저도 같은 생각입니다. 이번 사건 이후로 반촌은 완전히 쑥대밭이 되고 말았습니다."

둘이 이런저런 얘기를 주고받는 사이, 좌포도청 안에서 녹색 도포를 입은 서리가 불쑥 나왔다. 그리고 정진섭을 위아래로 살펴보고는 종이를 내밀었다.

활짝 웃은 정진섭이 고맙다는 말을 하고 돌아섰다. 김갑생이 고개를 들이민 채 물었다.

"사람 그림도 있고, 그 옆에 글씨도 있네요."

"원인이 밝혀지지 않은 채 죽으면 해당 지역의 관리와 인근 지역의 관리들이 검시를 하게 되어 있네. 그 검시 내용을 적은 게 바로 검시장식일세."

"이걸 보면 범인을 찾을 수 있습니까?"

"적어도 흉기가 무엇인지는 알 수 있어. 그래야 살인자를 향해 한 발 더 다가갈 수 있는 거지."

"며칠 사이에 쉴 새 없이 일이 터지는군요."

"종착점이 다가온다는 뜻이기도 하지."

정진섭의 말이 채 끝나기도 전에 뒤쪽에서 엄청난 폭음과 함께 연기가 하늘 높이 치솟았다. 놀란 정진섭이 김갑생과 함께 근처 상점의 처마 아래로 몸을 숨겼다. 잠시 후, 기와 조각들이 우수수 비처럼 떨어졌다. 놀란 행인들이 비명을 지르며 사방으로 피했다.

놀란 김갑생이 눈을 동그랗게 뜨고 이리저리 살펴보다가 연기가 치솟은 방향을 찾았다.

"군기시 쪽입니다. 그곳에 화약을 만드는 염초청이 있는데, 거기서 사고가 난 모양입니다."

"맙소사, 마른하늘에 날벼락이라도 치는 줄 알았어."

"안 좋은 일이 계속 생기는군요. 우연의 일치일까요?"

김갑생의 물음에 정진섭이 고개를 저었다.

"모르겠네. 일단 성균관으로 돌아가세. 살다가 이런 일을 다 겪는군."

점심 무렵, 성균관으로 돌아온 정진섭과 김갑생은 바로 존경각으로 향했다. 중간에 마주치는 유생들과 수복들 모두 기운이 빠져 있거나 두려움에 떨고 있었다.

곰방대를 문 채 존경각 앞에 앉아 있던 덕구 할아버지는 정진섭과 김갑생을 보더니 얼른 오라는 손짓을 했다. 반색을 한 정진섭이 뛰어갔다.

"글씨가 보입니까?"

"아주 살짝. 두 글자인 거 같은데 벼루는 옆으로 쪼개졌고, 경쇠는 검댕이 다 벗겨지지 않아서 알아보기가 힘들어."

벼루 조각과 경쇠를 건네받은 정진섭이 이리저리 살피다가 고개를 갸웃거렸다.

"두 번째 글자는 꼭 칠七 자처럼 보이네요."

"그 앞에 획이 하나 더 있으니까 칠 자라고 보기는 힘들어. 그 앞에도 위쪽은 안 보이는데 아래쪽은 정井 자처럼 보이는데……위쪽에 글씨가 더 있는 걸 보면 다른 글자 같아. 미안하이."

덕구 할아버지의 말에 정진섭은 씩 웃었다.

"이 정도만 해도 대단한 거죠. 수고하셨습니다. 나머지는 우리가 찾아볼게요."

쾌활하게 대꾸한 정진섭이 자신을 바라보자 김갑생도 억지로 웃었다.

"그럼요. 우리가 할 수 있어요."

두 사람을 번갈아 바라본 덕구 할아버지가 뭔가 생각났다는 표정으로 물었다.

"그나저나 운종가 쪽에서 폭음이 들리던데?"

"염초청의 화약이 폭발한 것 같습니다."

"어이구, 안 좋은 일이 연달아 터지는 걸 보니 대사성도 곧 물러나겠군."

"온 지 얼마 되지도 않았는데 아쉽겠네요."

명륜당 쪽을 바라본 정진섭의 말에 덕구 할아버지가 씩 웃었다.

"그래도 대사성을 지냈다는 것만 해도 자랑할 만한 일이지."

이런저런 얘기를 나누는데 성균관에서 일하는 수복 한 명이 불쑥 나타났다. 그리고 두 사람의 눈치를 보더니 덕구 할아버지에게 귓속말을 하고는 사라져 버렸다.

수복이 사라지자 정진섭이 물었다.

"무슨 일입니까?"

"대사성이 사직 상소를 올렸다는군."

덕구 할아버지의 말에 정진섭과 김갑생은 서로의 얼굴을 바라봤다. 낮은 신음 소리를 낸 정진섭이 중얼거렸다.

"올 게 왔군요."

혀를 찬 덕구 할아버지가 곰방대를 만지작거렸다.

"뭘 해 보지도 못하고 떠나겠네그려."

잠자코 있던 김갑생이 말했다.

"송철 영감이 대사성으로 오고 나서부터 시귀 소동이 벌어졌습니다. 이제 그가 떠난다면 끝나게 될까요?"

"그렇다면 송철 영감이 사건의 중심이라는 걸 자백하는 거나 다름이 없지."

"사람이 셋이나 죽었는데 아직도 밝혀진 게 아무것도 없군요."

풀이 죽은 김갑생의 말에 정진섭이 소매에 넣어 뒀던 검시장식을 꺼냈다.

"그 답을 풀어 줄 게 여기 있을지 몰라."

"누가 죽었는지는 안 나오잖습니까?"

"그래도 어떤 흉기를 썼는지는 나올 거야. 그걸 토대로 살인자에게 한 걸음 다가갈 수 있지."

덕구 할아버지가 곰방대로 담배를 피우는 동안 정진섭은 검시장식을 꼼꼼하게 들여다봤다. 그러고는 한숨을 쉬며 김갑생을 바라봤다.

"왜요?"

"오작인은 피살자를 난도질한 것이 도끼라고 적어 놨어."

"그럼 나무꾼이 범인입니까?"

"성균관 근처에는 나무꾼이 없어. 그리고 도끼처럼 위쪽이 벌어진 상처긴 하지만 진짜 도끼라고 보긴 어려워. 뼈가 손상되지 않았거든."

"그럼 도끼처럼 두툼한 칼이라는 뜻입니까?"

김갑생의 반문에 정진섭이 고개를 끄덕거렸다.

"고기를 자를 때 쓰는 칼 같아. 짧고 두툼한."

"그런 칼을 많이 쓰는 건 반촌입니다."

"맞아. 소를 도축할 때 쓰는 걸 봤네."

"하지만 반촌은 이번 일로 가장 큰 타격을 받았습니다."

정진섭은 반박하는 김갑생을 바라보며 말했다.

"전체와 개인은 다르니까."

"그게 무슨 뜻입니까?"

"반촌 전체가 고통받도록 하는 게 이번 살인의 계획 중 하나일 수도 있어."

"말도 안 됩니다."

김갑생의 반박에 정진섭이 한숨을 쉬며 대답했다.

"살인 자체가 말이 안 되는 일이지. 예전 시귀 소동은 다섯 유생들과 엮인 얘기라도 있지만 지금은 그런 얘기조차 없어. 거기다 한 사람을 빼고는 모두 반촌이나 성균관과 연관도 없고 말이야."

"억지로 성균관과 엮으려고 했다는 뜻입니까?"

김갑생의 말에 정진섭이 검시장식을 바라봤다.

"맞아. 이 검시장식을 보니까 확실히 알겠어. 외부인을 성균관 안으로 끌어들여 처참하게 죽여서 눈길을 끈 것은 역설적으로 성균관과 아무런 연관이 없다는 걸 반증하고 있어. 반촌에서 발견된 시신도 외부인이었지?"

"네."

"살인이 벌어진 것은 송철 영감이 대사성으로 온 직후였어. 거기에 반촌의 누군가가 엮여 있고, 그 연결고리는 벽장동의 개화라는 무당일 거야."

"기생 은화의 어머니 말입니까?"

"떠났다가 다시 돌아온 게 틀림없어. 기억에서 사라지기를 기다렸겠지."

"무엇이 그들을 연결시켰을까요?"

"삼십 년 전의 시귀 소동과 유사한 일을 벌였으니, 그때의 일과 닿아 있을 거야."

정진섭의 얘기를 들은 김갑생이 턱을 만지작거리며 생각에 잠긴 채 입을 열었다.

"그때 못 끝낸 어떤 일을 마무리 짓기 위해서 말입니까?"

"아마도."

"결국 열쇠는 대사성 송철 영감이 쥐고 있군요."

"그런 셈이지. 내일쯤 만나 봐야겠어."

"만난다고 진실을 얘기해 주겠습니까?"

"최소한 뒤흔들 수는 있지. 이번 일은 견고하게 짜여 있는 게 아니라 아슬아슬하게 연결된 채 진행되고 있어. 그러니 한쪽이 무너지면 다른 쪽 또한 무너지면서 진실을 찾을 수 있게 될 거야."

"서로 협력하는 게 아니라, 의심하고 있단 말인가요?"

"충돌하는 지점이 많아. 죽은 사람들은 서로 공통점이 없네. 그 얘기는 사람을 목표로 한 게 아니라 죽음 그 자체가 목적이라는 뜻이야. 그것도 일부러 성균관과 반촌으로 끌어들여서 살인을 저질렀다면 여기에서 그 이유를 찾아야만 해."

"반촌에도 가담자가 있겠군요."

김갑생의 말에 정진섭이 얼굴을 찡그렸다.

"그 점이 이상해. 땅꾼을 죽이면서 소를 잡을 때 쓰는 칼을 쓰면 반촌 사람들이 의심을 받을 게 분명하잖아. 나 같으면 돌로 때려죽였든지 목을 졸랐을 거야."

"일부러 그랬다는 말씀입니까?"

"이번 일로 가장 타격을 받은 건 대사성 송철 영감이야. 하지만 그게 전부일 거 같지는 않군. 내일 만나서 얘기를 나눠 보면 단서가 나오겠지."

단호하게 얘기한 정진섭이 일어났다.

"그 전에 할 일이 있어."

심각한 정진섭의 표정을 본 김갑생이 물었다.

"뭡니까?"

"연포탕을 먹으러 가야 해."

어이가 없어진 김갑생이 중얼거렸다.

"뭐라고요?"

"시간만 많으면 금강사에서 만든 연포(이때는 두부를 연포라고 불렀다)를 먹으러 가겠지만 지금은 그럴 수가 없으니, 운종가에서 해결해야겠군."

어이가 없어진 김갑생이 덕구 할아버지를 바라봤다. 곰방대를 문 덕구 할아버지가 히죽 웃었다.

9

다음 날 아침, 일찌감치 일어난 정진섭은 자신의 방을 청소하는 일을 맡은 수복에게서 청천벽력 같은 소식을 들었다.

"대사성 영감이 죽었다고?"

정진섭의 물음에 겁에 질린 표정의 수복이 고개를 끄덕거렸다.

"어디서?"

"저, 정록청에서요."

수복의 얘기를 듣자마자 정진섭은 밖으로 뛰쳐나갔다. 벌써 소문이 돌았는지 수많은 유생들이 정록청으로 향하는 중이었다. 정진섭은 그들을 앞질러 헐레벌떡 달려갔다.

송철이 머물던 방은 박사들을 비롯한 관원들이 머무는 정록청 제일 끝에 있었다. 반쯤 열린 문 주변으로 박사들과 수복들이 웅성거렸다. 성윤준의 시신을 발견했을 때와 너무나 비슷한 모습에 정진섭은 할 말을 잊었다.

문 앞에는 파랗게 질린 박사 한동세가 서 있었다. 그에게 다가간 정진섭이 팔을 잡았다.

"박사님이 처음 보셨습니까?"

미친 듯이 고개를 끄덕거린 박사 한동세가 대답했다.

"문안 인사를 여쭈려고 왔다가 기척이 없어서 무심코 문을 열었더니……."

얘기를 들은 정진섭은 갑자기 화가 났다. 오늘 만나서 얘기를 나눠 보면 단서를 찾을 수 있을 거라는 희망이 산산조각 났기 때문이다. 분개한 그는 툇마루를 밟고 올라가서 반쯤 열려 있던 문을 활짝 열어젖히며 외쳤다.

"당신이 지금 죽으면 안 되지!"

지켜보던 이들이 모두 놀라는 가운데 정진섭은 충격에 빠졌다. 방 안이 온통 피투성이였지만 정작 대사성 송철은 온데간데없었기 때문이다. 정진섭은 돌아서서 밖에 있는 박사 한동세를 향해 외쳤다.

"시신이 없습니다! 죽은 게 아닐지 모르니까 성균관 안팎을 샅샅이 뒤져야 합니다!"

"아, 알겠네."

황망한 표정을 지은 한동세가 박사들과 유생들에게 흩어져서 대사성 영감을 찾으라고 소리쳤다. 그사이, 정진섭은 방 안을 살펴봤다. 지난번 성윤준의 시신이 발견되었을 때와는 달리 현장에 아무도 손을 대지 않았던 탓에 단서를 찾을 수 있을 거라는 기대감 때문이었다.

좁은 방 안에는 양쪽 끝이 두루마리처럼 말려 올라간 탁자인 경상과 보라색 보료, 팔을 걸치는 말굽 모양의 안침이 보였다. 피가 사방에 뿌려져 있긴 했지만 시신은 보이지 않았다.

"마치 문 앞에서 피를 뿌린 것 같군."

한숨 돌린 정진섭은 꼼꼼하게 방 안을 살폈다. 그러다가 경상의 서랍 안에서 편지 뭉치를 발견했다. 조심스럽게 펼쳐 본 정진섭이 재빨리 읽었다.

뒤늦게 성균관으로 왔다가 소식을 들은 김갑생이 찾아왔다. 정진섭은 그를 데리고 존경각으로 가서 자초지종을 설명했다.

"죽은 게 아니라 사라졌다고요?"

김갑생의 반문에 정진섭이 고개를 끄덕거렸다.

"피가 가득하긴 했지만 시신은 없었어."

"앞선 사건이랑 여러모로 다르군요."

두 사람이 얘기를 나누는 걸 본 덕구 할아버지가 끼어들었다.

"경쇠랑 벼루 조각은 오늘 뜨겁게 달군 식초에 한번 담가 보겠네. 그러면 묵은 때가 더 벗겨진다고 하더군."

"알겠습니다, 할아버지."

냉큼 대답한 정진섭이 활짝 웃으며 일어났다. 그걸 본 김갑생이 따라서 일어났다.

"어디 가시게요?"

"남산골에 가 보게."

"이인생 선비를 만나러 말입니까?"

고개를 끄덕거린 정진섭이 가볍게 하품을 했다.

"대사성 영감의 방에서 서찰이 발견되었네."

"어떤 서찰이요?"

"대사성 영감이 이인생 선비에게 보내는 서찰. 미안하다면서 혼사를 서두르자는 내용이었어."

"부치지 못한 모양이군요."

"그 전에 실종되었지. 참으로 궁금하지 않은가?"

"뭐가요?"

김갑생의 반문에 정진섭이 새끼손가락으로 코를 파면서 말했다.

"이조판서 성낙훈 대감 집안과 혼사를 진행하려고 하다가 갑자기 마음을 바꾼 이유 말이야."

"그거야 성윤준 유생이 죽고 혼사를 치를 상황이 아닌 데다가, 원래 혼사를 맺기로 했기 때문 아닙니까?"

"너무 잘 맞아떨어져서 말이야. 어쨌든 궁금하군."

"뭐가 말씀입니까?"

"오랜 친구가 죽었다는 소식을 들으면 무슨 반응을 보일지 궁금해서 말이야."

정진섭의 얘기를 들은 김갑생이 눈치 빠르게 말했다.

"반촌에서 나막신을 챙겨 오겠습니다."

이번에는 나막신 덕분에 수월하게 진고개를 올라갈 수 있었다.

지난번에 봤던 싸리문을 열고 들어가자 반쯤 열린 문을 통해서 책을 읽고 있는 이인생의 모습이 보였다. 정진섭의 헛기침 소리에 이인생이 고개를 돌렸다.

"자네는 지난번에 왔던 성균관 유생이 아닌가?"

"맞습니다. 글공부를 하고 계시는데 불쑥 찾아와서 죄송합니다."

"뭐, 그럴 수도 있지. 들어오게."

두 사람이 진흙이 잔뜩 달라붙은 나막신을 벗고 방 안으로 들어가자 책을 덮은 이인생이 물었다.

"그래, 무슨 일인가? 겸익의 답변을 들려주러 온 건가?"

이인생의 물음에 정진섭이 조심스럽게 말했다.

"최근 성균관에서 안 좋은 일이 연거푸 벌어지고 있습니다."

"시귀 운운하던 그 일 말인가? 그럼 그렇다고 얘기를 해 줬어야지."

"그런 말씀을 하실 처지가 아닙니다. 어젯밤에 대사성 영감께서 실종되셨으니까요."

놀란 이인생이 장죽을 손에 든 채 물었다.

"뭐라고? 겸익이 왜?"

"모르겠습니다. 성균관이 지금 발칵 뒤집혔습니다."

"죽은 겐가?"

"방 안에는 피가 가득한데 사람은 오간 데 없으니 말입니다."

대답을 들은 이인생은 문밖을 바라봤다.

"어허, 이 무슨 변고인지 모르겠군. 얼마 전에 대사성이 되어서 성균관으로 돌아간다고 그리 좋아하더니."

"최근에 언제 만나셨습니까?"

"재작년에 보고 가끔 서찰을 주고받았네. 나 같은 백면서생이 자꾸 드나들면 청탁을 하는 걸로 오해받을 수 있으니까 말이야. 거기다 혼사를 앞두고 있으면 더욱 조심해야 한다고 생각했지."

"혹시 뭔가 고민이 있다고 얘기한 적은요?"

"편지를 주고받았지만 다른 얘기는 없었네. 묻지도 않았지만, 있다고 해도 나한테 말하지는 않았을 거야."

"왜 그렇습니까?"

"과묵한 친구라서 말이야. 사실 젊은 시절에는 딱히 두각을 나타내지 못했고, 성균관에도 늦은 나이에 들어가서 적응하기 힘들어했네. 하지만 포기하지 않고 열심히 갈고 닦아서 마침내 과거에 합격했지. 입도 무겁고, 남에게 의지하는 성격이 아니야."

"그럼 누가 대사성 송철 영감을 납치했을까요?"

정진섭의 질문에 이인생은 장죽의 물부리를 입에 문 채 고개를 저었다.

"모르겠네. 죽은 것도 아니고, 죽지 않은 것도 아닌 상황이 되었군."

애기를 마친 정진섭과 김갑생은 이인생을 뒤로하고 집을 나왔다.

한숨 돌린 정진섭은 중간에 공덕의 주막에서 지난번처럼 삼해주를 샀다. 싱글벙글하는 정진섭을 본 김갑생이 물었다.

"그렇게 좋으십니까?"

"좋다마다. 이렇게 향이 좋고 맛있는 삼해주는 구하기 쉽지 않아."

"술맛이나 나실지 모르겠습니다."

"일은 일이고, 먹고 마시는 건 다르니까."

정진섭이 건넨 삼해주를 든 김갑생이 싸리문을 나섰다.

"이인생이라는 선비는 두 번이나 만나 봤지만 전혀 의심스럽지 않던데요?"

"일부러 그랬을 수도 있지. 마치 우리가 올 걸 예상이나 한 것같이 딱딱 대답을 했잖아."

"너무 멀쩡해서 의심스럽다는 얘깁니까?"

"우리 인생에 있어서 그런 건 별로 없잖아. 나는 놀기 좋아하지만 공부를 해야 하는 유생인 처지고, 자네는 똑똑하고 공부를 하고 싶어 하지만 평생 칼을 잡아야 하고 말이야."

정진섭의 애기에 김갑생은 아무 말도 하지 못했다. 그런 김갑생을 안타까운 눈으로 바라보던 정진섭이 어깨를 토닥거려 줬다.

"존경각으로 가서 같이 한잔하세."

"수복이 어찌 감히 유생 나리와 함께 성균관에서 술잔을 기울이겠습니까?"

"술잔 앞에서 신분을 따지는 게 가장 바보 같은 짓이야. 그리고 우린 함께 사건을 해결하는 동료 아닌가?"

정진섭의 얘기에 김갑생의 마음이 누그러졌다.

"그럼 반촌에 들러서 안줏거리를 좀 챙겨 가겠습니다."

대답을 들은 정진섭이 술병을 흔들면서 말했다.

"늦지 마. 술이 기다리고 있으니까."

반촌의 집에 들러서 안주가 될 만한 것을 챙긴 김갑생이 집을 나섰다. 그러자 여느 때처럼 마당 구석에서 칼을 갈던 아버지가 무미건조한 목소리로 물었다.

"어딜 자꾸 나가는 거냐?"

"정진섭 유생이 오라고 해서 성균관에 갑니다."

"수복이 유생이랑 어울리면 좋은 꼴 못 본다."

"긴히 할 얘기가 있다고 해서요. 금방 다녀오겠습니다."

뭔가 말을 더 하려던 아버지는 한숨을 쉰 뒤 다시 칼을 갈았다. 그런 아버지를 뒤로한 김갑생이 존경각에 도착했을 무렵에는 해가 저물어 가고 있었다.

화로를 앞에 두고 있던 정진섭과 덕구 할아버지가 그를 반겼다. 김갑생은 챙겨 온 고기를 화로 위에 올리고는 빈자리에 앉았다. 정진섭이 술잔에 삼해주를 가득 따른 뒤 그에게 건넸다.

"한잔하게. 고기가 익기 전에 마시는 술이 최고지."

건네받은 삼해주를 쭉 들이켠 김갑생이 한숨을 쉬면서 입맛을 다셨다.

"술맛이 좋군요."

"기쁜 소식을 들으면 술맛이 더 좋아질 거야."

"무슨 소식입니까?"

김갑생의 물음에 덕구 할아버지가 벼루 조각을 건넸다.

"뜨거운 식초에 담갔더니 안 보이던 글씨가 보이더군."

"무슨 글씨였습니까?"

"개화였네. 열 개開에 될 화化 자. 경쇠도 앞의 글자는 안 보였지만 뒤의 글자가 화 자였으니 앞의 글자는 개 자였을 거야."

"그럼……."

차마 말을 잇지 못하는 김갑생을 대신해서 정진섭이 입을 열었다.

"벽장동의 개화라는 무당과 연관이 있는 것 같아."

"왜 조세준의 서당 터에서 벽장동의 무녀인 개화의 이름이 새겨진 경쇠랑 벼루가 나온 거죠?"

"선물로 주면서 자기 이름을 새긴 것 같아."

"둘이 정인 사이였다는 뜻인가요?"

정진섭이 고개를 끄덕거리며 일어났다. 그러고는 손에 든 술잔을 만지작거렸다.

"술맛 떨어지는 얘기긴 하지만 어느 정도 윤곽이 잡히고 있어."

"어떻게 말입니까?"

"확실한 것부터 얘기해 보자고. 일단 송동에서 서당을 하던 조세준과 벽장동의 개화라는 무당은 정인 사이였어. 그리고 지하로 내려가서 시귀가 된 다섯 명의 유생들은 조세준의 서당을 불태웠지. 이게 첫 번째 연결고리야."

"다섯 명의 유생들에게 이상한 짓을 하도록 시킨 게 벽장동의 무녀라고 하지 않았습니까?"

"맞아. 과거에 합격시켜 준다고 하면서 결국 지하로 내려가게 만들었네. 문제는 그게 사실인지 낭설인지 알 수 없다는 점이지."

아쉬워하는 정진섭에게 김갑생이 말했다.

"닷새 걸린다고 했으니까 내일쯤 오겠군요."

한참 얘기를 나누는데 누가 불쑥 나타났다. 깜짝 놀란 정진섭이 그쪽을 바라봤다가 아는 척을 했다.

"자네는 엽초전의 윤슬이 아닌가?"

지친 표정의 윤슬이가 다가와서는 고개를 끄덕거렸다.

"맞습니다. 아산현에 갔다가 방금 도착해서, 상점에 들르지 않고 바로 이곳으로 왔습니다. 수복에게 물어보니까 여기에 계실 거라고 해서요."

"내일쯤 오는 걸로 알고 있었는데 말이야."

"심부름 값을 넉넉하게 받았고, 주인께서도 성균관의 일이니 신경 쓰라고 하셔서 내처 걸었습지요. 도착해서 바로 향교로 갔는데, 마침 찾는 분과 같이 동문수학하셨던 분이 재장齋長(향교의 책임자)으로 계셔서 바로 알아볼 수 있었습니다."

윤슬이의 얘기를 들은 정진섭의 얼굴이 활짝 펴졌다.

"그래, 뭐라고 하던가?"

"알아보라고 하셨던 다섯 명 모두 삼십 년 전에 성균관으로 올라갔다가 모두 객사한 것으로 알고 있다고 답하셨습니다."

대답을 들은 정진섭의 표정이 굳어졌다.

"사인이 무엇인지는 들었는가?"

"여쭤봤습니다만 불미한 일이라서 말하기 어렵다고 답변하셨습니다. 확실한 건, 향시에 합격해서 성균관에 입학한 그해 다섯 명 모두 불귀의 객이 되었다는 겁니다."

"장례는?"

"정확하게 얘기해 주지는 않았지만, 시신을 모시지 못해서 허묘를 썼다는 투로 얘기했습니다. 실종되었다는 소식을 듣고 친구들의 가족들이 올라가서 대사성을 만났지만 제대로 얘기를 듣지 못하고 돌아왔다며 분통을 터트렸다고 합니다."

윤슬이의 얘기를 들은 정진섭은 잠시 생각하다가 고개를 끄덕거렸다.

"그래, 수고했네. 마침 삼해주를 마시고 있었는데 한잔 받게나."

고맙다며 연신 고개를 숙인 윤슬이가 정진섭이 준 삼해주를 한 잔 마시고 돌아갔다. 술병을 든 정진섭이 공허하게 웃으며 돌아섰다.

"이걸로 다섯 유생의 시귀 전설은 최소한 절반은 사실로 밝혀졌군요."

화로에 올려진 채 익어 가는 고기를 보면서 덕구 할아버지가 중얼거렸다.

"그들은 시귀가 된 게 분명하다고."

그 얘기를 들은 김갑생이 중얼거렸다.

"시귀가 된 건지는 모르겠지만, 최소한 그해 모두 세상을 떠났고, 그 배후에 벽장동의 무당 개화가 있었다는 말이군요. 그게 사실이라면……."

한숨을 쉰 김갑생이 어두워진 하늘에 떠오른 달을 보면서 덧붙였다.

"복수를 한 셈이군요."

"맞아. 어떤 방식으로 그들의 마음을 사로잡았는지는 알 수 없지만 굉장히 잔인하고 혹독하게 복수한 것이지."

"그런데 문제가 있습니다."

김갑생의 물음에 정진섭이 궁금하다는 표정으로 바라봤다.

"무슨 문제?"

"그때 일은 다섯 유생들이 시귀가 되면서 끝나지 않았습니까? 그런데 왜 다시 성균관과 반촌에서 시귀의 소행으로 보이는 살인사건이 발생하는 겁니까?"

"지금 벽장동의 무당 개화가 그때의 개화가 맞다면 아직 끝나지 않은 무언가가 있다는 얘기가 되겠지."

"그게 대사성 송철 영감입니까? 아니면 성윤준 유생의 아버지 이조판서 성낙훈 대감일까요?"

한숨을 쉰 정진섭이 대꾸했다.

"어쩌면 이 성균관과 반촌 자체일 수도 있다는 생각이 들어."

"누가 여길 싫어한답니까?"

김갑생의 반문에 정진섭이 빤히 쳐다봤다.

"일단 자네와 나, 그리고……."

얘기에 귀를 기울이던 김갑생은 어둠 속에서 심상치 않은 바람 소리를 느꼈다. 잠시 후, 뭔가가 귀를 스치고 지나가자 김갑생은 바짝 엎드렸다.

"숨어요! 화살입니다!"

뒤이어 날아든 화살이 존경각의 문과 벽에 꽂히는 소리가 들렸다. 엉거주춤 서 있던 정진섭이 곰방대를 물고 있던 덕구 할아버지를 끌어안고 바닥에 엎드렸다. 김갑생은 활활 타고 있는 화로를 걷어차서 불을 끈 다음 다시 엎드렸다. 그사이에도 몇 개의 화살이 세 사람의 머리 위를 지나가서 존경각에 박혔다.

"무, 무슨 일이야?"

놀란 정진섭의 물음에 김갑생이 살짝 고개를 들고 어둠 속을 바라봤다.

"누가 우리에게 화살을 쏜 겁니다."

"우리를 노린 거야?"

두 손으로 머리를 감싼 채 부들부들 떠는 정진섭의 물음에 김갑생이 고개를 끄덕거렸다.

"그럼 존경각을 노리고 쐈겠습니까?"

"지금 그런 농담 할 상황이야?"

"어쨌든 잠잠한 걸 보니 사라진 모양입니다."

"숨어 있다가 확 나타나는 건 아니겠지?"

"그랬으면 진즉에 나타났겠죠. 겁을 주려고 화살을 쏜 겁니다."

"왜? 이번 사건 때문일까?"

대답을 하려는 찰나, 잠잠했던 화살 세례가 다시 시작되었다. 타탁거리며 문과 벽에 꽂힌 화살에 질겁한 정진섭이 바짝 엎드린 채 외쳤다.

"뭐라도 좀 해 봐!"

"빈손인데 뭘 어떻게 해요?"

그때, 날아든 화살 하나가 넘어진 화로에 맞고 튕겨 나갔다. 아직 숯불이 타고 있는 걸 본 김갑생은 그쪽으로 기어가서 화로 뒤에 숨었다. 그리고 화살이 날아온 쪽을 어림짐작으로 살펴본 후 화로를 들고 벌떡 일어났다.

"이야아!"

갑작스러운 그의 행동에 정진섭이 놀라서 눈을 동그랗게 뜬 가운데 김갑생은 화살이 날아온 방향을 향해 화로를 힘껏 던졌다.

"이거나 받아라!"

화로는 요란한 소리를 내며 바닥에 떨어졌고, 그사이에 짧은 비명 소리가 들렸다. 빈손이 된 김갑생은 두 사람이 있는 곳으로 뛰어와서 엎드렸다.

"안 다쳤어?"

정진섭의 물음에 김갑생이 씩 웃으면서 괜찮다고 대답했다. 그러자 정진섭이 화를 냈다.

"다음에는 그런 바보 같은 짓 하지 마!"

"뭐라도 하라면서요?"

"거기에 바보짓은 들어가 있지 않다고!"

두 사람이 옥신각신 싸우자 심드렁한 표정으로 지켜보고 있던 덕구 할아버지가 말했다.

"그만 좀 싸워. 놈들이 사라진 모양이야."

그러자 고개를 살짝 들고 주변을 두리번거린 정진섭이 이를 갈았다.

"감히 성균관 안에서 유생에게 활을 쏜 놈이 누구야!"

몸을 일으킨 김갑생이 옷에 묻은 흙을 털면서 대꾸했다.

"살인도 저지르는 놈들인데 활을 쏘는 게 대수겠어요?"

"이걸로 확실해졌어."

어둠 너머를 바라보던 김갑생은 정진섭을 돌아보며 물었다.

"뭐가요?"

"대사성 송철 영감의 실종이 끝이 아니라는 거."

"그럼요?"

"뭔가 다른 꿍꿍이속이 있는 모양이야. 그것도 아주 중요하고 큰 걸로 말이야."

위기가 사라지자 다시 냉철해진 정진섭의 모습에 김갑생은 어리둥절하면서도 흥미로웠다. 그사이, 덕구 할아버지가 존경각 안에서 횃불을 가지고 나와서 주변을 살피다가 외쳤다.

"이리 와 보게들!"

"뭐가 있습니까?"

정진섭의 물음에 횃불을 들고 바닥을 살피던 덕구 할아버지가 대답했다.

"핏자국이 있어."

두 사람이 다가오자 덕구 할아버지가 횃불로 바닥을 비췄다. 아주 작은 핏방울이 떨어져 있는 걸 본 정진섭이 김갑생의 어깨에 손을 올렸다.

"아까 자네가 던진 화로에 누가 맞은 모양이야."

"작게 비명 소리 같은 게 나긴 했습니다."

"이걸 따라가면 놈들이 어디서 왔는지 알 수 있을 거 같아. 횃불을 좀 빌려주십시오, 영감님."

정진섭이 손을 내밀자 덕구 할아버지가 서운한 표정을 지었다.

"나도 따라가는 게 좋지 않겠어?"

"혹시 모르니까 존경각 문 닫고 안에 계세요."

횃불을 넘겨받은 정진섭이 바닥에 바짝 들이댄 채 핏자국을 찾았다. 마치 땅에 떨어뜨린 동전을 찾는 것처럼 한두 방울씩 떨어져 있는 핏자국을 찾아서 어둠 속을 헤매던 그들은 진사식당 옆의 향문을 지나쳤다. 그리고 임금님이 성균관에 행차할 때 타고 오는 가마를 세워 두는 하연대를 지나서 뜻밖의 장소에 도착했다.

"여긴……."

할 말을 잊은 정진섭을 대신해서 횃불을 받아 든 김갑생이 주변을 살핀 후에 말했다.

"여기서 핏자국이 끊겼습니다."

어처구니없다는 표정으로 탕평비가 세워진 비각을 바라보던 정진섭이 중얼거렸다.

"그럼 하늘로 솟은 건가? 아니면 땅으로 꺼진 건가?"

정진섭의 얘기를 들으며 탕평비각 주변을 돌던 김갑생이 뒤편에서 흔적을 찾아냈다.

"이쪽으로 와 보십시오."

정진섭이 다가오자 김갑생은 횃불을 바짝 들이댔다.

"여기 보시면 비각의 나무 창살 틈이 많이 벌어져 있습니다. 사람이 옆으로 들어갈 수 있을 정도입니다."

김갑생의 말이 끝나기가 무섭게 정진섭이 나무 창살 사이로 몸을 들이밀었다. 다른 사람들보다 뚱뚱한 탓에 잠시 낑낑거렸지만 어떻게든 안으로 들어가는 데 성공했다.

"뭐 하십니까?"

"직접 확인해 봐야 직성이 풀리는 성격이라서. 횃불 좀 줘 봐."

창살 사이로 횃불을 건넨 김갑생도 창살 사이로 비집고 들어가서 비각 안으로 들어갔다.

금상의 할아버지인 영조가 세운 탕평비는 당파에 따라 나누어져 갈등을 빚던 성균관 유생들에게 서로 사이좋게 지내라는 뜻으로 세운 비석이었다. 나라님이 직접 세우라고 지시했기 때문에 성균관에서는 굉장히 신경 써서 비각을 따로 세웠을 정도였다.

비각 안에는 진흙을 구워서 만든 전돌이 바닥에 깔려 있었다. 바닥의 전돌을 발로 툭툭 친 김갑생이 말했다.

"바닥으로 꺼지기도 힘들겠는데요."

하지만 예리한 눈으로 바닥의 전돌을 살펴보던 정진섭이 눈빛을 반짝거렸다.

"여길 봐. 전돌이 살짝 비틀어져 있어."

그리고 그 위에 올라가서 살짝 발을 굴러 보더니 김갑생을 바라봤다.

"흔들려. 바닥이 고정된 게 아니라 비어 있는 모양이야."

그 얘기를 들은 김갑생은 소스라치게 놀랐다.

"그럼 지하에 굴이 파여 있다는 얘깁니까?"

"어쩌면 조유도를 포함한 다섯 선비들이 내려간 지하가 여기일 수도 있겠어. 주상께서 세우신 탕평비 밑에 이런 비밀통로가 있으리라 누가 생각이라도 했겠는가."

"여길 통해서 드나들면서 살인을 저질렀군요."

"우리를 공격하기도 했고 말이야."

정진섭의 대답을 들으면서 김갑생이 바닥을 바라봤다.

"어떡하실 겁니까?"

"들어가 봐야지. 이곳을 통해 성균관을 드나들었다면, 반대쪽 출구에 이번 사건의 해답이 있을 거야."

"위험하지 않겠습니까? 포도청이나 의금부에 맡기시는 건 어떨까요?"

김갑생의 물음에 정진섭이 고개를 저었다.

"자네도 좌포청 군관이 한 얘기 들었잖아. 왕명이 없는 한 성균관 일에는 관여하지 못할 거야."

"진짜 괜찮겠습니까?"

"오늘은 밤이 늦었으니까 내일 준비를 해서 안으로 들어가세. 어떤가?"

"뭐가 어떻단 말입니까?"

"위험할 수 있다 이 말이야. 아까 습격도 그렇고, 이제 살인 자들은 우리를 직접 노리는 것 같아."

"여기서 발을 뺄 수는 없죠. 하지만 시귀들이 있으면 어쩌시려고요?"

"물리칠 수 있는 무기를 만들어 봐야지."

"칼 같은 거 잘 다루십니까?"

미심쩍은 표정을 짓는 김갑생의 물음에 정진섭이 고개를 저었다.

"칼질하는 건 여러 번 봤지."

"활은요?"

어깨에 손을 올린 정진섭이 얼굴을 찡그렸다.

"어깨가 아파서."

"조총은 다뤄 본 적 없으시죠?"

"군자가 다룰 무기는 아니지."

"그럼 뭘 무기로 삼겠다는 얘깁니까?"

"그러게."

한숨을 쉰 정진섭이 눈빛을 반짝거렸다.

"맛있는 음식을 가져가서 설득해 볼까?"

"걔들한테는 우리가 음식으로 보일 겁니다. 특히……."

김갑생은 차마 말을 하지는 못하고 퉁퉁한 정진섭을 위아래로 살펴봤다. 그때 얘기를 나누는 두 사람 사이로 대나무 토막이 툭 하고 떨어졌다. 고개를 돌린 두 사람 앞에 같은 대나무 토막을 품에 안은 덕구 할아버지가 보였다.

"그걸 써."

허리를 숙여 대나무 토막을 집어 든 김갑생이 손으로 무게를 가늠하면서 덕구 할아버지에게 물었다.

"안에 뭐가 들었네요."

"돌이랑 화약이 들었어. 끝에 난 구멍에 심지를 박고 불을 붙이면 터진다네."

"천하의 시귀라고 해도 견디지 못하겠군요."

"연기도 잔뜩 나고, 돌과 대나무 조각이 사방으로 날아가서, 가까이 있으면 죽거나 다칠 수밖에 없지."

김갑생에게서 대나무 토막을 건네받은 정진섭이 덕구 할아버지에게 물었다.

"그런데 이게 왜 성균관에 있는 겁니까?"

"지지난번 대사성 영감이 무슨 생각인지 모르지만, 도둑이 들어오면 쫓을 수 있는 걸 만들라고 해서 좀 만들어 뒀네."

얘기를 들은 정진섭이 대나무 토막을 바라봤다.

"이거라면 시귀들을 쫓을 수 있겠어."

그런 정진섭을 본 김갑생이 말했다.

"저도 같은 생각입니다. 같이 들어가시죠."

"고맙네. 일단 자네는 반촌으로 돌아갔다가 내일 낮에 이곳으로 오게. 내가 필요한 걸 준비해 놓겠네."

"드디어 범인에게 한 발짝 더 다가가는군요."

"맞아. 속 시원하게 의문을 풀 수 있는 기회이기도 하지. 그럼 내일 보세."

"알겠습니다."

정진섭과 함께 비각 밖으로 나온 김갑생은 인사를 하고는 반촌으로 돌아갔다. 높이 뜬 보름달이 집으로 향하는 김갑생을 물끄러미 내려다봤다.

다음 날, 일찌감치 눈을 뜬 김갑생은 천천히 옷을 입었다. 그리고 바지에 행전을 감은 다음에 부엌 뒤에 쌓여 있는 장작을 패고, 우물에서 물을 길어 왔다. 그리고 아버지에게 인사를 하려고 했지만 어디 갔는지 보이지 않았다.

주저하던 그는 아버지가 칼을 넣어 두는 토방으로 가서 작은 칼을 하나 챙겨 소매에 숨겼다. 그리고 부엌에서 음식을 만들던 어머니에게 아버지가 어디 가셨는지 물었다. 어머니가 고개를 갸웃거리며 대답했다.

"글쎄다. 아까 현방에 간다고 하던데?"

"문 닫은 곳에는 왜요?"

"나도 모르겠어. 요즘 좀 정신이 없는 거 같아. 빨리 현방이 문을 열든지 해야지, 원."

넋두리를 하는 어머니에게 인사를 하고 나온 김갑생은 성균관으로 향했다. 향석교를 넘자 하마비와 그 뒤편에 있는 탕평비각이 보였다. 박사 한동세를 비롯해서 유생들 몇 명이 주변에 서 있었다.

가까이 다가가자 어디서 구해 왔는지 모를 푸른색 철릭을 입고 망태기를 옆에 낀 정진섭이 보였다. 그는 벌써 비각 안에 들어가서 전돌을 들어낸 상태였다. 김갑생을 알아본 정진섭이 손을 들었다.

"어이! 여기야."

"벌써 입구를 여신 겁니까?"

"혹시나 해서 열어 봤지. 안쪽이 엄청 깊은 것 같아."

끙끙거리며 비각의 창살 사이를 비집고 안으로 들어간 김갑생은 쭈그리고 앉아 있는 정진섭 옆에 서서 아래를 내려다봤다. 깊고 어두운 구멍 속에서 서늘한 바람이 밀려 올라왔다. 반사적으로 한숨을 쉬는 김갑생을 본 정진섭이 말했다.

"들어갈 수 있겠어?"

"저 안에 우리 아버지랑 반촌을 괴롭힌 존재가 있겠죠?"

"아마도."

대답을 들은 김갑생이 중얼거렸다.

"그럼 내려가겠습니다."

"혹시 몰라서 부적이랑 무기 같은 거 잔뜩 챙겨 왔어."

"시귀한테 부적이 먹히겠습니까?"

"물론 무기도 준비했지."

그때, 주변을 둘러싼 유생들 사이에서 소란이 벌어졌다. 정진섭과 김갑생이 소리가 난 쪽을 바라보자, 놀랍게도 남장을 한 은화의 모습이 보였다.

"여긴 어떻게 온 거요?"

정진섭의 물음에 은화가 머리띠를 만지작거리며 대답했다.

"시귀들을 만나러 가신다고 해서요."

"그렇긴 하지만."

"그럼 저도 같이 갈게요."

"저 밑에 뭐가 있는지 아무도 모르오."

"그러니까 둘보다 셋이 낫겠죠. 거기다 두 분 다 시귀들을 만나면 싸우실 수나 있겠어요?"

은화의 말이 딱히 틀리지 않았기 때문에 두 명 다 입을 다물었다. 그러자 은화가 허리 뒤에 찬 단검을 뽑았다.

"이거랑 표창도 몇 개 있어요."

"요즘 기생은 무술도 배우오?"

"기생이 되기 전에 배운 거예요. 아무튼 저도 따라갈게요."

"너무 위험해서 안 되오."

"저도 시귀랑 엮인 일이 있어서요."

은화의 대답에 정진섭이 놀란 눈으로 바라봤다.

"어떻게 말이오?"

"들어가서 얘기해요. 어쩌면 시귀의 정체에 대한 단서가 될 수도 있을 거예요."

"정말이오?"

정진섭이 미심쩍은 눈으로 바라보자 은화가 단검을 도로 칼집에 넣으면서 대답했다.

"저를 믿으세요. 저도 시귀의 정체가 궁금하니까요."

정진섭이 김갑생을 살짝 바라봤다. 김갑생은 살짝 고개를 끄덕거렸다.

"둘보다는 셋이 낫지 않겠습니까?"

그렇게 은화까지 들어가기로 하면서 셋이 들어갈 준비를 마쳤다. 그러자 박사 한동세가 다가와서 정진섭에게 물었다.

"언제까지 나올 생각인가?"

"모르겠습니다. 왜요?"

"오늘 오후에 대성전에서 성인들의 위패에 제사를 지낼 예정이어서 말이야."

"아직 제사를 지낼 때는 아니잖습니까?"

정진섭의 반문에 박사 한동세가 수염을 쓰다듬으며 대답했다.

"그렇긴 한데, 요즘 흉한 일이 너무 많이 벌어졌고, 대사성 영감까지 변을 당한 것 같아서 성균관의 박사들과 유생들이 모두 모여서 제를 올리기로 했네. 물어보니까 예전에 시귀가 나타났을 때도 대사성이 문묘에서 제를 올리니까 나타나지 않았다고 해서 말이야."

"가급적 시간 맞춰 보겠습니다."

"아무튼 조심하게. 성균관의 운명은 이제 자네들 손에 달려 있네."

정진섭은 미묘한 한숨을 쉬면서 고개를 끄덕거리고는 지하로 내려갔다.

김갑생이 은화를 바라봤다. 그러자 은화가 조심스럽게 아래로 향했다. 김갑생은 마지막으로 지하로 내려갔다.

시큼하고 눅눅한 바람이 훅 밀려오자 김갑생은 정신을 차리지 못했다. 다행히 먼저 내려간 정진섭이 횃불을 켜자 안정을 되찾았다.

기껏해야 작은 동굴 정도로 생각했지만 앞뒤는 물론 좌우로도 통로가 거미줄같이 이어졌다. 통로가 무너지는 걸 방지하기 위해 중간중간 버팀목도 세워져 있었다. 지하수 때문인지 바닥에는 물이 고여 있었고, 위에서도 물방울이 뚝뚝 떨어졌다.

횃불을 건네받은 김갑생이 어둠을 비춰 보고는 중얼거렸다.

"생각보다 규모가 크군요. 성균관의 지하에 이런 게 있을 줄은 꿈에도 몰랐습니다."

그의 말에 새로 횃불을 켠 정진섭이 고개를 끄덕거렸다.

"미로쯤이라고 생각했는데, 이 정도면 미궁이라고 불러도 무리가 없겠어."

"그나저나 여기서 어떻게 단서를 찾습니까? 아니, 단서를 찾기 전에 길부터 잃어버리겠습니다."

김갑생의 말에 정진섭은 망태기에서 숫자가 적힌 나무토막들을 꺼냈다. 그걸 지켜보던 은화가 물었다.

"이걸로 뭘 하시게요?"

"나무토막으로 길을 표시할 생각이네. 그러면 길을 잃어버리지 않을 거야."

"신통한 생각이네요."

은화의 칭찬에 기분이 좋아졌는지 정진섭이 우쭐한 표정을 지었다. 그걸 본 김갑생이 횃불로 미궁의 어둠을 가리켰다.

"어서 가시죠."

"그러세. 자네도 몇 개 줄 테니까 있다가 표시할 때 쓰게."

"알겠습니다."

나무토막이 든 주머니를 넘겨받은 김갑생이 앞장서고, 길을 표시할 나무토막을 든 정진섭과 은화가 뒤따르는 형태로 걷게 되었다. 앞으로 나아갈수록 분위기가 점점 더 어두워지면서 다들 입을 다물었다.

나무토막을 놓기 위해 바닥을 내려다보던 정진섭은 하얀 뼈들을 보고는 기겁을 했다.

"우악! 여, 여기 사람 뼈 맞아?"

돌아본 김갑생이 횃불로 비춰 보고는 대수롭지 않은 말투로 대답했다.

"소머리뼈입니다. 그 옆에 있는 뼈다귀는 뭔지 모르지만 사람 건 아니고요."

"확실하지?"

부들부들 떠는 정진섭을 본 김갑생이 피식 웃었다.

"반촌에서는 저걸로 소꿉장난을 합니다."

두 사람의 얘기를 듣던 은화가 끼어들어서 정진섭에게 물었다.

"이건 어디로 연결되어 있을까요?"

"성균관 밖으로 이어졌을 거요. 어머니랑 이런 얘기 안 나누는 모양이군요."

"어머니와 사이가 별로 좋지 않아서요."

"왜?"

"무례하게 사적인 일까지 물어보시는군요."

"어쩐지 그게 이번 일과 큰 연관이 있는 것 같아서 말이야."

정진섭이 끈질기게 물어보자 은화가 쓴웃음을 지었다.

"사실, 어머니의 신통력 상당수는 거짓이었어요."

"뭐라고?"

놀란 정진섭의 물음에 한숨을 쉰 은화가 대답했다.

"어머니는 벽장동 기방에서 일하는 기생들과 운영하는 별감, 무뢰배들에게 돈을 주고 찾아오는 사람들의 뒷조사를 했어요. 그래서 그들이 무슨 일로 왔고, 뭘 고민하는지를 알 수 있었던 거죠. 저 역시 어머니의 일을 도와주었죠."

"돈을 주고 신통력을 산 셈이군."

기가 막혀 하는 정진섭의 대답에 은화가 고개를 끄덕거렸다.

"그러다가 어머니가 성균관 시귀 소동의 배후에 있는 것 같다는 걸 알게 되었어요."

"그래서 우리에게 정보를 주었던 것이고 말이오?"

대답 대신 고개를 끄덕거리던 은화의 표정이 굳어졌다. 두 손으로 단검을 뽑은 그녀가 몸을 낮춘 채 앞쪽의 어둠을 바라봤다.

"뭔가 있어요."

그 얘기를 들은 김갑생이 정진섭을 바라봤다.

"그걸 꺼내세요."

"아, 알았어."

허겁지겁 망태기를 벗은 정진섭이 대나무 토막을 꺼내기 위해 손을 집어넣었다. 그때, 앞쪽에서 이상한 소리가 들려오자 김갑생이 채근했다.

"어서요!"

"기, 기다리라고!"

막상 시귀가 근처에 있다고 생각하자 정진섭의 손은 미친 듯이 떨렸다. 몇 번이고 대나무를 집다가 떨어뜨리자 결국 지켜보던 은화가 나섰다.

"이리 주세요."

망태기 안에서 대나무 토막을 꺼낸 은화가 정진섭이 들고 있던 횃불로 불을 붙인 다음에 앞쪽을 향해 힘껏 던졌다. 하지만 아무리 기다려도 터지지 않았다. 당황한 은화가 왜 안 터지냐고 중얼거리자 정진섭은 바닥을 내려다봤다.

"바닥에 물이 고여 있어서 심지가 젖은 것 같아."

"그럼 이건 여기서는 쓸모가 없다는 얘기네요."

은화의 말에 고개를 끄덕거린 정진섭은 앞쪽에서 시귀의 울음소리가 터지자 외쳤다.

"튀어!"

그의 외침을 신호로 삼았는지 앞쪽에서 괴성과 함께 시귀들이 모습을 드러냈다. 온몸에 살가죽인지 뭔지 알 수 없는 것을 걸친 그들의 눈은 피처럼 붉었다. 멀리서 봐도 무시무시한 그들이 저벅거리면서 다가오자 세 사람은 왔던 곳으로 도망쳤다.

당황하던 정진섭은 물에 젖은 바닥에 미끄러지면서 다른 일행과 헤어졌고, 홀로 정신없이 도망치다가 발밑이 꺼지면서 아래로 떨어지고 말았다.

"어이쿠!"

살려 달라고 소리치고 싶었지만 근처에서 시귀들의 소리가 들리자 두 손으로 입을 틀어막았다. 구덩이 근처까지 다가온 시귀들이 서성거리면서 걷어찬 돌이 정진섭의 머리 위로 떨어졌다. 하지만 잡히면 산 채로 온몸이 뜯길 수 있다는 공포감에 아픔도 느끼지 못했다.

다행스럽게도 구덩이에 떨어진 정진섭의 존재를 눈치채지 못했는지 시귀들은 다른 곳으로 떠났다. 한숨 돌린 정진섭은 몸을 일으키기 위해 손을 뻗었다가 뭔가가 만져지자 기겁했다.

"뭐, 뭐야?"

흙 속에 반쯤 파묻혀 있던 해골은 틀림없이 사람의 것이었다. 그 옆에는 다른 뼈들이 흩어져 있었는데, 뼈 사이로 두루마리가 하나 보였다. 그 와중에 호기심이 생긴 정진섭은 두루마리를 펼쳤다가 혀를 찼다.

"이렇게 어두운데 뭘 보겠다고."

확실한 것은 두루마리에 적힌 글씨가 붉은색이었다는 것이다.

문득 횃불을 하나 더 챙겨 온 게 기억났다. 망태기에서 횃불을 꺼내서 부싯돌로 불을 붙인 정진섭은 두루마리에 적힌 글씨를 읽었다. 얼룩덜룩하고 삐뚤빼뚤하기는 했지만 그럭저럭 글씨를 읽을 수는 있었다.

정진섭은 낮은 목소리로 첫 문장을 읽었다.

"맑고 화창한 날, 나는 친구들과 함께 성균관에 입학하는 영광을 누린다……."

10

지하로 내려선 조유도는 허연 입김이 나오는 걸 보고는 비로소 추위를 느꼈다. 먼저 내려간 친구들이 앞쪽에 옹기종기 모여 있는 걸 본 조유도가 물었다.

"이제 어떡하지?"

그러자 친구들과 얘기를 나누고 있던 노웅래가 고개를 돌렸다.

"무녀님이 나한테, 앞으로 쭉 가서 막다른 곳에 도달하면 구덩이를 파랬어."

"그다음은?"

조유도의 물음에 노웅래가 어깨를 으쓱거렸다.

"내가 들은 얘기는 거기까지야."

뭔가 숨기고 있다는 느낌이 들었지만 그건 조유도 역시 마찬가지였기 때문에 더 캐묻지 못했다.

조족등을 든 김창진이 앞장서고 그 뒤를 나머지 친구들이 줄지어서 어둠 속을 걸었다. 통로가 좁은 데다 어둠이 짙게 깔린 탓에 다들 겁을 잔뜩 먹었지만 아무도 돌아가자는 소리를 하지는 않았다. 과거시험에 합격하겠다는 집념이자 욕심이 그 모든 것들을 누르고 있다는 생각에 조유도는 허탈함과 좌절, 그리고 미안함을 느꼈다. 그리고 동시에 드디어 과거에 합격해서 조정에 출사할 수 있다는 짜릿함이 들었다.

요동치는 감정이 그대로 드러났는지 앞서가던 노웅래가 돌아보며 물었다.

"무슨 생각을 하는데 그렇게 웃다가 찡그리는 거야?"

"아, 아무것도 아니야. 어서 나가고 싶어서."

"금방 나가게 될 거야."

대수롭지 않지만 차갑게 대답한 노웅래가 가볍게 고개를 끄덕거리고는 앞으로 걸어갔다. 소매에 넣어 둔 칼이 계속 걸리적거렸지만 꾹 참았다. 건네받은 괴불주머니에 적힌 대로 하려면 반드시 친구들의 피가 필요했기 때문이다.

조족등을 든 채 앞장서 걷던 김창진이 걸음을 멈췄다. 그리고 조족등으로 앞에 보이는 바닥을 비췄다. 막다른 곳이었는데, 다른 곳보다는 조금 넓어서 다섯 명이 서기에는 부족함이 없었다.

"여기가 막다른 곳이야. 이곳에 구덩이를 파면 될 거야."

조족등을 바닥에 내려놓은 김창진이 메고 온 망태기에서 땅을 팔 도구들을 꺼냈다.

평소라면 선비가 몸 쓰는 일을 한다고 펄쩍 뛰었겠지만, 과
거에 합격할 수만 있다면 땅을 파는 일쯤이야 아무것도 아니라
는 게 조유도의 생각이었다. 다른 친구들도 같은 생각이었는지
말없이 바닥을 팠다.

온몸에 흙이 묻고 땀이 비 오듯 쏟아졌지만 아무도 쉬자는
얘기를 하지 않았다. 그렇게 열심히 바닥을 파서 마침내 한 사
람이 들어갈 정도로 구덩이가 파이자 조유도가 노웅래에게 물
었다.

"얼마나 더 파야 해?"

그러자 손을 멈추고 바닥을 내려다보던 노웅래가 삽을 내려
놓으며 말했다.

"이 정도면 충분하겠어."

"다행이네. 이제 뭘 하면 되는 거지?"

조유도의 물음에 노웅래는 난감한 표정을 지었다. 대답을 기
다리던 조유도는 뒤쪽에서 들려오는 부스럭거리는 소리에 고개
를 돌렸다가 허리 쪽에 뜨끔함을 느꼈다. 노웅래와 얘기를 나누
는 사이, 뒤에서 다가온 김창진이 칼로 옆구리를 찌른 것이다.

아픔보다는 충격에 빠진 조유도가 김창진을 바라봤다.

"차, 창진아. 왜 이래?"

"미, 미안하다, 친구야."

눈물을 터트린 김창진이 연거푸 미안하다는 말을 하면서 칼
을 찔러 댔다. 온몸에 불처럼 퍼지는 아픔을 느끼면서 비틀거

리던 조유도는 구덩이 쪽으로 뒷걸음질 치면서 소매에 숨겨 놓았던 칼을 꺼냈다. 그걸 본 김창진이 주춤거렸다.

"너는 누굴 죽이라는 얘기를 들은 거야?"

"죽이라는 예언은 없었어. 그냥 너희들의 피를 조금만 묻히면 된다고 해서 가져온 거야."

허탈해진 조유도의 대답에 김창진이 고개를 저었다.

"미안하지만 못 믿겠어."

뒤로 물러나던 조유도는 구덩이 바로 앞에 서게 되었다. 들고 있던 칼을 구덩이에 던져 넣은 조유도가 입에서 피를 흘리며 물었다.

"이렇게까지 해야 되는 거였어?"

주저하던 김창진이 무겁고 담담하게 대답했다.

"그래야만 한다면 해야지."

김창진이 최후의 일격을 가하려는 찰나, 옆으로 물러나 있던 노웅래가 갑자기 끼어들었다. 그리고 김창진의 배에 칼을 꽂았다. 놀란 김창진이 바라보자 노웅래가 쓴웃음을 지었다.

"미안해. 나도 널 죽여야 한다는 예언을 받았어."

그걸 시작으로 다른 친구 두 명도 칼을 꺼내 들고 서로를 찔렀다.

배를 찔린 김창진은 괴성을 지르며 노웅래를 떠밀고는 칼을 휘둘렀다. 피할 곳이 없는 좁고 어두운 곳에서의 싸움은 각자에게 매우 치명적이었다.

친구들이 비명을 지르며 서로 찌르고 찔리는 모습을 본 조유도는 눈물을 흘렸다. 그 와중에 누군가가 그를 떠밀었고, 조유도는 방금 판 구덩이 아래로 떨어졌다. 친구들의 비명 소리가 사라지면서 고요함이 찾아왔다.

잠시 후, 누군가 걷어찼는지 김창진이 들고 있던 조족등이 아래로 떨어졌다. 겨우 기운을 차린 조유도는 몸을 일으켜 흙벽에 기댔다. 칼에 찔린 옆구리에서는 피가 계속 흘러나왔고, 그 때문인지 머리가 무거웠다.

"내가 어쩌다 이렇게 되었지?"

청운의 꿈을 품고 성균관에 입학한 지 일 년도 안 되어서 이렇게 되었다는 사실이 믿기지 않은 조유도는 흐느껴 울었다. 아무리 생각해 봐도 잘못한 게 없었기 때문이다. 입학 직후 감히 송시열이 태어난 곳에서 훈장질을 하던 성균관 수복의 서당을 불태운 적이 있긴 했지만, 당연히 선비로서 해야 할 일이라고 믿었다. 그렇게 하라고 부추긴 유생 역시 잘했다는 말만 했다.

기침을 하면서 피를 쏟은 조유도는 가지고 온 봇짐에 들어 있던 두루마리를 봤다. 칼에 친구들의 피를 묻히고 나서, 혹시 화를 내면 미안하다는 내용의 글을 써 줄 생각으로 가져왔던 것이었다. 하지만 이제 친구들은 죽었는지 살았는지 알 수 없는 상태가 되었다.

허탈해진 조유도는 두루마리를 끌어당겨서 무릎 위에 펼쳤다. 그리고 떨어진 칼을 집어 들고, 옆구리에서 나온 피를 묻혀서 두루마리에 글씨를 적었다. 죽기 전에 자신의 잘못과 억울함을 남겨 놓겠다는 생각이었다. 조유도는 떨리는 손으로 피

묻은 칼을 붓처럼 움직였다.

"맑고 화창한 날, 나는 친구들과 함께 성균관에 입학하는 영광을 누린다⋯⋯."

시귀들에게 쫓긴 김갑생은 정진섭과 은화와 헤어진 채 어두운 통로를 정신없이 뛰어갔다. 시귀들이 울부짖는 소리가 통로를 따라 쩌렁쩌렁하게 울렸다.

다행히 지하 미궁의 길은 사방으로 뻗어 있어서 잡히지 않고 도망칠 수 있었다. 한참을 도망치던 김갑생은 시귀들이 쫓아올 기미가 보이지 않자 벽에 기댄 채 숨을 몰아쉬었다. 중간에 횃불을 떨어뜨린 탓에 어둠 속에서 길을 잃을 뻔했지만 통로 중간중간에 횃불이 걸려 있는 덕분에 길을 가늠할 수 있었다.

촉각을 곤두세운 김갑생은 한 걸음씩 앞으로 나아갔다. 일단 밖으로 나가야 했다. 헤어진 정진섭과 은화를 구하는 것도 생각해야 했지만 어디서 나타날지 모르는 시귀들을 피해서 살아남는 게 우선이었다. 집에서 가져온 칼을 손에 쥐고 있었지만 무시무시한 시귀들에게는 먹힐 것 같지 않았다.

"어쩌지?"

벽에 기댄 채 중얼거리던 김갑생은 너머에서 들려오는 희미한 인기척에 그대로 굳어 버렸다. 다행히 시귀가 내는 소리가 아니라 사람이 내는 목소리인 것을 깨닫고는 안도의 한숨을 쉬었다.

"사람 같은데?"

벽을 돌아서 목소리가 들리는 곳으로 접근한 김갑생은 벽으로 둘러싸인 토방 같은 곳을 발견했다. 그리고 그곳의 거적 위에 누군가 앉아 있는 것을 봤다. 두 손은 뒤로 결박되어 있고, 머리에는 두건이 쓰여 있었는데, 가느다란 목소리로 살려 달라고 하는 중이었다.

조심스럽게 다가간 김갑생이 두건을 벗겼다.

"당신은?"

놀란 김갑생에게 퀭한 눈의 송철이 말했다.

"나는 대사성 송철일세. 자네는 누군가?"

"반촌에 사는 김갑생입니다. 실종되셨다고 들었는데 어떻게 여기 계시는 겁니까?"

"일단 여기서 빠져나가야만 하네. 결박을 풀어 주게."

송철의 말에 김갑생은 가지고 있던 칼로 결박을 끊어 냈다. 그리고 비틀거리며 일어나려고 하는 송철을 부축했다. 김갑생의 부축을 받은 송철이 이를 갈았다.

"나쁜 놈 같으니……."

"누구 말입니까?"

"내가 죽으면 장례를 치러야 하고, 그러면 혼사를 못 할 테니까 그냥 실종 상태로 놔두려고 여기 가둔 거야."

"혼인이요?"

"놈은 나를 통해 자기 자식을 양반으로 만들려고 한 거야. 분

수도 모르는 것 같으니라고."

지하에 오랫동안 갇혀 있던 탓인지 송철은 횡설수설했다. 일단 데리고 나가야겠다는 생각에 그를 부축하면서 앞으로 나아가던 김갑생은 길게 드리워진 그림자를 보고는 걸음을 멈췄다. 그리고 통로 앞을 한 무리의 사람들이 가로막고 있는 것을 봤다.

"어?"

그들을 바라본 김갑생은 놀라고 말았다. 아까 마주쳤던 시귀처럼 생긴 넝마를 입거나 걸치고 있었는데 다들 낯이 익었기 때문이다.

상대방들도 놀랐는지 입만 벌린 뿐 아무 말도 못 했다. 그들에게 말을 걸려고 하던 김갑생은 뒤에서 느껴지는 강한 충격에 정신을 잃고 쓰러지고 말았다. 의식을 잃기 전에 마지막에 든 생각은 그들이 왜 여기에 있었는지, 왜 시귀처럼 변장을 하고 있었는지에 대한 궁금증이었다.

조유도가 남긴 속죄와 반성의 기록을 모두 읽은 정진섭은 한숨을 쉬었다.

"대체 출세라는 게 뭐고, 과거에 합격한다는 게 뭔데 절친한 친구들끼리 죽고 죽인단 말인가? 차라리 먹을 거라면 모르겠지만 말이야."

먹는 얘기를 하자 뒤늦게 배가 고프다는 사실을 깨달은 정진섭이 배를 쓰다듬었다.

"먹을 걸 안 챙겨 왔네."

그때, 구덩이 위쪽에서 부스럭거리는 소리가 들렸다. 시귀인 줄 알고 겁에 질린 정진섭이 올려다보는데 은화의 목소리가 들렸다.

"아직 거기 계세요?"

"날개가 있는 것도 아니고, 나갈 방도가 없어서 말이오."

"밧줄을 내릴 테니까 잡고 올라오세요."

잠시 후, 위에서 밧줄이 던져졌다. 조유도가 쓴 두루마리를 쑤셔 넣은 망태기를 먼저 위로 던지고, 두 손으로 밧줄을 잡은 정진섭은 낑낑거리며 올라왔다. 헉헉거리며 숨을 몰아쉬던 그가 은화를 바라보며 물었다.

"갑생이랑 같이 있었던 거 아니었소?"

"시귀에게 쫓기다가 헤어졌어요."

"이런."

"이제 어쩌죠?"

은화의 물음에 망태기를 챙긴 정진섭이 안에서 횃불 하나를 더 꺼내면서 물었다.

"일단 밖으로 나갑시다. 그다음에 사람들을 모아서 갑생이를 찾도록 하고."

"입구를 어떻게 찾으시게요?"

"아까 놔둔 나무토막들을 찾으면 나갈 수 있을 거요. 서둘러요."

"성균관 지하에 시귀들이 득실거릴 줄은 몰랐어요."

울상이 된 은화의 말에 정진섭이 고개를 저었다.

"저들의 진짜 시귀들이 아니오."

"그럼요?"

대답을 하려던 정진섭은 인기척을 느끼고 앞쪽을 바라봤다. 아까처럼 한 무리의 시귀들이 앞을 가로막고 있는 게 보였다. 놀란 은화기 비명을 지르자 정진섭이 망태기에서 대나무 토막을 꺼내면서 말했다.

"뒤로 물러나요."

"시귀들에게 그게 먹히겠어요? 아까는 불도 안 붙었잖아요."

"그건 바닥에 던져서 그런 거였소."

심지를 횃불에 가져가서 불을 붙인 정진섭은 바닥에 던지는 대신 벽에 힘껏 꽂았다. 흙으로 된 벽이라서 대나무 토막은 절반쯤 꽂혔다.

정진섭이 은화를 데리고 뒤로 물러나자 시귀들이 괴성을 지르며 앞으로 다가왔다. 그러다가 벽에 꽂은 대나무 토막이 터지면서 엄청난 연기와 소리를 내자 뒤로 물러났다.

귀를 막고 그 광경을 지켜보던 정진섭이 은화에게 말했다.

"저 시귀들이 진짜 귀신이라면 저런 거에 겁을 먹거나 물러서지는 않겠지."

"그럼 정체가 뭔데요?"

"차차 알아봅시다."

다시 심지에 불을 붙인 정진섭이 이번에는 버팀목 사이에 끼워 넣었다. 다시 대나무 토막이 터지면서 흙이 우수수 떨어지자 시귀들은 아예 사람처럼 비명을 질렀다.

그 소리를 들은 은화가 놀란 눈으로 그들을 바라봤다.

"사람 같은데요?"

"사람 같은데가 아니라 사람이오."

대나무 토막을 하나 더 꺼낸 정진섭이 거기에 횃불을 가까이 댄 채 그들에게 다가갔다. 그러자 시귀들은 오지 말라는 듯 손짓하며 소리를 쳤다. 정진섭이 물러나지 않고 다가가자 시귀들은 주춤주춤 뒤로 물러났다가 도망을 쳤다. 어이가 없어진 은화가 허탈한 표정을 지었다.

"시귀들이 도망치네요?"

"어서 쫓아갑시다."

"이 틈에 도망치는 게 아니라요?"

"저들의 근거지로 가면 명확한 단서를 찾을 수 있을 거요. 서두릅시다."

"잠깐만요. 시귀들의 정체가 사람이라고 하셨죠? 누군데요?"

팔을 잡은 은화의 물음에 정진섭이 시귀들이 사라진 방향을 쳐다보면서 대답했다.

"가면서 얘기합시다."

정신을 잃었던 김갑생은 주변에서 들리는 소리에 눈을 떴다. 팔이 뒤로 결박되어 있는 상태로 나무 상자 같은 것에 기댄 채 앉아 있는 걸 깨달았다. 같이 있었던 대사성 송철은 팔과 다리가 결박된 채 축 늘어져 있었다.

정신이 좀 더 돌아와서 주변을 돌아보자 횃불을 든 사람들이 보였다. 제일 구석에 서 있는 이만 하회탈을 쓰고 있어서 얼굴을 알아볼 수 없었지만 나머지는 금방 알아봤다. 한쪽에는 그들이 시귀로 변장하느라 입었던 넝마와 탈 같은 것들이 쌓여 있었다. 자기들끼리 얘기를 주고받던 그들은 김갑생이 깨어나자 돌아봤다.

고개를 든 김갑생은 그들 중 한 명을 바라보며 말했다.

"아버지."

옆집 불덕이 아저씨와 얘기를 하던 아버지는 깨어난 김갑생을 바라보고는 얼굴을 찡그렸다.

"어쩌다가 여기까지 내려온 거냐?"

"그러는 아버지는요? 그리고 반촌 사람들이 왜 여기 있는 거예요?"

김갑생은 아침저녁으로 얼굴을 보면서 지내던 반촌 사람들이 성균관 지하 미궁에서 시귀 흉내를 내는 이유를 찾기 위해 애쓰면서 아버지에게 물었다.

갑자기 한숨을 쉰 아버지가 말했다.

"왜 여기 있긴. 다 너를 위해서란다."

이해가 안 가서 물어보려고 하던 김갑생은 문득 비천당 뒤에서 죽은 뱀꾼은 반촌 사람들이 쓰는 칼로 죽음을 당한 것 같다는 정진섭의 말이 떠올랐다. 갑자기 화가 치밀어 오른 김갑생이 물었다.

"그게 무슨 말씀이에요? 시귀 소동을 벌이고, 죄 없는 사람을 죽인 것이 저 때문이라고요?"

"그래, 이놈아! 네가 나처럼 살지 않게 하려고 그랬다!"

아버지의 절규에 김갑생은 충격을 받았다. 입만 열면 반촌 사람으로 살아야 한다고, 글에 관심을 보이던 자신을 구박했던 아버지였기 때문이다.

굵은 눈물을 떨어뜨린 아버지가 이글거리는 횃불 아래 선 채 말했다.

"반촌은 담장 없는 감옥 같은 곳이지. 젊었을 때 그곳에서 빠져나가려고 했지만 반인이라는 게 발목을 잡았다. 이런 고통을 너한테까지 안겨 주고 싶지는 않았어."

"그런데 왜 저한테는 평생 반촌에서 살아야 한다고 하셨어요?"

"그래 보여야 하니까. 만약 일이 잘못되면 너는 살아야 하잖아."

"그래서 사람들을 죽이고 시귀 소동을 일으킨 겁니까? 우리가 살자고 다른 사람을 죽이는 게 말이 되냐고요!"

"소도 마찬가지야! 평생 뼈 빠지게 일해 봤자 나이가 들거나 새끼를 낳지 못하면 도축되고 말아. 우리도 그런 신세야. 그러니까 자유롭게 살려면 만악의 근원인 성균관을 없애 버려야 한다."

엄격하고, 말이 없었던 아버지에게서는 한 번도 보지 못했던 광기에 찬 모습에 김갑생은 입을 다물지 못했다. 그러다 벽장동의 개화라는 무당이 반촌 사람들과 자주 만나고 오랫동안 얘기를 나눴다는 것을 떠올렸다.

"아버지! 그러시면 안 돼요!"

"정진섭이라는 유생이 잘해 주더냐? 그래서 성균관이 좋아 보여? 아서라! 우리는 반촌에 묶여 사는 반인일 따름이야. 누가 조금 잘해 준다고 신세가 나아지는 게 아니란 말이야!"

절규하듯 외치는 아버지의 말에 횃불을 들고 서 있던 주변의 반촌 사람들이 다들 맞장구를 쳤다.

일어나려고 애쓰는 김갑생의 몸부림에 그가 기대고 있던 나무 상자의 틈에서 검은 모래 같은 것이 쏟아졌다. 그 씁쓸한 냄새에 김갑생은 저도 모르게 기침을 했다. 가까이 다가온 아버지가 김갑생의 어깨에 손을 올렸다.

"너는 아무것도 알 필요 없고, 도와줄 필요도 없어. 그냥 지켜만 보고 있어라. 나머지는 내가 다 하마."

"참으세요, 아버지."

김갑생이 몸을 뒤틀면서 거세게 반항하자 급기야 아버지가 뺨을 때렸다.

"넌 어째 이리 말을 안 듣냐!"

그렇게 둘이 옥신각신하는 사이, 한 무리의 반촌 사람들이 도망쳐 왔다. 놀란 아버지가 물었다.

"무슨 일이야?"

도망쳐 온 반촌 사람들 뒤로 정진섭과 은화의 모습이 보이자 김갑생의 눈이 동그래졌다.

"어찌 된 일입니까?"

"어찌 되긴, 시귀를 쫓아왔지. 다친 곳은 없어?"

"어, 없습니다."

"다행이네. 움직일 수 있으면 이쪽으로 와!"

정진섭의 말에 김갑생은 앞에 있는 아버지를 바라봤다. 땀으로 범벅이 된 아버지는 가지 말라는 듯 고개를 저었다. 어쩔 줄 몰라 하는 김갑생을 향해 정진섭이 외쳤다.

"대사성 송철 영감은 못 봤어?"

"제 옆에 쓰러져 있는 분이 송철 영감입니다."

김갑생의 대답을 들은 정진섭이 혀를 찼다.

"만악의 근원이 저기 있구먼."

"그게 무슨 얘깁니까? 납치를 당한 게 아닙니까?"

"납치를 당한 건 맞지만 그럴 만한 짓을 했어. 그나저나 등지고 있는 그 나무 상자 말이야. 안에 뭐가 들었는지 봤어?"

"아뇨."

김갑생은 뒤로 묶여 있는 손으로 나무 상자를 덮은 거적을 잡아당겼다. 그리고 그 안에 가득 담겨 있는 검은 흙의 정체를 깨닫고는 기겁을 했다.

"화, 화약입니다."

"그럴 줄 알았어."

둘이 얘기를 나누는 사이, 아버지의 친구인 불덕이 아저씨가 정진섭에게 접근했다. 그걸 본 정진섭이 횃불에 대나무 토막의 심지를 갖다 댔다.

"이 안에도 화약이 들어 있어. 가까이 오면 불을 붙여서 저기에 던져 버릴 거야. 아니, 그럴 필요도 없이 횃불을 던지면 되겠군."

정진섭의 협박에 불덕이 아저씨가 도로 뒤로 물러났다. 그사이, 김갑생이 정진섭 옆으로 다가왔다. 은화가 칼로 결박을 풀어 줬다. 손목을 만지작거린 김갑생이 정진섭에게 물었다.

"여, 여기 왜 화약이 있는 겁니까?"

"염초청에서 훔쳐 온 걸 쌓아 뒀겠지."

"거긴 얼마 전에 화약이 다 터지지 않았습니까?"

"일부만 터트렸을 거야. 화약을 빼돌린 다음에 들키지 않으려고 남은 화약에 불을 붙여서 날려 버린 거지."

"이런다고 우릴 막지는 못할 거야!"

아버지의 외침에 정진섭이 혀를 찼다.

"당신들이 지금 무슨 짓을 하려고 하는지 알아? 내 예상대로라면 여기 바로 위가 대성전 같은데 말이야. 지금쯤이면 제사를 지낸다고 유생들과 박사들이 전부 모여 있을 거야."

"맞아. 이 정도 화약이면 대성전을 날려 버리기에는 부족함이 없을 테지. 더불어서 성균관도 쑥대밭으로 만들어 버릴 수 있고 말이야."

"그렇게 하라고 시킨 게 벽장동의 무당이겠지? 성균관이 없어지면 반촌 사람들도 자유를 얻게 될 거라면서 말이야."

"물론이지! 그분이 하신 말씀은 지금껏 틀린 적이 없었어."

"그 무녀가 바로 삼십 년 전 성균관에서 시귀 소동을 일으킨 배후였다는 건 알아?"

"그게 무슨 상관이란 말이오."

"많은 상관이 있지. 그자가 자신의 목적을 위해서 당신들을 이용해 먹은 거니까 말이야."

정진섭의 얘기에 반촌 사람들이 술렁거렸다. 그때 정진섭이 김갑생에게 말했다.

"송철 영감을 일으켜 세워 봐. 물어볼 게 있으니까."

주저하던 김갑생은 옆으로 쓰러져 있던 송철을 일으켜 세웠다. 신음 소리를 내면서 눈을 뜬 송철을 향해 정진섭이 물었다.

"대사성 영감, 이제 다 끝났습니다. 사실대로 털어놓으시지요."

"뭘 털어놓으란 말인가?"

송철의 대답에 정진섭은 가지고 있던 망태기 안에서 두루마리를 꺼냈다.

"삼십 년 전, 벽장동 무당의 꾐에 넘어가서 이곳으로 들어왔다가 죽은 조유도라는 선비가 남긴 겁니다. 여기 당신 얘기가 나와 있더군요."

"내 얘기라니?"

송철이 떨리는 목소리로 반문하자 정진섭이 반촌 사람들 들으라는 듯 큰 목소리로 대꾸했다.

"삼십 년 전 송동에서, 반촌 사람 조세준이 하는 서당을 불태운 배후가 바로 저 사람이란 말입니다. 그런데도 상관없다는 얘깁니까?"

조세준이라는 이름이 나오자 반촌 사람들이 눈에 띄게 술렁거렸다. 김갑생의 아버지 역시 당황하는 모습을 보였다. 가장 가까이 있던 불덕이 아저씨가 소리쳤다.

"거짓말로 시간 끌려는 수작이지?"

"성균관을 싫어하는 걸로 따지면 나도 당신들 못지않을 겁니다. 하지만 성균관이 사라지면 모든 문제가 해결될 거라는 말은 거짓말입니다. 조선이 어떤 나라인데 성균관이 무너졌다고 그냥 놔둔다는 말입니까? 아마 다른 곳에 또 성균관을 세울 겁니다. 박사나 유생들이 많이 죽거나 다쳤다고 해도 얼마든지 다시 채울 수 있을 거고 말이죠."

정진섭의 말이 딱히 틀린 것은 아니었기 때문에 험악한 기세를 보이던 불덕이 아저씨마저 수긍했다. 그 틈을 타서 정진섭이 송철을 바라봤다.

"당신이 삼십 년 전, 조유도를 포함한 다섯 유생들을 부추겨서 송동의 서당을 불태운 결과물이 바로 이것이오!"

"나는 아무 잘못이 없어. 그저 몇 마디 말을 했을 뿐이지."

"조유도는 당신의 부추김이 결정적이었다고 남겨 놨습니다. 덕분에 서당 훈장이었던 조세준은 사라지고, 그의 정인이었던 벽장동의 무당 개화가 다섯 유생들에게 복수를 한 거고 말입니다."

"복수? 무슨 복수 말인가?"

"모르는 척 잡아떼지 마시지요. 무당이 그들에게 과거에 합격시켜 준다면서 이런저런 일들을 시켰고, 나중에는 성균관의 지하로 내려가서 서로 죽이라는 예언을 남겨서 죽음에 이르게 한 것도 정녕 모른단 말입니까?"

"나는 모르는 일이야!"

송철이 거듭 부인하자 정진섭이 혀를 찼다.

"그 후, 개화의 목표는 당신이 되었다는 것도 알고 있습니다. 정확히는 조세준의 목표였죠."

단숨에 말을 내뱉은 정진섭이 그때까지 구석에 우두커니 서 있던 하회탈을 쓴 이를 바라봤다.

"안 그렇습니까? 이인생 어르신."

"이, 이인생이요!"

놀란 김갑생이 바라보자 그가 천천히 하회탈을 벗었다. 남산골에서 만났던 늙고 가난한 선비 이인생의 모습이 보였다. 덥수룩한 수염을 가지고 있던 이인생과는 외모가 살짝 달랐지만 나머지는 똑같았다.

"맙소사! 이인생이 조세준이었단 말입니까?"

김갑생이 입을 다물지 못한 채 바라보자 이인생이 카랑카랑한 목소리로 말했다.

"내 과거가 무슨 상관인가? 그대들은 자식들과 가족들을 자유롭게 만들어 주기 위해 이번 거사에 나서지 않았던가? 저깟 유생의 혓바닥에 놀아나서 지금까지의 대의를 저버릴 셈인가?"

이인생으로 살아왔던 조세준의 호통에 반촌 사람들의 술렁거림이 줄어들었다.

김갑생은 아버지가 주먹을 불끈 쥐는 것을 보고 조심스럽게 말했다.

"저 때문이라면 이러지 않으셔도 돼요. 시키는 대로 하면서 살게요."

"거짓말하지 마라."

깊은 한숨을 쉰 아버지가 덧붙였다.

"눈에 다 보인다, 이놈아."

분위기가 다시 뒤집히자 정진섭은 대나무 토막의 심지를 횃불에 갖다 댔다. 그러자 불덕이 아저씨가 으르렁거렸다.

"그래, 우린 어차피 죽을 각오를 했으니까 던져서 터트려. 그럼 성균관도 날려 버리고, 너도 죽는 거니까."

"아저씨, 진정하시고 제 말 좀 들어 보세요. 저기 조세준도 같은 생각일까요? 저 사람은 아주 중요한 할 일이 남아 있거든요."

반촌 사람들의 시선이 다시 쏟아지자 조세준이 근엄한 표정을 지었다. 그걸 본 불덕이 아저씨가 정진섭에게 물었다.

"저분도 우리랑 같이 죽을 각오가 되어 있다고 하셨어."

"아닐걸요. 둘째 딸을 혼인시켜야 해서 여기서 죽으면 안 되거든요."

정진섭의 뜬금없는 얘기에 다들 어리둥절해했다. 그 틈에 바닥에 철퍼덕 주저앉은 정진섭이 어깨를 주물렀다.

"아이고, 이제 예전 같지 않아서 팔 들고 서서 얘기하려고 하니까 힘들어 죽겠네요. 다들 앉아요, 좀."

정진섭의 친근한 말투와 표정에 반촌 사람들이 별 경계심 없이 자리에 앉았다. 정진섭 특유의 능글거리는 성격이 결정적인 순간에 빛을 발한 것이다.

　나쁜 마음이라고는 하나도 없을 것 같은 미소를 지은 정진섭이 엽초전 앞에서 본 전기수처럼 말을 했다.

　"자, 삼십 년 전으로 돌아가 봅시다. 성균관에 막 입학한 조유도를 비롯한 다섯 유생들은 저기 저 대사성 송철 영감의 부추김에, 수복 출신의 훈장 조세준이 운영하던 송동의 서당에 불을 질렀죠. 조세준의 정인이었던 벽장동의 무녀 개화는 복수를 결심하고, 다섯 명에게 시험에서 좋은 성적을 거두게 해 주겠다고 유혹해서 그들을 조종합니다. 실제로 좋은 성적을 거두긴 했는데 아마, 알고 지내던 수복이나 재직을 통해서 시험 성적을 조작한 거 같습니다. 조유도와 친구들은 진짜로 성적이 오른 줄 알고 점점 개화의 말을 따랐고, 결국 성균관의 지하로 내려가서 서로를 죽이라는 예언을 듣고 그대로 따라 하다가 모두 죽고 말았죠. 사실 조세준은 비정하게 개화를 버리고 정체를 감춰 버렸는데, 불쌍한 그녀는 그것도 모르고 복수를 한 겁니다."

　망태기에서 꺼낸 두루마리를 높이 치켜든 정진섭이 말했다.

　"이거 보이십니까? 이게 바로 조유도 유생이 구덩이에서 죽어 가면서 자기 피로 그 일을 적은 겁니다. 개화는 그렇게 복수를 했지만 진짜 배후가 따로 있다는 걸 깨달았죠. 바로 조세준이 돌아왔기 때문입니다. 아마 몇 년 지난 후였을 겁니다. 다시 만난 두 사람은 함께 지내면서 자식을 낳고 무시무시한 복수를 꿈꿉니다. 대사성 송철 영감에게 말이죠."

"어떻게 말입니까?"

김갑생의 물음에 정진섭이 송철을 바라보며 넌지시 물었다.

"송철 영감이 원래 공부를 못했다는 얘기 기억나?"

"물론이죠."

"사람이 공부를 갑자기 잘할 수도 있지만 송철 영감은 그렇지 않았던 것 같아. 아마 조세준, 그러니까 이인생으로 변장한 조세준이 대신 과거시험을 쳐 주고, 상소문 같은 것도 써 줬겠지."

그 얘기를 듣고 있던 조세준이 움찔했다. 하지만 김갑생 옆에서 정신을 차린 송철이 먼저 입을 열었다.

"사실이네. 과거시험을 칠 때는 접을 짜서 들어가는데, 조세준이 같이 들어와서 답안을 써 줬지. 그 후에 주상께 올리는 상소문 같은 것도 대신 써 줬어."

"그 대신 혼사를 원했죠?"

마른침을 삼킨 송철이 조세준을 바라보면서 대답했다.

"맞아. 아이가 아직 어릴 때라 어떻게든 되겠지라고 생각하면서 승낙했지. 이 핑계 저 핑계 대며 혼사를 차일피일 미루던 중에 아이가 덜컥 세상을 떠나고 말았지. 창피한 일이지만 다행이라고 생각했네. 하지만 조세준은 멈추지 않고 이번에는 자기 둘째 여식과 내 둘째 아들을 혼인시키자고 요구했지. 내 사돈이 되어서 양반이 되려고 한 것이지."

송철의 고백을 들은 정진섭이 조세준을 바라봤다. 조세준이 서글픈 얼굴로 정진섭을 마주 바라봤다.

"그렇다네. 송동의 서당이 잿더미가 되는 순간 깨달았지. 이 나라에서는 신분을 바꾸지 않는 이상 아무것도 할 수 없다고 말이야."

"그래서 송철 영감을 출세시키려고 하셨군요. 높은 지위에 올린 다음에 모두 빼앗을 생각으로 말입니다. 그래야 얻는 게 많아질 테니까 말이죠."

정진섭의 물음에 조세준이 해탈한 표정으로 대꾸했다.

"그것도 있고, 복수하는 마음도 적지 않았네. 자기 실력이 아닌데 명성이 높아질 때마다 불안해하는 게 정말 볼 만했거든."

껄껄거리며 웃는 조세준의 말에 송철이 고개를 떨궜다. 반촌 사람들은 두 사람이 입을 열 때마다 번갈아 바라봤다.

정진섭이 혀를 차며 끼어들었다.

"그러다가 송철 영감이 자신의 둘째 아들을 이조판서 성낙훈 대감의 딸과 혼인시키려고 하자 참지 못하고 경고에 나선 거죠."

"그래서 경고를 하기 위해서 성윤준 유생을 죽인 거군요."

"그것도 성균관 안에서 말이야. 비밀 통로를 통해서 드나들 수 있다는 것을 남들은 알 수 없었지. 성윤준 유생의 뜬금없는 죽음은 그의 아버지조차 이유를 알 수 없었지만 송철 영감은 무슨 뜻인지 금방 알아차렸을 거야. 어차피 사돈 될 집안의 아들이 죽어서 혼사를 치를 수도 없는 상황이었고 말이지."

"그러면 그 이후에 성균관이랑 반촌에서 왜 두 사람이나 죽은 겁니까? 그것도 외부인이 말입니다."

듣고 있던 김갑생의 물음에 정진섭은 반촌 사람들을 물끄러미 바라봤다.

"그건 성균관이 아니라 반촌을 겨냥한 걸세."

"뭐라고요?"

"성균관과 반촌에서 시신이 잇달아 발견되자 대사성 송철 영감이 무슨 조치를 내렸는지 기억나는가?"

"물론이죠. 현방의 문을 닫아 버려서 반촌 사람들의 생계를 곤란하게 만들었잖아요."

"맞아. 그것 때문에 반촌 사람들의 분노는 극에 달했어. 그때 반촌 사람들이 의지했던 게 바로 벽장동의 무당 개화일세. 그런 일을 미리 예측했기 때문이지. 그런데 말이야, 사실은 송철 영감에게 현방의 문을 닫으라고 시킨 게 조세준이라고 생각해 보면 어떨까? 송철 영감을 협박해서 현방의 문을 닫게 한 거라면 말이야."

"왜 그런 짓을 한 겁니까?"

"반촌 사람들이 개화에게 더 의지하도록 만들어서 조종하기 쉽게 만들려는 속셈이었지. 그러니까 반촌이 고통받았던 건 송철 영감 때문이 아니라 조세준 때문이었어."

이번에는 김갑생보다 반촌 사람들이 더 충격을 받았다. 웅성대는 반촌 사람들을 본 조세준이 뭐라고 말을 하려는 찰나, 송철이 나지막하게 대답했다.

"사실이네. 조세준이 나보고 현방의 문을 닫으라고 시켰어."

반촌 사람들의 웅성거림이 더 커진 가운데 조세준이 외쳤다.

"거짓말이야! 저자의 말을 믿지 말게!"

"이 판국에 내가 거짓말을 할 이유가 뭔가? 이제 나도 지쳤네. 내 실력도 아닌 남의 실력으로 과거에 합격하고, 명성을 쌓아 갈 때마다 두렵고도 두려웠지. 그래서 대사성을 마지막으로 조정에서 물러나려고 했네. 그리고 이조판서 대감의 여식과 내 둘째 아들을 혼인시키면 조세준의 협박을 받지 않아도 될 거라고 생각했지. 내 어리석음으로 인해 일어난 일이야. 변명하고 싶지 않네."

딱 잘라 얘기한 송철이 어두운 천장을 올려다보면서 눈물을 글썽거렸다.

"지난 삼십 년간 하루도 편하게 발을 뻗고 자 본 적이 없네. 나의 것이 아닌 것으로 명성을 누리는 것이 이리 고통스러울 줄은 미처 몰랐어."

송철의 대답을 듣고 기가 막힌 김갑생이 정진섭에게 물었다.

"그걸 어떻게 아셨습니까?"

"간단하지. 개화의 이름이 적힌 경쇠와 벼루 조각이 송동에서 발견되었으니 두 사람은 정인 사이가 분명했고, 사랑하는 사람이 죽거나 해를 입었으면 당연히 복수에 나서려고 했겠지. 그리고 죽은 조유도 유생이 쓴 두루마리에 송철의 이름이 적혀 있었네. 언뜻 보면 복잡하지만 간단해. 복수를 위해 수십 년간 괴롭힌 거야."

"지독하군요."

김갑생의 얘기에 정진섭이 조세준을 바라봤다.

"한편으로는 이해가 가. 똑똑하지만 수복이라는 이유만으로 뜻을 펼칠 수 없었으니까 말이야. 하지만 그렇다고 수많은 사람들을 조종해서 자기 뜻을 이루려고 한 것은 용서할 수가 없어."

"이후에는 뭘 하려고 한 겁니까?"

"송철 영감이 죽고 나면 미리 정했다는 이유로 혼사를 치렀겠지. 그리고 신분을 속이고 조정에 나가려고 했을 거야. 남산골의 늙은 선비 이인생으로서 말이야."

"끔찍하군요. 그 기나긴 세월 동안 지치지도 않았을까요?"

"복수를 하기에는 부족했을지도 모르지. 조세준 입장에서는 순조롭게 흘러가는 듯싶었지만 결정적인 문제가 생겼어."

"그게 뭡니까?"

"송철 영감이 딴마음을 품었던 거야. 결국 이조판서 대감의 딸과 송철 영감의 아들이 결혼하는 걸 막기 위해서 첫 번째 살인의 목표로 이조판서 대감의 아들 성윤준을 목표로 삼은 거지."

"왜 딸이 아니고 아들을 노렸을까요?"

"딸은 집 안 깊숙이 있으니 접근할 수가 없지만 아들은 마침 성균관에 있었으니 접근하기 쉬웠던 거지. 아주 처참하게 죽여서 삼십 년 전의 시귀 소동을 떠올리게 만든 거야."

"사람들의 시선을 피하기 위해서 말입니까?"

김갑생의 물음에 정진섭이 고개를 끄덕거렸다.

"하지만 이인생인지 조세준인지, 하여간 저 중늙은이가 그런 살인을 하기에는 영 비리비리해 보이는걸요?"

김갑생의 물음에 정진섭이 슬픈 얼굴로 고개를 흔들었다.

"그게 아니야. 살인은 다른 자들이 저질렀어."

김갑생의 얼굴이 파랗게 질렸다. 그가 아버지를 바라보자 아버지는 아들의 시선을 회피했다. 어처구니가 없어진 김갑생이 입을 다물지 못했다. 그 모습을 본 정진섭이 차분하게 설명을 이어 갔다.

"덕분에 우리도 시귀가 다시 나타난 걸로 오해했잖아. 그러면서 송철 영감을 계속 압박하기 위해, 개화가 포섭한 반촌 사람들로 하여금 살인을 저지르게 한 거야. 그때 반촌 사람들을 쉽게 움직이게 하려고 현방의 문을 닫고, 열어 달라는 요청을 거절하게 만들었어. 오히려 좌포도청에서 포졸들을 불러서 압박을 가했지."

"개화라는 무당이 충동질을 했겠군요."

김갑생이 이를 악물고 말했다. 고개를 끄덕거린 정진섭이 대답했다.

"반촌 사람들에게는 성균관으로 몰려가서 항의하라고 부추기고, 반대로 송철 영감에게는 그들이 몰려올 때에 맞춰서 좌포도청에서 포졸들을 불러들이라고 한 거지. 어째 일이 딱 맞아떨어진 걸 보고 누가 뒤에서 조종하는 게 아닌가 의심했는데, 알고 보니까 사실이었어."

"양쪽을 오가면서 자신에게 유리한 말을 해서 상황을 악화시켰군요."

김갑생의 얘기에 고개를 끄덕거린 정진섭이 땅이 꺼져라 한숨을 쉬었다.

"그 정도로만 그쳤으면 다행이게. 반촌 사람들을 부추겨서 성균관을 아예 날려 버리려고 했던 거야."

"반촌 사람들을 시귀로 꾸민 이유랑 연관이 있습니까?"

"예전에 시귀 소동이 어떻게 가라앉았는지 들었지?"

"네, 문묘에 제례를 올리고 나서 없어졌다고 들었습니다. 그럼!"

놀란 김갑생이 바라보자 정진섭이 고개를 끄덕거렸다.

"겁을 줘서 문묘로 사람들을 몰아넣으려고 한 거지."

그러고는 확신에 찬 목소리로 반인들을 바라봤다.

"제 얘기가 맞죠?"

그러자 시귀로 분장한 반인 하나가 대답했다.

"마, 맞습니다. 폭약 심지에 불을 붙인 뒤에 나가서 사람들을 문묘로 몰이하라고 명을 받아서 여기 숨어 있는 중이었습니다."

"삼십 년 전의 복수를 이제야 하는 셈이군요."

"맞아. 그러면서 송철 영감을 실종된 상태로 만들면, 혼담이 오갔던 이조판서 집안이 흉사로 인해서 발을 뺐으니 남은 건 이인생, 아니 조세준의 딸만 남은 상황이지. 송철 영감의 방에 눈에 띄게 서찰을 남겨 놓은 것도 그 때문이었고 말이야. 수십 년간 그의 글씨를 봤으니 흉내 내는 건 일도 아니었겠지. 거기서 의문점을 발견했어."

"어떤 의문점을 말입니까?"

"만약 이인생이 혼사를 독촉하는 서찰만 있었다면 모르겠지만 송철 영감이 혼인을 치르라는 서찰까지 같이 남겨 놓은 것이 부자연스러웠어. 다른 집안과 혼담이 오갈 정도였는데 갑자기 이인생의 집안과 혼인을 치르라는 편지가, 그것도 이인생이 보낸 서찰과 같이 발견되었잖아."

정진섭의 설명을 들은 김갑생이 반촌 사람들 모두에게 들으라는 듯이 크게 대답했다.

"그때도 그 말씀을 하셨죠!"

"죽기 전에 혼사를 맺으라는 서찰을 남겨 놨으니, 남은 집안 사람들은 따를 수밖에 없는 노릇이지. 남산골에 가서 이인생을 만났을 때를 떠올려 보니 확실해졌어. 다른 일에는 모두 달관한 느낌을 주는 사람이 어째 송철 영감 집안과의 혼사는 놓지 못하고 있는 모습이었거든."

"혼담을 이루려면 결국 송철 영감이 죽거나 실종되었어야 하고 말이죠."

"맞아. 이조판서 집안과 혼담을 진행하는 걸 보고 딴마음을 품고 있다는 걸 깨달았을 거야. 거기에 대사성을 끝으로 관직에서 물러난다면 조세준의 협박에 휘둘릴 이유도 없고 말이야. 그걸 깨달은 조세준이 반촌 사람들을 이용해서 송철 영감을 납치한 거야."

"결국 이 모든 일이 조세준이 송철 영감의 집안을 집어삼키기 위해서 벌인 일이군요."

딱 잘라 결론을 내린 김갑생의 말에 정진섭이 한숨을 쉬며 우울한 표정을 지었다.

"결국 학문을 한다고 하는 자들이 세상을 망치고, 사람을 속인 것이지."

정진섭의 말을 들은 김갑생이 옆에 서 있던 송철을 노려봤다. 눈을 감은 채 고개를 든 송철이 중얼거렸다.

"나의 욕심 때문일세. 정말 출세하고 싶었는데 내 실력으로는 어림도 없었는데 저자가 도와주겠다고 하더군. 거절했어야 했는데 그러질 못했어. 다 내 탓일세!"

"죄 없는 사람이 셋이나 죽었습니다. 당신 때문에!"

김갑생이 목소리를 높이자 진정하라고 손짓을 한 정진섭이 반촌 사람들에게 외쳤다.

"이제 다 아시겠죠? 조세준은 자기의 복수심에 여러분을 이용한 겁니다."

정진섭의 얘기를 들은 김갑생이 옆에 있던 아버지를 노려봤다. 식은땀을 흘린 아버지가 풀이 죽은 채 말했다.

"다 너를 위해서였단다. 그러니까 그런 눈으로 바라보지 마."

"저를 위해 사람을 죽여 달라고 한 적 없습니다! 아버지야말로 제 핑계 대지 마십시오."

김갑생의 절규에 한쪽 손을 치켜든 아버지가 소리쳤다.

"이놈아! 다 너를 위해서라고! 나는 너를 위해서라면 섶을 지고 불길로 뛰어 들어가라고 해도 망설이지 않을 거야. 그러니까 그런 눈으로 보지 말아 다오."

아버지의 절규에 김갑생은 그대로 주저앉고 말았다.

반촌 사람들의 반발이 누그러지는 분위기가 보이자 정진섭이 하회탈을 한 손에 들고 있는 조세준을 노려봤다.

"아니라면 아니라고 대답해 보시죠?"

들고 있던 하회탈을 떨어뜨린 조세준이 허탈하게 웃었다.

"마치 내 속에 들어온 것처럼 속속들이 알아냈군. 송철의 답장을 남겨 놓을까 말까 고민했었네. 하나, 사람들이 당황해서 보지 못하고 넘어가거나 혹은 송철이 없어졌으니까 모르는 척할까 봐 빼도 박도 못하게 하려고 남겨 놨었네."

"해탈한 것처럼 얘기하더니 결국 욕심을 버리지 못했군요."

정진섭의 물음에 조세준이 고개를 저었다.

"욕심이라니, 나는 어릴 때부터 글을 좋아했네. 그래서 어깨너머로 배우고도 성균관 유생들보다 더 빨리 배우고 익힐 수 있었지. 운이 좋아서 송동에 서당을 열고 양반의 자제들을 가르치면서 잠시 꿈을 꾸었네. 신분에 상관없이 자유롭게 학문을 익히고 배우는 세상을 말이야."

껄껄거리며 웃은 조세준이 말을 이어 갔다.

"그런데 성균관 유생들이 서당에 불을 지르고, 사람들이 쉬쉬하면서 넘어가는 걸 보고 깨달았네. 그게 아니라는 것을 말이야. 그래서 복수를 꿈꿨네. 처음에는 죽일 생각이었어."

김갑생 옆에 어정쩡하게 서 있는 송철을 노려본 조세준이 덧붙였다.

"그런데 겁에 질린 저자를 보자 다른 생각이 들었네. 잘 이용해서 내 자식을 양반으로 만들 수 있는 방법을 말이야. 그래서 내가 글을 대신 써 줄 테니까 자식들과 혼사를 맺자고 제안했네."

조세준의 이야기를 들은 정진섭이 송철을 노려봤다.

"출세하고 싶은 욕심에 무리한 요구를 들어주고, 또 약속은 지키기 싫어서 이리저리 빼는 바람에 이런 일이 벌어졌다는 걸 알고 계십니까?"

"일이 이렇게까지 커질 줄은 몰랐네. 나만 괴롭힐 줄 알았지 성균관과 반촌 사람들까지 끌어들일 줄은 몰랐네."

"그걸 지금 변명이라고 하십니까? 중간에 사실대로 밝히고 마무리 지을 수 있는 기회가 얼마든지 있었단 말입니다!"

정진섭이 호통을 치는 사이, 김갑생은 조세준의 눈빛이 달라지는 걸 느꼈다. 아니나 다를까, 옆에 우두커니 서 있던 반촌 사람의 횃불을 낚아챈 조세준이 화약이 담긴 나무 상자 쪽으로 달려갔다.

"멈춰!"

지켜보고 있던 김갑생이 앞을 가로막았지만 조세준이 횃불을 높이 치켜든 채 외쳤다.

"내가 온몸에 불이 붙은 채 서당에서 빠져나왔을 때 무슨 생각을 한 줄 알아? 내 자식은 결코 이런 수모를 겪지 않게 하겠다고 맹세했지."

그때 잠자코 듣고 있던 은화가 나섰다.

"아버지! 이제 그만하세요."

은화의 말에 놀란 김갑생이 딸꾹질을 했다. 조세준이 은화에게 말했다.

"이게 다 너랑 현순이를 위한 거였다. 그런데 어찌 저들과 함께 있는 게냐?"

"저는 그렇게 살기 싫다고 말했잖아요. 아버지의 복수를 위한 수단으로 살아가는 건 싫어요."

"그러기에는 너무 멀리 왔으니까, 돌아갈 길이 없다면 계속 앞으로 나갈 수밖에."

두 사람의 얘기를 듣던 김갑생이 정진섭에게 속삭였다.

"알고 계셨습니까?"

"몰랐지. 알면 이렇게까지 했겠어."

"하긴, 유생님도 완벽하지는 않으시군요."

"여자한테 약해서 말이야."

김갑생은 이 와중에도 시답잖은 농담을 하는 정진섭을 보고 고개를 절레절레 흔들었다. 그사이, 착잡한 표정으로 딸인 은화에게서 시선을 거둔 조세준이 반촌 사람들을 돌아봤다.

"너희들도 그 심정을 누구보다 잘 알아서 나를 도운 거 아니었나? 그런데 이제는 겁이 나는 건가?"

조세준이 반촌 사람들을 돌아보면서 외치는 사이, 정진섭이 망태기에서 뭔가를 꺼내서 살금살금 다가갔다. 그걸 본 김갑생이 조세준의 눈길을 돌리기 위해 외쳤다.

"그렇다고 해도 사람을 죽이고, 시신을 처참하게 훼손시키는 게 말이 됩니까? 그리고 다들 아무 잘못도 없는 사람들이었어요."

"어쩔 수 없는 일이었어. 나도 미안하게 생각하지만 말이야."

"사람을 죽여 놓고 고작 미안하다고요? 거기다 성균관을 폭파시키면 수십 명이 죽거나 다칠 텐데, 그때도 미안하다고 할 겁니까? 여기 있는 사람들은 모두 살인자로 낙인이 찍힐 텐데, 그것도 미안하다는 말로 넘어갈 거냐고요!"

조세준이 대답을 하려는 사이, 바로 뒤까지 다가간 정진섭이 외쳤다.

"비켜!"

그리고 양손에 든 고춧가루를 확 뿌렸다. 하지만 눈치 빠른 조세준이 피해 버리는 바람에 김갑생이 그대로 뒤집어쓰고 말았다.

매운 고춧가루를 뒤집어쓴 김갑생은 펄쩍 뛰면서 비명을 질렀다. 그사이에 옆으로 빠져나간 조세준이 화약이 든 나무 상자에 횃불을 쑤셔 넣으려고 했다. 다들 경악하면서 지켜보는 사이, 어둠 속에서 날아든 단검이 조세준의 어깨에 박혔다.

"으윽!"

비명을 지른 조세준이 횃불을 떨어뜨린 채 단검이 날아온 쪽을 바라봤다. 눈물을 글썽거린 은화가 말했다.

"아버지!"

어깨를 움켜쥔 조세준이 비통한 목소리로 말했다.

"으, 은화야."

조세준에게 다가간 은화가 간곡한 목소리로 말했다.

"아버지, 이제 그만하세요. 더 이상 못 보겠어요."

어안이 벙벙해진 김갑생이 얼굴에 묻은 고춧가루를 닦아 주는 정진섭을 바라봤다. 그사이, 은화가 다가와 조세준을 설득했다.

"아버지가 이러시는 건 저희를 위한 게 아니에요."

"이게 다 너를 위해서란다. 정녕 모르겠느냐?"

"저희 뜻은 물어보지도 않으셨잖아요. 여린 성격의 동생이 자기 때문에 사람이 여럿 죽었다는 걸 알게 되면 견디겠어요?"

"견뎌야지. 내가 이렇게까지 하는 걸 알면 견뎌야 하고말고."

"현순이는 못 견딜 거예요. 그리고 저도 더 이상 지켜보지 못하겠어요. 그러니까 이제 그만두세요."

"오늘을 위해 수십 년을 견뎌 왔다. 그런데 포기하라고? 이제 한 발만 더 가만 돼. 한 발만!"

조세준의 절규에 은화가 눈물을 흘리는 사이, 정진섭과 김갑생은 고춧가루가 잔뜩 묻은 손바닥을 내려다봤다. 둘이 동시에 고개를 끄덕거렸다. 그리고 속으로 하나 둘 셋을 외치며 조세준에게 달려가서 얼굴에 고춧가루를 묻혔다.

놀란 조세준이 컥컥거리며 물러났다. 그 틈에 정진섭이 잽싸게 횃불을 낚아챘다.

"성공!"

안도의 한숨을 쉰 정진섭이 김갑생을 보면서 웃는 사이, 뒤에 있던 김갑생의 아버지가 횃불을 다시 낚아챘다.

"아버지!"

땀을 잔뜩 흘린 김갑생의 아버지가 반촌 사람들을 돌아보며 말했다.

"당신들은 어떨지 모르겠지만 난 반촌이 지겨워."

"참으세요! 안 됩니다!"

정진섭의 외침에 김갑생의 아버지는 머리 위쪽을 올려다보면서 중얼거렸다.

"성균관도 지겹고."

허탈하게 웃은 김갑생의 아버지가 나무 상자 쪽으로 다가가서는 화약 더미 사이로 횃불을 쑤셔 넣었다. 놀란 김갑생이 은화를 끌어안고 엎드렸다. 하얀 빛이 주변에 있는 사람들을 휘감았다. 잠시 후, 엄청난 폭음과 연기가 주변을 뒤흔들었다.

11

눈을 감고 있던 김갑생은 옆에 있던 정진섭의 목소리를 들었다.

"자냐?"

살짝 눈을 뜬 김갑생은 아늑하게 펼쳐진 햇살을 보면서 대꾸했다.

"그냥 눈을 감고 있었던 겁니다."

"그동안 참 많은 일이 벌어졌지?"

우울한 표정을 지은 김갑생이 입을 열었다.

"죽다 살아난 게 시작이었죠."

"화약이 터졌을 때 다 죽는 줄 알았어."

불행 중 다행으로 화약은 제대로 터지지 않았다. 지하 미궁에 며칠 동안 숨겨 둔 동안 습기를 머금은 탓이었다. 그래서 불을 붙인 김갑생의 아버지와 옆에 있던 조세준만 숨을 거뒀고, 나머지는 불길에 그을리거나 파편에 맞아서 다치는 정도였다.

성균관에서는, 대성전에 모여서 제사를 지내다가 땅에서 갑자기 소리가 나고 연기가 치솟는 바람에 화들짝 놀라고 말았다. 미궁이 무너지면서 생긴 구멍으로 흙투성이가 된 정진섭이 김갑생과 은화를 끌고 나오는 걸 본 박사 한동세는 혼절하기까지 했다.

수습 과정은 더 크고 복잡했다. 사건의 배후이자 주동자였던 조세준이 지하 미궁에서 죽었기 때문이다. 하지만 부인인 무당 개화는 눈치를 채고는 딸 현순과 함께 종적을 감춰 버리고 말았다.

반촌 사람들 중에 개화 심복처럼 굴면서 살인까지 저질렀던 건 김갑생의 아버지와 불덕이 아저씨였다. 김갑생의 아버지는 죽었고, 불덕이 아저씨는 살인죄로 처벌받는 것으로 반촌에 대한 처벌은 마무리되었다. 현실적으로, 반촌 없이 성균관이 유지될 수 없다는 걸 감안한 것이다.

성균관 쪽에 대한 처벌 역시 가벼웠다. 오랫동안 사람들을 속여 왔던 송철은 파직되어서 남쪽으로 유배를 떠난 것이 전부였다. 그리고 일련의 사건들은 성균관과 반촌의 침묵 속에 잠겼다. 바깥에 알려 봤자 성균관과 반촌의 이름에 먹칠만 할 거라는 공감대가 암묵적으로 형성된 것이다.

그 과정에서 이리저리 시달렸던 두 사람은 이제야 한숨을 돌리게 된 것이다.

정진섭이 김갑생에게 조심스럽게 물었다.

"나는 자네도 연좌되어서 처벌당할 줄 알았네."

"저도 그럴 줄 알았습니다. 그런데."

한숨을 쉰 김갑생이 덧붙였다.

"조사를 하던 형조참의刑曹參議(정3품으로 형조의 관리) 영감께 서 주상께 연좌의 율을 적용하지 말라고 적극 건의하신 모양입 니다."

"하긴, 금상께서도 임오화변으로 아버지를 여의셨으니 누구 보다 자네 심정을 잘 아셨을 거야."

"하지만 반촌에서 계속 지내는 건 문제가 있을 것 같아서요. 아버지는 돌아가셨지만 저를 보면 다들 그 일을 떠올리지 않겠 습니까? 그래서 반촌을 떠나기로 했습니다."

"그래서 어디로 갈 건가?"

"어머니가 사찰로 들어가고 싶다고 하셔서요. 모시고 가는 김에 저도 좀 있어 볼 생각입니다."

"머리를 깎고 속세라도 등질 생각인가?"

"그것도 고민 중입니다."

김갑생의 대답에 정진섭이 웃으며 고개를 저었다.

"어머니 모셔다드리고 다시 올라오게. 내가 아버지께 말씀드 려서 자네가 머물 곳을 알아봐 주겠네."

"생각해 보겠습니다."

두 사람이 평상에 누워서 얘기를 주고받는 사이, 존경각에서 나와 장죽을 물고 지나가던 덕구 할아버지가 혀를 찼다.

"성균관은 난리가 났는데 두 사람은 천하태평이구먼."

그러자 몸을 일으킨 정진섭이 웃었다.

"난리는 성균관이 난 거지 저랑 상관없잖아요. 귀찮게 하는 사람도 없고, 좋기만 하네요."

"어이구, 진짜 속 편하구먼. 그리고 자네도 어서 일어나게. 누가 찾아왔어."

덕구 할아버지의 얘기에 고개를 든 김갑생은 멀리 향문을 열고 들어선 은화를 봤다. 그걸 보고 벌떡 일어난 김갑생에게 정진섭이 물었다.

"그 와중에?"

"그 와중이라니요. 같이 장례를 치르고, 연좌될 뻔했잖아요."

"그래서?"

"어머니 모시고 사찰로 내려간다고 하니까, 같이 가자고 하더라고요. 속세를 떠나 불가에 귀의하고 싶다고 해서요."

"잘 가게. 그리고 꼭 돌아왔으면 좋겠어."

몸을 일으킨 정진섭의 말에 김갑생이 고개를 꾸벅 숙였다.

"올지 안 올지는 모르겠지만 유생님의 은혜는 평생 잊지 않겠습니다."

"내가 해 준 게 뭐가 있다고? 오히려 자네를 위험에 처하게만 만들었지. 따로 줄 건 없고, 이거나 챙겨 가게."

정진섭이 평상 아래 넣어 둔 보따리를 건네자 김갑생이 펼쳐 보고는 놀란 표정을 지었다.

"책 아닙니까?"

"어차피 난 공부랑 담쌓았으니까 필요 없어. 가다가 심심하면 들춰 보게나."

"정말 감사합니다."

몇 번이고 감사하다는 인사를 남긴 김갑생이 은화와 함께 향문 너머로 사라지는 걸 본 정진섭은 한숨을 쉬었다.

"이제 무슨 낙으로 사나."

옆에 앉은 덕구 할아버지가 자기가 피우던 곰방대를 건넸다.

"고단함을 잊어버리기에는 이게 최고지."

"담배는 싫습니다. 냄새가 별로예요."

"익숙해지면 된다니까."

"음식 냄새에 섞일까 봐서요."

정진섭이 거절한 이유를 들은 덕구 할아버지가 코웃음을 쳤다.

"어이구, 정말 먹는 거에 목숨을 걸었군."

두 사람의 대화는 향문이 열리는 소리에 멈췄다. 무심코 쳐다본 정진섭은 사모관대를 갖춘 관리가 들어서는 걸 보고 저도 모르게 벌떡 일어났고, 곰방대를 문 덕구 할아버지는 존경각 안으로 사라졌다.

어정쩡하게 서 있는 정진섭에게 다가온 관리가 물었다.

"자네가 성균관 유생 정진섭인가?"

"그, 그렇습니다만?"

뒤따라온 서리에게서 두루마리를 넘겨받은 관리가 엄숙한 목소리로 말했다.

"전하의 교지를 받들게."

"예?"

놀란 정진섭이 되묻는 사이, 다른 서리가 바닥에 돗자리를 깔고는 여기에 무릎을 꿇으라고 눈짓을 했다. 시키는 대로 무릎을 꿇자 두루마리를 펼친 관리가 낭랑한 목소리로 교지를 읽었다.

"이번에 성균관에서 벌어진 참담한 일은 그대의 공로로 인해 더 큰 피해를 막을 수 있었다. 예로부터 진정한 성인은 학문뿐만이 아니라 사람을 구하는 일에도 주저하지 않는다고 하더니, 그대의 일이 바로 그러하다고 할 수 있다. 근래 흉년과 전염병으로 인해 백성들이 크게 고통받고 있어서 과인의 마음이 편치 않도다. 그대는 교지를 가져간 형조참의를 도와 나라의 어려움을 해결하는 데 나서도록 하라."

교지를 다 읽은 관리가 얼떨떨하게 무릎을 꿇고 있는 정진섭에게 턱으로 한쪽을 가리켰다.

"저쪽일세."

"뭐가요?"

"주상께서 계신 곳 말이야. 교지를 받았으니 주상이 계신 방향으로 절을 해야지."

"아, 알겠습니다."

서둘러 관리가 가리킨 방향으로 절을 한 정진섭이 한숨을 돌렸다.

"이게 어찌 된 일입니까?"

"어찌 되긴, 주상께서 자네의 능력을 꿰뚫어 보신 것이지."

"저는 아무것도 한 게 없습니다요."

울상이 된 정진섭의 말에 관리가 혀를 찼다.

"하늘은 속일 수 있어도 주상은 못 속이네. 영민하고 통찰력 있으신 분이라서 말이야."

"이제 저는 어찌 됩니까?"

"일단 나처럼 규장각에서 일하게 될 걸세."

"규, 규장각이면?"

"주상의 어필을 보관하고 관리하는 곳이지. 그곳에서 검서로 일하게 되면 책은 실컷 볼 수 있을 것이야."

"저는 책에는 별로 관심이 없습니다. 그리고 아직 공부가 부족하니 성균관에서 좀 더 배우고 닦아서 출사하도록 하겠습니다."

정진섭의 대답에 관리가 놀란 표정을 지었다.

"지금 출사를 거절하겠다는 말인가?"

"저는 오직 학문을 배우고 익히는 데만 관심이 있을 뿐입니다. 조정에 출사하는 건 관심 밖입니다."

그것보다 먹는 게 더 좋다는 말은 차마 하지 못했다. 그러자 관리가 씩 웃었다.

"역시 전하의 말씀대로군."

"뭐라고요?"

"전하께서 자네가 출사를 거절할 것이라고 하셨어. 관리가 되면 삼가고 거를 게 많아서 먹는 것을 제대로 즐기지 못할 것이라면서 말이야."

"저, 정말입니까?"

"그래서 나에게 해결책도 함께 가져가라고 하셨네."

"해결책이 뭡니까?"

궁금해하는 정진섭을 본 관리가 손짓을 하자, 향문 안으로 내관들이 가지고 온 음식들이 줄줄이 쌓였다. 관리가 앞에 놓인 음식들을 설명해 줬다.

"이건 엿으로 졸인 떡이고, 그 옆에 있는 건 꿩고기를 다져서 만든 만두일세. 그 옆은……."

입안에 고인 침을 삼킨 정진섭이 관리의 말을 가로챘다.

"기름에 절인 생전복 아닙니까? 그 옆에는 노루 뒷다리 고기고요."

"맞네. 자네가 출사하면 궁궐에서만 맛볼 수 있는 술과 음식들을 하사하시겠다고 약조하셨네."

"정말입니까?"

"그렇다마다. 다음 달에 알성시를 연다고 하셨으니까 준비하게."

음식들을 보고 정신을 못 차리고 대답을 잊어버린 정진섭을 보고 유쾌하게 웃은 관리가 말했다.

"참, 나는 형조참의 정약용이라고 하네. 다산이라고 부르게. 앞으로 자주 보세나."

<성균관 불량 유생뎐> 끝